리더의
말하기

정치평론가 **김홍국**의

리더의
말하기

김홍국 지음

덥봄

정치평론가 **김홍국**의
리더의 **말하기**

제1판 1쇄 인쇄   2023년 12월 1일
제1판 1쇄 발행   2023년 12월 5일

지은이   김홍국
펴낸이   김덕문
책임편집   손미정
디자인   블랙페퍼디자인

펴낸곳   **더봄**
등록일   2015년 4월 20일
주소   서울시 노원구 화랑로51길 78, 507동 1208호
대표전화   02-975-8007 ‖ 팩스 02-975-8006
전자우편   thebom21@naver.com
블로그   blog.naver.com/thebom21

ⓒ 김홍국, 2023

ISBN 979-11-92386-13-3 03800

리더의 말과 언어습관은 왜 중요한가?

2000년 12월 10일 노르웨이 오슬로 시청, 대한민국이 전 세계의 주목을 받는 명장면이 펼쳐졌다. 김대중 대통령은 그날 오슬로 시청에서 2000년 노벨평화상 수상증서 및 금메달을 받고 수상 연설을 했다. 이 자리에는 하랄 5세 노르웨이 국왕, 군나 베르게 노벨 위원회 위원장을 비롯한 1천3백여 명이 참석하여 김대중 대통령의 노벨평화상 수상을 축하했으며, 세계적인 성악가 조수미 씨의 축하 공연도 진행됐다. 군나 베르게 위원장은 경과보고를 통해 김대중 대통령이 평생 동안 일관되게 민주주의와 인권, 남북 간의 화해와 협력을 위해 헌신해 온 점을 소개했다. 그리고 김대중 대통령의 업적이 세계적 인권평화 운동가인 마하트마 간디, 사하로프, 넬슨 만델라, 빌리 브란트 등과 견주어 손색이 없음을 강조했다. 이어서 김대중 대통령은 남북정상회담 과정을 자세히 소개하고 인권은 동서양을 불문하고 보호받고 존중되어야 할 보편타당한 가치임을 거듭 주장했다. 끝으로 우리나라와 세계의 인권과 평화, 한민족의 화해와 협력을 위해 앞으로 더욱 노력할 것을 다짐했고, 이를 지켜본 세계인들로부터 뜨거운 박수를 받았다. 한민족이 전 세계적으로 큰 상을 받아 세계인의 관심과 주목을 받은 날이었으며, 대한민국이 민주주의와 평화를 이끄는 나라임을 입증하는 말 한

마디, 한마디가 세계사에 또박또박 기록됐다. 역사적인 순간이었다.

리더는 조직이나 사회, 국가와 국제사회를 이끄는 지도자다. 그의 말 한마디, 행동 하나하나는 세상 사람들에게 깊은 영향을 미치며, 그 조직이나 사회의 성패를 좌우하는 중요한 역할을 한다.

리더의 말은 짧고 간결하면서도, 그 사회를 이끄는 가치와 철학과 함께 구체적인 프로그램이 함께 들어감으로써 듣는 이들의 관심을 충족시켜야 한다. 물론 행동과 실천이 뒤따라야 하지만, 그 이전에 리더가 시대정신에 충실하면서도 국민이 원하는 메시지를 전달할 때 국민들과 사회의 신뢰를 얻게 된다.

리더십은 리더인 지도자가 성공적으로 조직 및 사회, 국가를 운영할 때 보여줘야 하는 필수덕목이다. 팔로우십, 서번트 리더십, 변혁적 리더십 등 다양한 리더십의 형태가 있지만, 믿을 수 없고 실력 없는 리더를 따르는 대중은 없는 법이다. 탁월한 철학과 식견, 경험과 경륜, 지식과 지혜, 판단력과 결단력을 발휘하는 리더에게 대중은 경외감과 존경심을 갖고 따르는 법이다. 리더는 자신의 철학과 가치를 말로써 소통하며, 자신의 철학과 현안에 대한 의견을 성공적으로 전달해야만 역사에 남는 지도자로 자리매김할 수 있다.

그렇다면 리더는 국민들에게 어떤 말을, 왜 하는 것일까? 이는 사람과, 대중과, 세상과 소통하기 위해서다. 독백을 하거나 응답이 없는 나 혼자만의 말하기로는 소통이 불가능하다. 상대가 화답하고, 나의 말하기를 들은 다수의 대중이 긍정하며 나를 다시 불러줘야 성공이다.

말을 하는 방법에 대해, 인문학적 스피치 커뮤니케이션을 기획하고 실천하는 방식에 대해 이해한다면, 나의 말하기는 세상 사는 의미를 더욱 확장시켜 줄 것이다. 필자는 말하기를 망설이는 이들, 리더가 되고 싶은 이들과 함께 말하기의 철학과 가치, 방법과 해법을 나누려고 한다.

단순히 말을 잘하기 위한 노하우에 그쳐서는 안 된다. 내 스스로 왜 말하는지, 어떻게 말하는지, 무엇을 말하는지에 대한 질문을 던지고 답을 할 수 있어야 한다. 개인의 삶이 사회-시대-타인으로 연결 및 확장된다는 주제의식을 갖고 '개인-사회-시대-타인'을 잇는 강력한 연결고리로서의 말하기로 연결되어야 그 말하기는 생명력을 갖게 된다. 독서를 하고, 글을 쓰고, 말을 하고, 토론을 하고, 스피치, 강연과 연설 경험이 많은 이가 쓴 제대로 된 말하기 책이 흔하지 않다. 리더의 말하기는 우리 사회에 매우 소중한 가치가 있는 책이 될 것이다.

강연자란 한 번의 말하기로 성공하고 이정표를 세운 사람이 아니라 '계속 말하는 사람'이어야 한다. '계속' 대중 앞에서 말하기로 인정받고 말하기의 무대에 서야 자신만의 언어와 사유, 가치관과 철학이 만들어지고, 대중의 인정 속에서 자신의 말하기를 이어갈 수 있다. 말하기가 한 개인이 타인, 사회, 시대와 연결되는 강력한 연결고리라면, 대중 앞에서 말하지 않는 시간이 길어질수록 그 개인과 사회와 시대 안에서 자신이 서야 할 좌표를 잃게 된다. 대중 앞에서 성공적인 말하기를 하는 것은 궁극적으로 한 개인을 '좋은 사람'으로 만들고, 세상에 대해 선한 영향력을 확장해나가는 가장 좋은 방안이다.

대중 앞에서 성공적인 말하기를 하는 삶은 매일 매일을 좋은 사람으로 살아가는 데서부터 시작된다. 내가 나로서 오늘 하루를 살아갔다면 반드시 말하고 싶은 무언가가 생긴다. 그러나 그 말하기는 대중이 고개를 끄덕이고 인정해줘야 그 다음의 말하기로 연결된다. 대중뿐 아니라 그를 기획한 피디, 작가, 연출자, 청중, 시청자가 만족해야 그 말하기 무대에서 살아남을 수 있다. 그렇게 하루하루 성공적인 말하기의 경험이 쌓이면, 내가 지향하는 삶의 방향으로 꾸준히 성장해나갈 수 있다.

정치인, 즉 정치 지도자나 리더는 말을 하는 기교와 기법, 언어 구사력, 실수하지 않고 자신의 생각과 정책, 공약을 전달하는 능력을 가져야 한다. 후보자의 경우에는 다른 후보와 정책 토론을 벌이고 대중 스피치를 함으로써 유권자를 설득해 더 많은 표를 획득해 승리해야 한다. 당선이 된 후에도 지역주민들과 간담회와 기자회견 등 다양한 방식을 통해 계속적인 소통을 해야 한다. 또한 언론과는 기자회견이나 행사 등에서 자신이 내놓은 다양한 정책과 현재 정치권의 화두가 되는 현안에 대한 의견과 입장을 언제든지 홍보하고 알려야 한다.

기업 경영자는 어떤가? 임원회의, 현장 순시, 신제품 발표회, 기자회견 등 수많은 자리에서 자신의 경영철학과 향후 회사의 정책과 사업 방향을 투자자와 직원들, 일반인들에게 발표하고 설명해야 한다. 언론을 상대로 한 기자회견이나 인터뷰도 쉽지 않은 난관이다. 잘하면 회사를 홍보하고 알릴 수 있는 좋은 기회지만, 덜컥 실수를 하거나 말 한마디만 어긋나도 엄청난 손해와 손실을 볼 수 있기 때문에 매 순간순간이 긴장될 수밖에 없다. 그래서 훈련되지 않거나 약점이 있는 기업인들, 사회적 네트워크에서 자신의 철학과 경영방침을 소통해본 경험이 없는 기업인들로서는 대중과 만나는 무대가 두려울 수밖에 없다.

그래서 지도자는 끊임없이 좋은 글과 말로 대중과 소통하는 훈련을 해야 한다. 이를 위해서는 어떻게 말하고 표현하고 대중과 소통해야 할까?

먼저, 정확한 문법과 억양, 세련된 표현을 사용해야 한다. 문법적 오류를 피하고 명확하게 발음하며, 강세와 강조를 올바르게 사용함으로써 대중의 신뢰를 얻어야 한다. 발성과 발음 훈련을 통한 목소리 제어도 중요하다. 자신의 목소리를 적절하게 통제함으로써 음량, 강도, 속도 등을 조절하는 효과적인 커뮤니케이션을 해야 자신의 목적을 달성할 수 있다.

목적과 의도에 적합한 언어의 사용도 중요하다. 대화나 발표의 목적과 대상에 맞는 적절한 언어를 선택하여 사용하는 것이 중요하다. 전문 용어를 사용하는 것이 바람직할 때는 사용해도 좋지만, 가능한 대중이 쉽게 이해하는 용어를 풀어서 사용하는 것이 좋다. 표현은 명확하고 간결해야 한다. 중문이나 복문 등 복잡한 문장보다 간결하고 명확한 단문을 사용할 경우 듣는 이들의 이해가 훨씬 쉬워질 것이다.

청중에 대한 이해도 중요하다. 말하는 상대에게 적합한 어휘와 스타일을 선택하기 위해 청중 분석을 먼저 수행할 필요가 있다. 누구에게 말하고 있는지, 그들의 배경과 지식수준에 대해 알고 있다면, 훨씬 의미 있는 연설을 할 수 있을 것이다. 말할 때는 자신감을 가지고 직설적으로 표현해야 한다. 발표를 하거나 대화를 할 때 자신의 의견과 생각을 자신감 있게 표현하면 듣는 이들의 집중력과 신뢰도도 높아진다. 발표의 목적과 구조를 완벽하게 이해하고 표현하는 것도 중요하다. 말하기 전에 발표나 대화의 목적과 구조를 명확히 이해하고 원고를 구성하면 훨씬 더 좋은 성과를 낼 수 있다. 이는 청중의 관심을 끌고 주제를 명확하게 전달하는 데 도움이 된다.

적절한 예시와 사례, 흥미로운 이야기를 나누는 것도 도움이 된다. 전체 맥락이 어울리는 흥미로운 예시와 사례를 사용하여 자신의 주장이나 의견을 더욱 설득력 있게 표현할 수 있다. 사실과 경험을 공유하여 듣는 이들과 공감을 형성하는 것도 좋은 방법이다. 반복된 연습과 준비도 필수적이다. 말하기 전에 수차례 연습하고 발표나 대화에 대해 충분히 준비하는 것이 중요하다. 자신감을 키우고 말을 잘할 수 있게 도와줄 것이다. 청중과의 상호작용도 중요하다. 말하기는 서로를 이해하고 말이 오가는 상호작용 프로세스다. 청중과의 상호작용과 피드백을 수용하고 그에 따라 대응하면 훨씬 더 좋은 성과를 낼 수 있다. 청중의 반응에 따라 말하는 스타일과 어휘를 조정하는 순발력을 발휘하면, 연설이나 강연의 효과가 배가될 것이다.

결국 매일매일 좋은 하루를 살아낸 사람, 타인과의 소통에서 성공한 사람만이 지속적으로 좋은 말하기를 할 수 있다. 인격적으로 실천하며 좋은 사람으로서 하루를 살아내고, 일주일, 한 달, 1년, 10년, 평생을 지속해야 우리는 계속 글을 쓰고 말하고 토론하고 연설하며, 자신의 세계 안에서 이야기를 만들고 성장하며 더 큰 나로 완성될 수 있다. 말하는 사람, 연사, 강연자, 스피커는 "자신의 언어를 가지고 대중 앞에서 설득력 있고 성공적으로 말하는 사람"이다. 그런 사람이 되기 위해 그동안 쌓아온 경험과 경륜, 정보와 지식, 지혜와 해법을 함께 나눠보고 싶다.

차례

1부

리더의 말하기
성공 법칙

누가 성공한 리더인가?

　　지도자로서 대중이나 국민들과의 성공적인 커뮤니케이션과 함께 신뢰와 사랑을 받기 위해서는 여러 가지 조건이 필요하다. 철학과 가치관, 시대정신, 카리스마, 열정, 결단력, 책임감, 균형감각, 의사소통, 권한이양 등 다양한 리더십 요소가 필요하지만, 지도자는 이 같은 리더십 요소를 대중과 소통하는 말하기를 통해 관철하는 능력이 있어야 한다.

　　고대 그리스에서는 논리학이 가장 중요한 학문이었다. 논리학에서 수사학과 대학이 발전했고, 철학자 플라톤과 아리스토텔레스, 소크라테스로부터 이 같은 논리학의 전통이 발전했다. 논리가 타당한지 여부는 대화와 토론을 통해서 가능해진다. 시민들 간의 대화와 토론, 숙의의 과정을 통해서 조직과 사회가 만들어지고, 세상은 새로운 시대정신을 담아 새로운 문화와 문명을 꽃피우고 저물어가게 된다. 그 중심에는 지도자의 말하기 능력이 있었다.

　　군주론을 쓴 이탈리아의 정치학자 니콜로 마키아벨리는 정치와 리더십에 대해 항상 편법의 원칙으로 지도해야 한다고 보았고, 성공을 위해서는 어떤 방법과 수단도 합리화된다고 보았다. 그는 본질적으로 지도자가 원하는 목표를 달성하기 위해서는 모든 수단을 사용할 수 있다고 봤다. 지도자가 자신의 조국을 이용하여 자신의 야망을 성취하고 그 결과 조국의 확대를 이루는 것은 잘못이 아니라는 것이 마키아벨리의 시각이다. 마키아벨리에 따르면, 지도자들은 자신들이 품은 야망을 성취하기 위해 기만으로 다른 사람들을 조종할 수 있고 할 수 있는 모든 수단을 사용해야 한다고 주장한다. 그는 군주론에서 개별 지도자들에게 정의나 자비와 같은 미덕을 피하고, 그들의 신하들과 거래할 때 사랑과 절제를 보여주는 것은 자제하고 오히려 야망에 집중하라고 충고한다.

반면 정치철학자 막스 베버는 '소명으로서의 정치'라는 책에서 "정치나 행정을 하는 사람은 신념에 따라 행동할 수 있지만 과정과 결과에 대한 책임을 지키는 책임윤리가 더 중요하다"고 강조했다. 베버는 "책임Responsibility은 '능력'Ability 있는 '응답'Response이며, 일과 성과로 응답하는 것"이라고 했다. 그는 공허한 말로만 응답하는 것은 책임이 아니라는 것을 선출직 공직자는 유념해야 한다고 지적하곤 했다. 그는 이에 따라 리더십을 리더와 지지자 간의 이해득실을 바탕으로 한 거래적 리더십transactional leadership, 리더의 인간적인 매력과 권위에 의존하는 카리스마 리더십, 지지자들의 가치와 신념, 욕구 차원에서 변화가 일어나는 변혁적 리더십transformational leadership으로 분류했다. 베버는 특히 열정, 책임감, 균형감각이라는 3요소를 모두 지닌 정치인이 내면의 카리스마적 자질을 발휘하면 최고의 지도자라고 했다.

리더와 지지자, 사회구성원은 모두 가능한 논리적이고 합리적인 사고방식과 행동을 가져야 한다. 최고의 지도자는 논리적이어야 하며, 그래야 설득과 거래, 합리적인 협상이 가능하다. 어법에 맞는 말을 정확하게 하고, 경륜과 지혜를 갖춘 지식과 경험을 기반으로 말해야 한다. 자신의 생각이나 행동을 말로 설명하지 못하면 생각이 정립된 것이 아니라고 할 수 있다. 말로 설명을 못하면 아무것도 할 수 없고, 아무런 사회적 역사적 의미도 없게 된다. 말을 논리적으로 하는 사람이어야 지도자로서 사회의 가치관과 시대정신을 이끌 수 있다. 그런 면에서 지도자는 다음과 같은 다양한 요소로 사회와 국민과 소통해야 성공할 수 있다.

1. 에너지와 열정　성공적인 지도자는 높은 에너지와 열정을 가지고 있어야 한다. 이는 지도자의 역할을 신념과 자신감으로 수행하고, 사람들에게 영감을 주는 역할을 수행하는 데 도움을 준다.

2. 정직성과 신뢰성　지도자는 정직하고 신뢰할 수 있는 사람이어야 한다. 거짓말이나 속임수는 신뢰를 잃게 만들며, 사람들이 지도자에게 의지할 수 없게 된다.

3. 감정적인 지능　감정적인 지능은 지도자에게 스스로와 다른 사람들의 감정을 이해하고 대처하는 능력을 제공한다. 이는 지도자가 사람들과의 관계를 조화롭게 유지하며 공감능력을 발휘하는 데 도움을 준다.

4. 공감과 이해　지도자는 사람들의 감정과 상황에 공감할 수 있어야 한다. 사람들의 의견을 경청하고 이해하는 능력을 가지며, 이를 바탕으로 합리적인 결정을 내릴 수 있어야 한다.

5. 강력하고 효과적인 의사소통　지도자는 말과 글을 효과적으로 사용하여 사상과 비전을 전달해야 한다. 명확하고 간결한 의사소통은 사람들에게 영감을 주며, 이를 통해 사람들의 지지와 신뢰를 얻을 수 있다.

리더의 말하기 '성공법칙'

정치 분야에서 대국민 소통과 성공적인 말하기를 하려면 어떻게 해야 할까? 정치 분야의 말하기는 경제나 문화 등 다른 분야의 말하기와는 크게 다르다. 늘 공적가치에 충실해야 하고, 정치학자 이스턴의 표현처럼 한 사회의 가치들을 권위적으로 배분하는 역할을 해야 하기 때문이다. 정치지도자가 대중과 소통하는 말하기를 하려면 다음과 같은 말하기의 절차와 내용을 담아야 한다.

1. 목표 설정 말하기를 시작하기 전에 명확하게 목표를 설정해야 한다. 어떤 메시지를 전달하고자 하는지, 어떤 변화를 이루고자 하는지 목표를 가능한 정교하게 정의해야 한다.

2. 청중 분석 대상 청중의 특징과 우려사항, 요구사항 등을 분석하여 청중의 관심과 수요를 파악해야 한다. 이를 통해 청중과의 연결고리를 찾고 메시지를 적합하게 조율할 수 있다.

3. 간결함과 명확함 간결하고 명확한 메시지를 구성하는 것은 매우 중요한 일이다. 오해의 소지가 없도록 단순하고 명확한 언어를 사용하여 청중이 이해하기 쉬운 말을 해야 한다.

4. 강조할 점 설정 중요한 포인트를 강조하여 명확히 전달해야 한다. 청중의 기억에 남을 내용과 중요한 메시지를 명확하게 전달하면 효과적인 말

하기가 가능하다.

5. 리더십 강조 자신의 신념과 비전, 지도자로서의 역할을 강조해야 한다. 어떻게 이 소통이 국민과의 상호작용을 강화하고, 국가 또는 지역의 발전을 위한 리더십을 보여줄 수 있는지를 강조해야 한다.

6. 감정적인 연결 청중의 감정에 호소하는 방법을 사용한다. 이야기, 사례, 비유 등을 통해 청중과 감정적으로 연결되는 말하기를 해야 한다.

7. 다양한 소통수단 사용 단순히 말하기뿐만 아니라 청중과의 상호작용을 위해 다양한 매체나 기술을 사용하는 것이 좋다. 영상, 사진, 그래프 등을 활용하여 메시지를 시각적으로 강화할 수 있다.

8. 열정 전달 자신의 내면에 가득한 열정, 창의력과 새로운 사회에 대한 열정을 청중에게 전달하는 것이 좋다. 진정성 있고 열정적인 심성과 마음가짐을 보여주고 구체적으로 실천하는 모습은 정치적 신뢰를 쌓고, 대국민 소통 과정에서 중요한 역할을 한다.

9. 피드백 수용 청중의 의견을 존중하고 피드백에 대해 열린 태도를 갖는 것이 바람직하다. 의견을 수렴하고 청중의 요구나 우려에 대한 답변을 통해 소통을 강화할 수 있다.

10. 유연한 대처 어떤 장소에서든 변화에 유연하게 대처할 수 있는 방식으로 말하기를 진행하는 것이 좋다. 적절한 톤, 어조, 표현을 선택하여 상황에 맞게 대응할 수 있어야 한다. 대처 능력은 리더십의 일부로서 매우 중요한 요소로 작용한다.

말하기는 유연하고 실용적인 기술이며, 다양한 연습과 경험이 요구된다. 이러한 관점을 고려해 말하기 기술을 개발하고 훈련하면, 대국민 소통

에서 국민의 호감과 신뢰를 얻을 수 있는 더욱 효과적이고 강력한 지도자
가 될 수 있을 것이다.

리더의 말하기, 성공 사례들

세계 역사에서 국민들과의 소통을 통해 사랑받은 대표적인 지도자는 누가 있을까? 대표적인 지도자의 사례를 통해 과연 어떤 리더가 우리 사회에서 평생에 걸쳐, 또 역사에서 사랑받는지, 그 리더십의 요체는 무엇인지를 알 수 있다.

역사적으로 연설과 스피치를 잘하는 정치인들은 대중의 지극한 사랑을 받았다. 극적이고 감동적이며 세상을 뒤흔든 연설을 통해 그들은 무명의 정치인에서 세상을 움직이는 오피니언 리더이자 지도자가 됐다. 연설과 웅변을 통해 세계적인 정치인이 된 이들의 연설과 스피치의 특징을 살펴보자.

대표적인 인물이 인도의 성자로 불리는 마하트마 간디다. 그는 인도의 독립 운동 지도자로, 비폭력과 민주주의를 강조하여 인도 국민들에게 지지를 받았다. 간디는 단순한 언어로 복잡한 개념을 설명하는 능력과 긍정적인 에너지를 지니고 있었다. 인도의 독립운동가로서, 그의 연설은 비폭력과 활동주의에 대한 교훈을 제공했다. 그는 자기희생과 헌신, 비폭력투쟁을 강조하여 인도의 독립을 고무시켰고, 결국 독립이라는 결실을 따내는 중요한 역할을 했다.

넬슨 만델라도 마찬가지다. 그는 남아프리카공화국의 인종차별 정책인 아파르트헤이트 정치 체제를 종식시킨 지도자다. 남아공의 민주주의와 평화뿐 아니라 사회발전과 경제성장이라는 다양한 사회적 요인을 중시하는 강력한 지도자로, 작은 세부 정보에도 주의를 기울이며, 사람들의 목소리를 놓치지 않고 공평성을 추구했다. 아파르트헤이트와 맞선 인권투쟁으로 유명한 남아프리카 공화국의 대통령이자 인권운동가인 만델라의 연설은 통합과 변화를 위한 정신적인 힘을 전달함으로써 온 세계를 놀라게 했다. 그의 연설은 영혼과 자각을 자극했으며, 다문화주의와 희망의 메시지를 알리는 데 중요한 역할을 했다.

버락 오바마 미국 대통령도 말과 글로 성공한 대표적인 정치 지도자다. 그는 케냐 출신의 아버지와 미국인 어머니 사이에서 태어나 탁월한 영어 실력과 스피치 능력, 리더십과 소통능력, 구체적인 정책 제안, 감성적 커뮤니케이션 능력을 갖추고 있었다. 세밀하고 효과적인 커뮤니케이션 전략을 구사하여 국민들에게 호감을 불러일으키며 지지를 얻었고, 결국 미국 역사상 최초의 흑인 대통령으로 노벨평화상을 수상하는 등 국제사회에서 주목받는 지도자가 됐다.

윈스턴 처칠도 마찬가지다. 그는 유례없는 위기에 직면한 영국의 리더로서, 유창하고 힘 있는 연설로 영감을 주었다. 그의 연설은 강력한 도덕적 약속과 불굴의 의지를 전달하는 데 장점이 있었고, 이는 제2차 세계대전 등 위기를 겪은 영국 국민들에게 희망의 불씨를 피우는 역할을 했다.

마틴 루터 킹 주니어 목사도 명연설가다. 흑인인권운동의 교과서적 인물인 그의 연설은 인종차별에 맞서 싸우는 민중들을 동원하는 데 아주 큰 역할을 했다. 그의 연설은 인권의 가치를 설파함으로써 흑인들도 동등한 인간적 권리를 갖도록 했고, 세상을 평등하고 자유롭게 살아가는 목표와 꿈을 가득 담아 모두에게 용기를 불어넣어 주었다.

존 F. 케네디는 미국의 35대 대통령으로서, 그의 연설은 냉전 시대의 도전과 원자력 등 주요한 현안 문제에 대해 신중하고 적절한 해법을 제시하는 데 중점이 주어졌다. 그의 연설은 진보적인 이념으로 시민들과 소통하는 능력이 있었다.

말콤 엑스도 기억할 만한 명연설가다. 아프리카계 미국인 인권운동가로, 그의 강력하고 혁명적인 연설은 인종차별과 폭력에 대항하는 데 기여했다. 자기결속과 흑인의 자부심을 강조하여 역동적이면서 격렬한 인상을 남겼다.

프랭클린 루스벨트 대통령은 미국 최초의 4선 대통령으로 1930년대의 대공황 타개를 위하여 뉴딜정책을 추진했고, 대외적으로는 미국이 세계평화에 기여하는 토대를 마련했다. 그의 스피치는 탁월한 리더십과 국민을 향한 강력한 호소, 강한 인상과 뜨거운 사명감이 담겨 있어서 많은 감동을 전달했다.

한국을 대표하는 명연설가를 한 분만 꼽자면 김대중 전 대통령이 으뜸이다. 한국의 민주주의 투사이자 인권운동가로 군부독재의 탄압을 극복하고 제15대 대통령에 취임해 노벨평화상을 수상했다. 그의 연설은 군부독재로 인해 짓눌린 민주주의와 평화를 회복하고, 수백만 군중 앞에서 사자후 연설을 토함으로써 아시아를 대표하는 위대한 정치인으로 평가받았다.

이들 지도자들은 철저한 준비와 연습, 리더십과 스피치에 대한 훈련, 실제 정책 수립과 성공적인 실천을 통해 세계인들의 관심과 사랑을 받았다. 구체적이고 현실적이며 국민들의 문제와 욕구에 부합하는 정책 제안과 실천, 성공적인 투쟁과 국정운영을 통해 역사에 남는 지도자로 기록됐다.

이들 지도자들은 각각의 방식으로 사랑과 존경을 받으며 지도자로서의 성공적인 커뮤니케이션을 구현했다. 그들의 사례는 지도자가 어떤 특정 능력과 가치를 가지고 사람들과 소통할 수 있는지를 보여준다는 점에서 리더가 되려는 이들에게 많은 지침이 될 것이다.

리더의 말하기, 실패의 사례들

정치 지도자의 국민을 상대로 한 말하기와 연설, 소통에서 성공하는 수많은 사례를 통해 우리들도 성공적인 말하기를 할 수 있다. 또 실패한 사례를 집중적으로 연구해 반면교사로 활용할 경우 더 나은 성공의 길을 갈 수 있다. 한 번 실패했다고 좌절하고 멈춘다면 성공의 길은 요원할 것이다. 성공과 실패의 원인을 사례별로 각각 자세하게 원인과 해법을 생각해 보자.

정치 지도자의 말하기와 연설, 소통에서의 실패 사례를 다루는 것은 의미가 크다. 왜냐하면 준비되지 않았거나 실패한 지도자의 나쁜 리더십은 국가를 망하게 하고, 국민을 도탄에 빠뜨리는 참혹한 결과를 낳기 때문이다.

리더십의 실패 사례로 니콜라스 마두로(베네수엘라 대통령, 2013~현재)를 드는 경우가 많다. 니콜라스 마두로는 극단적인 이념과 허튼 정치적 약속으로 국민들의 지지를 잃었다는 평가를 받고 있다. 또 통제적이고 독재적인 리더십으로 민주주의 원칙을 위반했다는 지적도 있다.

그는 공공 버스 운전자와 노조 지도자를 거쳐 대통령의 자리에 오른 입지전적인 인물로, 1993년 우고 차베스를 만나면서 정치인생을 시작했다. 2006년 외무장관에 오르면서 마두로는 중남미 좌파를 이끌었던 차베스를 대변하는 정치인으로 급부상했다. 2013년 3월 차베스 전 대통령이 사망하자, 마두로는 임시 대통령이 됐고 선거 결과 대통령으로 확정됐다.

원유 수출에 국가 경제의 대부분을 의존하는 베네수엘라는 마두로 취임 후 유가 하락에 제대로 대처하지 못했다. 세 자릿수 인플레이션이 매년 계속되는 국가 경제 파산 사태까지 일어났다. 수도 카라카스에서도 식량 부족현상이 초래됐고 이에 베네수엘라 국민들의 체중이 줄어들어 '마두로 다이어트'라는 신조어가 생길 정도로 국민들의 비판도 커지고 있다.

세계사는 독일 총통으로 세계대전을 일으킨 아돌프 히틀러와 그의 측근인 괴벨스의 사례를 최악의 반면교사 사례로 든다. 즉 히틀러, 괴벨스처럼 말하고 통치하면 실패한다는 것이다.

아돌프 히틀러(1889~1945)는 20세기 초 독일의 정치가로, 국가사회주의 독일 노동자당의 당수를 지냈고, 대통령의 지위를 겸한 총통을 역임한 정치가다. 1914년 제1차 세계대전이 발발한 뒤 독일군에 자원입대한 그는 전쟁에서 패배하자 크게 낙담한 뒤 정치활동에 적극 참여했다. 반혁명 반유대주의 정당인 독일노동당(이후의 나치당)에 입당한 뒤, 총서기와 총리를 역임했고 1934년 총통에 취임했다. 1939년 9월 폴란드를 침공함으로써 제2차 세계대전을 일으켰다. 1944년 연합군이 베를린을 점령하고 독일군이 패망의 길을 걷자, 1945년 총통 관저 지하에서 아내와 함께 자살로 죽음을 맞이했다.

히틀러의 대중에 대한 연설과 독일국민에 대한 홍보 효과를 살펴보자.

1. 리더십과 강력함의 상징   히틀러는 말하는 방법과 의도적인 동작으로 강력한 리더십 상징을 전달했다.

2. **국가 통일**   히틀러의 연설과 홍보는 독일 국민들을 국가 통일의 중요성에 대해 다시 한 번 상기시켰다.

3. **경제와 일자리**   히틀러는 독일의 경제 발전과 일자리 창출을 장려하여 독일 국민들을 동경하게 만들었다.

4. **민족주의 강조**   히틀러는 독일 국민들에게 민족주의와 독일 문화, 특히 아리아인 인종의 우월성을 강조했다.

5. **유목민 대상 정책**   히틀러는 유목민 문제 해결을 약속하여 독일 국민들에게 안정과 보안감을 제공했다.

6. **대전쟁 용사들의 영광**   히틀러는 독일 국민들에게 국가를 옹호하고 찬양하는 동시에 대전쟁에 참전한 용사들의 영웅적인 행동을 기리는 시대적인 분위기를 조성했다.

7. **전략적 통제**   히틀러는 연설과 홍보를 통해 독일 국민들을 특정한 방향으로 이끄는 소위 "피어슨"effect을 이용했다.

8. **대중심리학의 이용**   히틀러는 독일 국민들의 불안과 불만을 자극하여 자신의 이데올로기와 계획을 받아들이도록 유도했다.

9. **제국주의자들의 사상과 의지 강화**   히틀러의 연설과 홍보는 제국주의적인 사상을 고취시키고, 독일 국민들에게 제국의 위대함과 영광을 다시 한 번 선언했다.

10. **문화적 자긍심 강화**   히틀러는 독일 국민들에게 독일 문화와 역사에 대한 자부심을 강조했고, 독일 국민들을 모두 허리띠를 졸라서 국가를 위해 헌신하도록 동기부여했다.

요제프 괴벨스(1897~1945)는 나치 정권의 선전을 담당하여 독일국민들의 지지를 이끌어내는 등 히틀러 내각에서 대활약을 했다. 독일 국민들이 나치 정권을 호의적으로 받아들이게 된 것은 주로 그의 헌신 때문이라고 한다. 나치 독일에서 국가대중계몽선전장관의 자리에 앉아 나치 선전 및 미화를 책임졌던 인물이라는 점에서 나쁜 국가홍보의 대표적 사례로 지적받고 있다.

제1차 세계대전 때 괴벨스는 다리가 굽었기 때문에 병역에서 면제되었는데, 이는 그에게 강렬한 보상심리를 유발함으로써 불운한 인생의 불씨가 되었다. 1922년 하이델베르크대학교에서 독일문헌학으로 박사학위를 취득하고 문학·연극·언론계에서 거의 무보수로 활동하고 있던 그를 히틀러기 베를린지구낭 위원장에 임명하면서 나치당에 입당했다. 곧 국가선전기구를 장악하고, 최후까지 히틀러를 보좌했다.

괴벨스는 히틀러를 총통으로 만들기 위해 신화를 창조했으며, 당의 행사 및 시위의식을 제정하고 정력적인 연설을 행함으로써 독일 대중을 나치즘으로 끌어들이는 데 결정적인 역할을 수행했다. 나치당이 집권에 성공하자 괴벨스는 국가선전기구를 장악할 수 있었다. '국민계몽선전부'가 그를 위해 만들어졌고 신설된 제3제국의 '문화원' 원장도 겸임했다. 괴벨스는 문화원 원장으로서 선전은 물론 언론·연극·영화·문학·음악·미술계까지 손을 뻗쳤다.

그는 독일의 거리 곳곳을 직접 돌아다니면서 신문과 라디오를 통한 선전활동에 주력했고, 대중의 희망을 불러일으키는 일에 전력을 다했다. 그 방편으로 괴벨스는 역사적인 예를 들고 여러 사례들을 비교했으며, 소위 불변의 역사법칙이라는 것을 만들어내고, 최후수단으로 어떤 종류의 비밀 병기들을 언급하기까지 했다. 유력한 나치 간부들이 벙커와 요새로 숨어버린 한참 뒤에도 괴벨스는 대중 앞에 끊임없이 다가서는 용기를 보였다. 이때 보여준 의연한 모습은 그때까지 극히 부정적이었던 그의 이미지를 크게 개선시켰다는 평가를 받는다. 괴벨스의 활동은 특히 후방의 전력을 강화하는 데 효과적이었으며 바야흐로 총력전의 주창자가 되었다. 비극적이지만, 기계적으로만 본다면 매우 유능한 인물이었던 것이다.

괴벨스가 나치 시대에 행한 대국민 소통과 홍보 기법을 살펴보자.

1. 통제적인 리더십 괴벨스는 독일 인민 소통부의 총리로서 신문, 라디오 및 영화와 같은 매체를 통해 나치 정당과 히틀러의 메시지를 홍보하기 위해 통제적인 지원을 제공했다.

2. 이데올로기 정제 괴벨스는 나치 이데올로기를 대중에게 전파하기 위해 국가통신부를 설립하였고, 각종 철학적, 정치적 표출물을 검열하여 나치 체제와 일관된 메시지를 보도에 전달했다.

3. 방송 매체의 이용 라디오는 괴벨스의 대중 소통에 있어 핵심적인 매체였다. 괴벨스는 일방적인 방송 프로그램을 통해 나치 이념과 정책을 대중에게 홍보했다.

4. 집단적인 동원 괴벨스는 대규모 집회 및 행사를 조직하여 국민들에게 나치 체제의 권위와 성공을 강조하고 단결심을 고취시켰다.

5. 정신적, 감정적 호소 괴벨스는 열정적인 연설과 논리적인 주장을 통해 국민들의 신념과 감정에 호소했다. 이를 통해 나치 이념을 대중에게 뿌리 깊이 심을 수 있었다.

6. 비난과 적의의 분위기 조성 괴벨스는 위험 요소로 간주되는 집단이나 개인을 비난하고 다른 사회 집단을 대상으로 적의와 증오의 분위기를 조

성함으로써 동조와 정치적 지지를 얻기도 했다.

7. 상징과 이미지 활용   저렴한 복장의 평범한 사람으로 나타나는 괴벨스는 독일 인민들에게 친근하게 다가갈 수 있도록 노력했다. 또한, 나치 국가의 상징이었던 스와스티카와 히틀러식 인사에 대한 충성도 상징화되었다.

8. 효율적인 문구와 슬로건   "비슷한 것은 비슷하게, 다른 것은 다르게"와 같은 효과적인 문구와 슬로건을 사용하여 사회 문제의 단순화와 나치 이념의 간결한 전달을 도왔다.

9. 민간인의 참여 유도   괴벨스는 나치 체제의 일환으로 국민들이 나치 정부에 대한 애착을 갖고 참여하도록 유도했다. 이를 통해 국민들이 나치 체제를 지시하고 홍보하는 데 기여했다.

10. 외부 적대에 대항   괴벨스는 외부의 비판, 적대감 및 독일을 향한 위협에 대응하여 나치 체제를 보호하기 위해 홍보 전략의 일환으로 사용되기도 했다.

괴벨스의 대국민 소통과 홍보 기법은 나치 독일의 정치적, 사회적 문화와 밀접하게 연관되어 있었다. 이러한 기법들은 국민들의 감성적, 정신적, 이데올로기적인 연결고리를 형성하는 데 있어서 중요한 역할을 한 것으로 평가된다. 그러나 이러한 기법들은 극단적인 이념과 반인류성, 독재적인 통제와도 연관되어 있으며, 그 결과로 끔찍하고 심각한 인권 침해가 발생했다.

한국사회에서는 광주시민을 학살하고 시민들을 대상으로 총격을 가한 전두환 정권의 쿠데타 이후가 수많은 국민과 민주인사들이 억압받은 암흑

세상이었다. 전두환 군부독재에서 펼친 3S정책과 대국민담화 등의 선전선동 및 홍보 효과에 대해 살펴보자.

1. **국가안보 강화 빌미 인권탄압** 전두환 정권은 3S정책(스포츠, 스크린, 섹스)을 통해 국민의 반발을 억눌렀으며, 국가안보라는 허울 좋은 명분으로 민주세력을 탄압하는 반민주적인 폭거를 저질렀다.

2. **경제 발전 이면의 가혹한 노동탄압** 저유가시대 등 국제경제의 호황기를 맞아 경제발전을 도모했고, 외형적으로 국가 경제력을 키우는 효과를 가져왔다. 이는 국민들에게 경제적 이익과 안정을 준 것처럼 보이지만, 무수한 노동자들에 대한 탄압과 저임금 착취구조를 더욱 고착화시켜 노동운동이 폭발하는 계기가 됐다. 기업들도 각종 준조세와 군사정권에 의한 강제동원으로 인해 자유로운 경제활동을 하는 것이 불가능한 시절이었다.

3. **국가주의 강화** 전두환 정권은 대국민담화 및 국풍 행사 등 민족주의를 자극하는 각종 행사 및 이벤트를 통해 국가주의를 부각시켰다. 이는 표면적으로는 독립국으로서의 자부심을 확산시키고 국민들의 충성심을 유도하는 역할을 했지만, 억압된 국민들의 자유와 평등을 향한 열정을 완전히 막을 수는 없었고 결국 6월 민주화운동으로 민주주의가 다시 전면에 등장했다.

4. **쉼 없는 민주화 운동 탄압** 12.12 군사반란을 통해 권력을 장악한 전두환은 체육관 선거를 통해 제12대 대통령에 당선된 뒤, 언론통폐합과 삼청교육대 창설, 민주화 운동 탄압을 지속했다. 참혹한 민주주의의 시련기였고, 암흑기였다. 자유롭게 말할 수 없는 시대였다. 언론인, 언론사를 회유하기 위해 보안사를 통해 K공작계획을 비롯한 수차례 언론 공작을 했으며,

대통령 재임 시절 언론인 대량 해직, 언론 강제 통폐합 조치에 직접 관여했다.

5. 비판 억압 전두환 정권은 공보처 등 다양한 정권홍보기구를 통한 선전선동과 홍보를 통해 비판적인 목소리를 억압하고 반대세력을 탄압했다. 이는 정권 유지와 정권 안전을 단기간에는 굳건히 지키는 역할을 했으나, 국민들의 민주주의에 대한 열망을 꺾지는 못했다. 전두환 군부세력은 1980년 2월 보안사 정보처에 언론반을 신설하고 계엄포고령에 따라 모든 언론 보도를 검열하는 등 언론자유 탄압에 나섰다. 허문도 등은 1980년 11월 11일 주요 언론 통폐합 계획을 마련하고 전두환의 결재를 받아 집행을 보안사에 위임했다. 보안사는 1980년 11월 12일 오후 6시경부터 언론사 사주들을 연행, 소환하여 통폐합 조치를 통보하고 이의가 없다는 각서를 강제로 받았다. 언론통폐합은 신아일보는 경향신문에, 서울경제는 한국일보에, 지방지는 '1도1지'─道─紙 원칙하에 흡수·통합하고, 합동통신과 동양통신은 합병한 뒤 연합통신으로 발족하며, 동아·동양방송을 KBS에 통합, KBS와 MBC 두 방송국만 남기는 식으로 이뤄졌다. 지방주재 특파원 제도를 폐지해 신문이 발행되는 지역 밖의 뉴스는 정부 지배하의 통신사에 의존할 수밖에 없도록 했다. 한국 언론의 암흑기였고, 국영과 관영매체의 보도만이 국민들에게 전달됐다.

6. 정권 입지 강화 위한 언론 통제 전두환 정권은 선전선동과 함께 언론 통제를 통해 정권의 정통성을 확보하려 했다. 보도지침 사건이 대표적이다. 전두환 정권은 언론을 통제하기 위해 각 언론사에 보도통제 가이드라인을 시달했다. 문화공보부 홍보정책실은 거의 매일 각 언론사에 '협조'를 명분으로 한 보도지침을 내렸다. 보도지침은 '가, 불가, 절대불가' 등을 정해

보도 여부는 물론 보도 방향, 내용, 형식까지 구체적으로 결정했다. 사실상 언론 제작까지 정부기관이 전담하는 상황이 됐다. 사상 최악의 언론 암흑기였다.

7. **공안기관을 통한 인권 유린, 민주주의 탄압**　전두환 정권은 국가안전기획부, 경찰청 대공분실, 보안사 등을 통해 김근태, 박종철, 권인숙 등의 반체제 인사와 학생 운동가를 고문하여 인권 유린을 자행하고, 민주주의를 탄압했다.

8. **사회에 대한 강압적 통제**　전두환 정권은 대국민담화 등을 통해 사회 통제를 강화하는 동시에 강압적인 공권력으로 사회 갈등과 불만을 억압했다. 이는 형식적으로는 사회적 질서를 유지하고 국민들의 안정과 균형을 도모한 것 같았지만, 민주화 운동은 더욱 거세게 타올랐으며 사회적 불만과 갈등은 폭발 직전으로 증폭됐다. 장영자·이철희사건, 명성그룹사건과 영동진흥개발사건 등 여러 차례 권력형 비리 사건이 발생한 것도 이 같은 획일적 통제사회에서 벌어진 권력유착형 사건이라는 점에서 주목된다.

9. **자유와 평등 등 기본권 부인**　전두환 정권의 선전선동 및 홍보는 헌법이 보장한 개인의 자유와 권리를 부인하는 최악의 민주주의 파괴 시대를 호도하는 악성효과를 불러왔고, 정부의 통제와 각종 기본권 등 국민들의 자유를 제한하는 폭정으로 이어졌다. 1995년 구속 기소되어 1심에서 사형을, 항소심에서 무기징역과 추징금 2200억 원을 선고받고 복역하다 1997년 사면·복권된 그는 2021년 11월 23일 지병으로 사망할 때까지 반성 없는 독재자의 삶을 이어나갔다.

10. **역사적 평가**　전두환 정권에서의 선전선동 및 홍보는 군부 쿠데타로 집권한 뒤 공권력을 동원해 민주주의를 억압하고 파괴한 독재적인 특징과

인권침해로 연결됐다. 결국 군부쿠데타와 강압통치의 주역인 전두환, 노태우 두 사람은 수감되어 죗값을 치러야 했다. 그는 마지막 순간까지 "광주에서 양민에 대한 국군의 의도적이고 무차별적인 살상 행위는 일어나지 않았고, 무엇보다도 '발포 명령'이란 것은 아예 존재하지도 않았다"고 주장해 역사 왜곡이라는 비판을 받았지만, 끝내 양심의 문을 열지 않았다.

리더의 말하기는 늘 위기관리를 의식해야 한다

정치 분야에서는 늘 예상치 못한 사건사고와 정치적 현안이 등장하곤 한다. 이때 위기관리를 해야 하는 지도자의 입장에서 스피치와 말하기 기법은 매우 중요한 리더십 요소다.

위기관리는 정치나 국방 분야에서는 국내적 또는 국제적 위기의 발생을 예방하고, 위기가 발생했을 경우 그 위기 상황을 계속 통제하면서 야기될 수 있는 피해의 범위를 최소화하고, 전쟁으로의 확대를 방지하며 평화적으로 문제를 해결하기 위해 구축해 놓은 제도적 장치 및 절차를 의미한다.

리더는 사회나 조직에서 위기가 발생하면 빠르게 상황을 파악하고 적절한 커뮤니케이션을 통해 상황 악화를 막기 위해 총력을 기울여야 한다. 그 과정에서 시간이 지체되거나 잘못된 입장이 나갔을 경우, 또 내부의 대응역량이 부족할 경우 이해관계자와 언론은 제대로 위기관리 대응이 되지 않는다고 판단하고 비판기사와 사회적 여론이 비등하게 된다.

이 같은 위기관리 대응 실패에 따른 부정적 결과를 최대한 극복하기 위해서는 적극적인 대응이 필요하다.

첫째, 대응이 지체되지 않도록 정확하고 신속하게 조치에 나서야 한다. 예측 가능한 이슈, 유형이 비슷한 이슈의 위기관리 커뮤니케이션은 항상 미리 준비되어 있고, 즉각 대응이 가능하도록 매뉴얼이 준비되어 있어야 한다. 위기 상황이 발생했을 때 위기 상황에 대한 핵심 메시지들이 적재적소, 적기에 나옴으로써 대중의 신뢰를 유지해야 한다.

둘째, 이해관계자와 대중의 현안에 대한 시각이 같아지도록 적극 홍보해야 한다. 이해관계자와 대중은 발생한 위기를 심각하게 생각하고 있는데, 정부나 기업은 안이하게 대응하는 것처럼 비친다면 대중의 불신을 쌓을 수 있다. 대중은 중요하게 생각하지 않는데, 정부나 기업은 굉장히 심각한 상황인 것처럼 소통할 때도 혼란에 빠질 수 있다.

셋째, 위기관리에 대한 커뮤니케이션 창구는 일원화되어야 된다. 훈련받지 않은 사람들이 여러 채널에서 다양한 이야기를 할 때, 현장이나 대중이 혼란은 거신다. 언론도 엇박자 대책이라고 비판에 나서게 된다. 일관성있는 위기관리 커뮤니케이션이 중요하다.

넷째, 위기 상황에 맞고 위기관리가 가능한 적재적소의 커뮤니케이션을 해야 한다. 정확한 커뮤니케이션은 정확한 사실, 즉 팩트를 기반으로 커뮤니케이션하는 것을 원칙으로 하되 상황에 맞게 유연하고 적절한 커뮤니케이션을 하는 것이 필요하다. 위기가 발생하면 책임을 져야 할 정부나 기업이 말하고 싶은 내용, 언론이 알고 싶어 하는 진실, 이해관계자가 듣고 싶어 하는 내용, 대중이 기대하는 사실이 혼재되고 혼란이 가중될 가능성이 크다. 원칙을 지켜 준비된 대응을 하되, 상황에 적절한 커뮤니케이션을 할 때 성공적인 위기관리가 된다.

리더의 말하기는 대중과 소통해야 한다

리더나 지도자의 입장에서 하는 대중과의 소통과 말하기, 연설과 스피치 기법은 어떤 점을 고려해야 할까?

〈군주론〉을 통해 국왕을 비롯한 정치지도자의 역할에 대해 강조했던 이탈리아의 정치학자 니콜로 마키아벨리를 살펴보자. 그는 능력 있는 지도자는 기회를 정확하게 인식하고 포착할 수 있으며 상대보다 생각이 앞서야 승리할 수 있다며, 특히 역량 있는 지도자는 가능성이 기회로 바뀌는 때를 인식하고 경쟁자나 상대방보다 더 빨리 반응해야 한다고 주장한다.

앤 마리 미국 링컨대 교수는 "리더십은 모든 수준의 의사결정을 하는 가운데 대화에 힘을 고양하려는 것을 시작으로, 그들의 식견을 이용하고 의사결정에서 투명성과 절차를 확립하며 그들만의 가치와 전망을 분명하게 말하면서도 강요하지 않아야 한다"며 "지도력은 환경을 대상으로 한 것이지, 예정된 것에 반응하고 문제를 인식하고 변화 관리가 아닌 실질에 부합하게 개선하려는 변화를 제안하는 것만은 아니다."라고 주장했다.

리더는 늘 이렇게 상황변화를 인식하고, 투명하고 열린 절차를 통해 의사결정이 이뤄지도록 하고, 실제 현실에 부합되도록 변화와 혁신의 방향을 이끌어가야 한다. 이 과정에서 리더는 말하기를 통해 대중이나 구성원들과 소통하며, 성공적인 커뮤니케이션을 위해 최선을 다해야 한다.

1. **목적과 목표 설정** 리더나 지도자는 소통과 말하기를 할 때, 명확한 목적과 목표를 설정해야 한다. 이를 통해 대중이나 청중에게 전달하고자 하는 메시지를 명확하게 전달할 수 있으며, 효과적인 소통을 이룰 수 있다.

2. **청중 분석** 대중이나 청중의 특성과 요구에 대한 분석을 통해 어떻게 소통을 해야 하는지를 파악해야 한다. 대중의 관심사, 가치관, 문화적 배경 등을 고려하여 메시지를 전달하는 것이 중요하다.

3. **간결하고 명확한 언어 사용** 간결하고 명확한 언어로 소통하는 것은 매우 중요하다. 복잡하거나 어려운 언어는 대중의 이해를 방해할 수 있으므로, 쉽게 이해할 수 있는 언어를 사용해야 한다.

4. **비언어적 요소의 활용** 말하기와 스피치에서 비언어적 요소들인 제스처, 표정, 몸짓 등을 활용하는 것이 중요하다. 이러한 비언어적 요소들은 말하는 내용을 보충하고 강조함으로써 전달력을 높일 수 있다.

5. **이야기와 에피소드** 흥미롭고 관심이 가는 이야기와 에피소드는 대중과의 연결을 강화하는 데 도움이 되는 기법이다. 리더나 지도자는 자신의 경험, 사례, 에피소드를 가져와 명확하고 흥미로운 이야기로 전달함으로써 청중의 관심을 끌 수 있다.

6. **청중 참여 유도** 대중과의 소통에서 청중의 참여는 매우 중요하다. 질문, 그룹 토의, 투표 등 다양한 방법을 통해 청중의 참여를 유도하는 것이 좋다. 이를 통해 대중의 관심과 연관성을 높일 수 있다.

7. **감정과 감정적 청취** 소통과 말하기를 위해 리더나 지도자는 자신의 감정을 표현하고, 대중의 감정을 공감하며 청취해야 한다. 감정은 메시지에 가장 큰 영향을 주고 기억에 오래 남을 수 있기 때문에, 이를 적절히 활용해야 한다.

8. **시각화와 예시**   시각화를 통해 소통 및 말하기의 효과를 높일 수 있다. 그림, 차트, 다이어그램, 이미지 등을 활용하여 복잡한 개념이나 정보를 시각적으로 보여줌으로써 대중의 이해를 도우면, 말하기를 통한 소통의 효과는 더욱 커진다.

9. **피드백 수렴과 개선**   피드백은 어떤 행위의 결과가 최초의 목적에 부합되는가의 여부를 확인하고 즉시 행위의 원천에 그 정보를 되돌려 보내 적당한 행위가 되도록 작용하는 것을 의미한다. 리더나 지도자는 대중의 피드백을 투명하고 개방된 과정을 통해 민주적으로 수렴하고, 그 결과를 열린 마음으로 받아들여야 한다. 다음 의사결정을 위한 참고사항으로 활용할 수도 있다. 피드백을 통해 자신의 말하기나 스피치 기술을 개선하고 효과적인 소통을 이룰 수 있다.

10. **지속적인 연습과 발전**   말하기와 스피치 기법은 지속적인 연습과 발전을 통해 개선할 수 있다. 리더나 지도자는 말하기 기술을 향상시키기 위해 녹화하고 분석하며, 피드백을 받고 반복적인 연습을 해야 한다. 이를 통해 더 나은 소통과 말하기가 가능해진다.

정치 지도자의 입장에서 대중연설과 스피치의 중요성은 두말할 나위가 없을 만큼 크다. 정치 지도자는 수시로 수많은 국민이나 지역구민, 지지자를 만나 대중연설을 해야 하고, 국회 본회의 상임위 등 각종 회의 때마다 연설이나 스피치를 해야 한다. 식사나 각종 모임에서도 축사나 인사말, 건배사 등 다양한 말하기를 해야 한다. 정치지도자의 대중연설과 스피치는 다음과 같은 특성을 갖는다.

1. **리더십 강화**   대중 연설과 스피치는 정치 지도자의 리더십을 강화하는 데 도움을 준다. 효과적인 연설과 스피치는 대중들을 감동시키고, 리더십의 자신감을 보여줌으로써 지지자들을 모으고 옹호자들을 확보할 수 있다.

2. **정책 설명과 이해 증진**   대중 연설과 스피치는 정치 지도자가 자신의 정책을 상세하게 설명하고 대중들의 이해를 돕는 데 중요한 역할을 한다. 정책에 대한 명확하고 이해하기 쉬운 설명은 대중들이 그 정책을 받아들이고 지지할 수 있게 만든다.

3. **에너지 및 열정 전달**   대중 연설과 스피치는 정치 지도자가 자신이 열정과 헌신을 대중들에게 전달하는 중요한 수단이다. 열정적인 말투와 카리스마 있는 표현은 대중들을 감동시키고, 지도자의 신뢰성과 행동력을 암시한다.

4. **대중 연결 및 공감, 네트워크 구축**   정치 지도자는 대중과의 연결과 공감을 통해 신뢰를 구축해야 한다. 감정적인 대화, 이야기, 공감적인 표현을 통해 대중들과의 감정적인 연결을 형성할 수 있으며, 지지와 호의를 유도할 수 있다. 이 같은 공감대가 형성되면 지도자와 대중은 특정한 네트워크가 형성되고, 온라인·오프라인을 통한 다양한 지지자 모임이 결성되기도 한다.

5. **대중에 대한 리더십 설명**   정치 지도자는 자신이 지니고 있는 대중에게 대한 리더십에 대한 설명을 해야 한다. 이는 자신의 지도자로서의 역량과 목표를 대중들에게 알리고, 지지 기반을 확장하고 신뢰를 쌓을 수 있는 기회를 제공한다.

6. **정체성 및 가치관 강조**   대중 연설과 스피치는 정치 지도자가 자신의

정체성과 가치관을 강조하는 데 도움을 준다. 지도자의 개인적인 경험, 가치관, 철학 등을 포함하는 이야기와 예시를 통해 대중들에게 자신을 소개하고, 일관된 이미지를 제시할 수 있다.

7. **정치 파트너십 형성** 대중 연설과 스피치는 다른 정치 지도자와의 협력과 파트너십 형성에도 도움을 준다. 지도자는 다른 정치 지도자들과 대중 앞에서 연설하고 스피치하면서, 공동의 목표와 비전에 대해 공유하고 협력을 이끌어낼 수 있다.

8. **대중적 리더십 상징** 대중 연설과 스피치는 정치 지도자의 대중적 리더십 상징을 제공한다. 훌륭한 연설과 스피치는 대중들에게 우수한 지도자로서의 이미지를 떠올리게 하고, 신뢰와 존경을 동시에 불러일으킬 수 있다.

9. **사회 변화 및 영향력** 대중 연설과 스피치는 정치 지도자가 사회적 변화와 영향력을 창출하는 역할을 한다. 강력하고 독창적인 메시지는 사회적 변화를 이끌어 내기 위한 도구로 사용될 수 있으며, 대중들의 시선과 사고를 변화시킬 수 있다.

10. **합리적 설득과 지지 확보** 대중 연설과 스피치를 통해 정치 지도자는 대중들을 합리적으로 설득하고 지지를 확보할 수 있다. 논리적인 주장, 객관적인 사실 제시, 전문성과 신뢰성 표현은 대중들을 설득하여 지지를 유도할 수 있는 효과적인 수단이다.

리더의 말하기
성공 사례

만델라처럼 말하기

　　넬슨 만델라(1918~2013) 대통령은 남아프리카 공화국의 제8대 대통령이자 세계 최초의 흑인 대통령이다. 아프리카 민족회의[ANC]의 회장이며, 1993년 노벨평화상 수상자로 위대한 정치지도자이자 민주투사로 존경받았다. 인종차별 정책을 추진하던 정부에 맞서 운동을 벌이다가 1962년부터 27년간 수감생활을 했다. 아파르트헤이트의 철폐와 동시에 석방되어, 흑인들의 투표권을 위한 법안을 통과시켰고, 이후 대통령으로 선출되어 남아공을 아프리카의 대표적인 강국으로 만들었다.

　　넬슨 만델라 전 남아공 대통령의 리더십과 스피치 특성과 기법을 살펴보자.

　　1. 포용력과 화합하는 리더십　넬슨 만델라는 포용적이면서 동시에 화합하고 협력하는 리더십 스타일을 가지고 있었다. 그는 인종차별을 극복하고 평화롭고 통합된 사회를 만들기 위해 모든 사람들을 포용하는 화해와 용서의 리더십과 스피치로 남아공과 세계의 시민들을 감동시켰다.

　　2. 화합과 협력　만델라는 다양한 인종, 종교 및 사회 집단의 화합을 강조했다. 그는 다른 의견을 존중하고 합의를 이끌기 위해 협동을 장려했고, 큰 성공을 거두면서 남아공은 아프리카의 최강국 중 하나로 급성장했다.

　　3. 비폭력적 저항　만델라는 비폭력적 저항을 표방했다. 그는 평화적인

방법을 사용해 인권을 옹호하고 정치적 분쟁을 해결하는 방안을 모색했고, 수많은 기자회견과 방송 출연을 통해 자신의 정책을 직접 설명했다.

4. 강인함과 인내력 만델라는 투쟁과 고난 속에서도 강인함과 인내력을 유지했다. 그는 오랜 감금기간 동안에도 자신의 이상을 위해 투쟁하며 포기하지 않았다.

5. 예의와 상호존중 만델라는 만나는 상대방이 어떤 사람이든 늘 예의와 상호존중을 중요하게 여겼다. 그는 매 순간 자신의 행동이 다른 사람에게 어떤 영향을 미치는지를 인식하며, 제국주의와 차별, 타민족이나 인종에 대한 차별에 반대했다.

6. 타협과 용서 만델라는 백인과의 인종 전쟁, 아파르트헤이트와의 차별 전쟁에서 모두 승리한 후에 타협과 용서의 중요성을 강조했다. 그는 민족 간의 갈등을 해결하기 위해 용서와 협력을 강조했고, 실제 화해와 용서, 사면을 추진해 국민통합을 추진했다.

7. 열정적이고 탁월한 연설 만델라는 열정적이고 감동적인 연설로 많은 사람들에게 영향을 주었다. 그의 스피치는 음성과 표현력을 적절히 활용하여 사람들의 마음을 움직였다는 평가를 받는다.

8. 서로의 관점과 이익을 이해하기 만델라는 아무리 공격적인 적이라 할지라도 적대적인 태도를 보이지 않았고, 상대방을 존중하고 이해하려 했다. 그는 대화와 협의를 통해 대립을 해소하고 서로의 관점을 이해하는 방법을 모색했다.

9. 감정과 공감 만델라는 자신의 감정과 공감을 표현하는 능력을 가졌다. 그는 사람들의 이야기를 경청하고 그들에게 공감을 표시하여 상호 이해와 신뢰를 촉진했다.

10. 국제사회와의 협력　만델라는 국제사회와의 협력을 강조했다. 그는 국제사회의 지원과 협력을 통해 남아프리카 공화국의 재건과 평화를 이루는 데에 기여했다.

남아공 최초의 흑인 대통령에 오르는 만델라의 취임식 방송은 전 세계에서 십억 명 가량이 시청한 것으로 추정될 정도로 지구촌의 화젯거리였다. 4천 명에 이르는 내빈 중에는 영국의 에든버러 공(엘리자베스 여왕의 남편), 쿠바의 피델 카스트로, 차임 헤르조그 이탈리아 대통령 등도 있었으며, 수많은 세계적 지도자들이 운집해 화제를 모았다. 불굴의 투사 만델라는 전 세계의 축복을 받으며 행한 취임연설에서 백인에게는 용서를 흑인에게는 정치적 자유를 선언하며 국가 화합을 당부하면서 국민통합에 나섰다.

그는 연설 마지막 부분에서 다시 한 번 국가의 화합과 통합을 강조했다.

"여러분, 남아프리카 공화국 국민 여러분이 저에게 부여한 이 명예와 특권은 더없는 영광이며 축복입니다. 여러분의 지지로 저는 인종 차별과 성 차별이 없는, 민주적이고 단일한 남아프리카공화국의 첫 번째 대통령이 되어 이 나라를 어둠의 골짜기에서 끌어낼 임무를 맡게 되었습니다.

자유로 향하는 길이 평탄치 않으리라는 사실은 잘 알고 있습니다. 홀로 행동하는 사람은 결코 성공할 수 없다는 사실도 잘 알고 있습니다. 따라서 우리는 국가 화합을 위해, 국가 건설을 위해, 새로운 세계의 탄생을 위해 힘을 모아 함께 노력해야 합니다. 모든 이에게 정의를 안겨줍시다. 모든 이에게 평화를 안겨줍시다. 모든 이에게 일과 빵, 물과 소금을 안겨줍시다. 모든 이에게 알립시다. 개인의 몸과 마음과 영혼은 자유로우며, 이는 다만 그 자신의 자아실현을 위해 존재한다는 사실을 알립시다.

이 아름다운 땅이 또다시 누군가의 탄압으로 신음하거나 세계의 스컹크가 되는 모욕에 시달리는 일은 결코, 절대, 다시는 없어야 합니다. 이제 자유가 군림하게 합시다. 인류의 영광스러운 업적 위에 태양은 영원히 지지 않을 것입니다. 하느님의 은총이 아프리카와 함께하기를 바랍니다. 감사합니다."

그의 다짐처럼 만델라 취임 후 남아공은 분열과 갈등이 아닌, 화합과 통합의 길을 걸었다.

링컨처럼 말하기

에이브러햄 링컨(1809~1865)은 미국의 제16대 대통령으로, 남북전쟁이라는 거대한 내부적 위기시기에 나라를 이끌어 연방을 보존하였고 노예제를 폐지하는 인류사에 빛나는 업적을 남겼다. 그는 미 북서부 변방 개척지에 사는 가난한 가정 출신이었기 때문에, 학교에서 배우기보다는 독학으로 학업을 마친 뒤 변호사가 된 입지전적 인물이다. 그는 이후 일리노이주 의원과 하원의원을 한 번씩 한 뒤, 상원의원 선거에서는 두 차례에 걸쳐 고배를 마시는 실패의 길을 걸었다.

그는 1860년 대통령 선거에서 공화당의 대통령 후보 지명을 확보한 뒤 대통령에 선출됐다. 1863년에는 노예 해방 선언을 발표했고, 미국 헌법 수정 제13조의 통과를 주장하며 노예제의 폐지를 이끌었다. 링컨은 1861년 말 트랜트호 사건에서 영국과 전쟁 위기까지 몰렸던 위기를 잘 해결했으며, 1864년의 대통령 선거에서도 승리했다. 그러나 1년 뒤인 1865년 남부연합을 이끌던 로버트 리 장군의 큰 패배가 있은 지 6일 후에 링컨은 미국 역사상 처음으로 대통령 임기 중에 암살됐다.

흑인 노예해방과 함께 위대한 미국을 출발시킨 링컨 대통령의 리더십과 스피치 특성과 기법을 살펴보자.

1. 조화롭고 강력한 리더십　링컨 대통령은 분열된 미국을 통일하기 위해

강력한 리더십을 발휘했다. 그는 갈등과 국가적 위기 상황에서도 조화를 이끄는 능력을 보였다.

2. 따뜻한 관계 형성과 통찰력　링컨은 사람들과 따뜻한 관계를 형성하는 데에 타고난 능력이 있었다. 그는 사람들에 대한 온정어린 이해와 상호 배려하는 네트워크에 집중했고, 국가와 국민들이 힘들고 어려운 시기에 뛰어난 통찰력으로 그들의 요청과 필요에 부응하려고 노력했다.

3. 공정한 리더십　링컨은 동일한 기회와 공정한 대우를 강조했다. 그는 모든 사람들에게 공정한 사회 질서를 구축하기 위해 행동했다.

4. 윤리적 리더십　링컨은 도덕적 원칙을 중시하는 리더였다. 그는 정직, 공정, 성실성이라는 시민의 가치와 철학을 무시하지 않았으며, 이를 바탕으로 사회와 국가를 이끌었다.

5. 감정을 파고드는 강렬한 연설　링컨은 매우 감정적이고 강렬한 스피치를 했다. 그의 연설은 사회적 문제를 이해하고 개선하는 데에 효과적이었다.

6. 민중과의 소통　링컨은 대중과의 소통을 중요하게 여겼다. 그는 직접 사람들을 만나 대화하고 피드백을 수렴하는 시간을 가졌다.

7. 예술적 표현　링컨은 예술적인 표현력을 가진 연설가였다. 그는 은유와 비유를 통해 복잡한 아이디어와 감정을 전달했다.

8. 강력한 비전과 목표　링컨은 미국의 미래를 위한 비전과 목표를 가지고 있었다. 그는 흑인 해방과 평등을 포함한 광범위한 사회적 변화를 이루기 위해 노력했다.

9. 고결한 태도와 유머 감각　링컨은 어떤 상황에서도 고결한 태도를 유지했고, 고통스럽고 힘든 상황에서도 미소를 잃지 않았다. 그의 유머 감각은 장애를 극복하기 위한 방법으로 활용되었다.

10. 동기부여와 감정적 끌림   링컨은 동기부여와 감정적인 끌림을 통해 사람들을 이끌었다. 그의 리더십은 사람들에게 기회, 자유, 희망을 전달하여 미국국민과 함께 미국사회와 지구촌의 민주주의와 평화를 주도했다.

링컨은 반대파에 지원책을 펴는 과정에서, 뛰어난 수사학 이용과 연설을 통해 대중의 의견을 이끌어내는 데 성공했다. 역사상 가장 위대한 연설 중 하나로 꼽히는 게티스버그 연설은 미국의 전통인 자유주의 곧 자유, 평등, 민주주의에 대한 상징이 되었으며, 역사를 통틀어 가장 많이 인용되는 연설로 손꼽힌다.

"지금으로부터 87년 전 우리 선조는 자유를 기반으로 모든 사람은 태어나면서부터 평등하다는 전제하에 새로운 나라를 이 대륙에 세웠습니다.

오늘날 우리는 이렇게 탄생한 한 나라가 오랫동안 존속할 수 있는지를 시험하는 큰 내전을 치르고 있습니다. 우리는 이 나라를 위해 목숨을 바친 사람들에게 격전지 일부를 영원한 안식처로 봉헌하기 위해 왔습니다. 우리가 그들의 숭고한 희생을 기리는 것은 마땅히 해야 할 일입니다.

그러나 더 넓은 의미에서 보면, 우리는 이곳을 봉헌할 수도, 신성하게 할 수도, 거룩하게 할 수도 없습니다. 순국한 용사들이 이미 이곳을 신성하게 만들었기에 우리의 나약한 힘으로는 더 가감할 수 없습니다. 세상은 우리가 여기에서 무엇을 말했는지 기억하지 못하겠지만, 그들이 이곳에서 행한 공적만큼은 절대 잊지 않을 것입니다. 따라서 이곳에서 싸웠던 사람들이 훌륭하게 이뤄 놓은 미완의 과업을 완수해야 할 사람은 바로 우리입니다. 대의를 위해 명예롭게 죽은 분들의 유지를 받들고 남겨진 과업을 위해 전념합시다. 우리는 그들의 죽음이 헛되지 않도록 굳게 다짐합시다. 하느님의 보호 아래 이 국가는 새로운 자유를 맞이할 것입니다. 그리고 인민의, 인민에 의한, 인민을 위한 정치가 이 지구에서 영원하도록 우리는 협력해야 합니다."

루스벨트처럼 말하기

프랭클린 루스벨트(1882~1945) 대통령은 미국의 제32대 대통령으로 미국 최초이자 유일의 4선 대통령이다. 1930년대의 대공황을 타개하기 위해서 뉴딜정책을 도입하여 경제를 되살렸고, 제2차 세계대전에 참전하여 종전을 앞당기는 데 큰 역할을 했다는 점에서 미국의 영웅으로 평가된다.

그는 척추소아마비라는 병으로 하반신을 쓰지 못하는 장애인이었지만 그 누구보다도 미국을 '강력한 아메리카'로 변신시킨 대통령으로 미국인들의 존경을 받고 있다. 휠체어에 앉아 세련된 언변과 유머를 구사하던 미국 유일의 4선 대통령 루스벨트는 무너져 가던 미국 경제를 일으켜 세우고 굶주림에 허덕이던 실업자를 일터로 불러들인 대통령이었다는 점에서 국가의 위기 때마다 거론되곤 한다.

그는 전쟁에서 벗어나고 싶은 미국 국민들을 설득하여 연합국에 무기를 대여함으로써 세계 평화 유지에 기여했다. 또 일본의 진주만 습격 이후 참전하여 연합국의 승리를 이끈 견인차 역할을 했다. 4선이라는 경력이 말해주듯이 그는 미국 국민들로부터 아낌없는 사랑을 받았다는 점에서 사상 전무한 경력을 가진 정치지도자이다.

프랭클린 루스벨트 대통령의 대중연설과 스피치의 특징과 기법을 살펴보자.

1. 에너지와 역동성 루스벨트 대통령은 대중연설과 스피치에서 높은 에너지와 역동성을 유지했다. 이는 청중들의 주의를 집중시키고, 그의 열정에 감동할 수 있도록 하는 특징을 가지고 있다.

2. 뚜렷한 목표 루스벨트 대통령은 대중연설과 스피치에서 명확한 국가정책과 정치적 목표를 제시한다. 이는 청중들에게 궁극적인 목표와 행동계획을 제공함으로써, 동기부여와 실행력을 부여하는 특징을 갖고 있다.

3. 직설적인 언어 루스벨트 대통령은 대중연설과 스피치에서 직설적이고 간결한 언어를 사용했다. 이는 청중들이 명확하게 이해하고 쉽게 연결할 수 있도록 하는 특징을 갖는다.

4. 감정적인 연결 루스벨트 대통령은 대중연설과 스피치에서 듣는 이들의 감정적인 연결을 이끌어내는 능력을 갖고 있었다. 이는 청중들과의 공감을 형성하며, 그의 메시지를 효과적으로 전달하는 데 도움을 줬다.

5. 구체적인 사례와 이야기 루스벨트 대통령은 대중연설과 스피치에서 구체적인 사례와 이야기를 사용해 청중의 흥미를 끌었다. 이는 추상적인 개념을 쉽게 이해할 수 있도록 하며, 청중들의 관심을 끌고 메시지를 강화하는 효과가 있다.

6. 위로와 소통 루스벨트 대통령은 대중연설과 스피치에서 위로와 소통을 강조하곤 했다. 이는 청중들의 어려움과 열등감을 이해하며, 그들의 신뢰를 얻고 서로간의 협력을 장려하는 특징을 가지고 있다.

7. 비유와 상징성 루스벨트 대통령은 대중연설과 스피치에서 비유와 상징적인 표현을 사용했다. 이는 추상적인 개념을 쉽게 이해할 수 있도록 하며, 강화된 이미지를 통해 청중들에게 메시지를 전달하는 데 도움을 줬다.

8. 목소리와 억양 루스벨트 대통령은 대중연설과 스피치에서 목소리와

억양을 효과적으로 활용했다. 이는 그의 감정과 열정을 강조하며, 청중들에게는 긴장감과 흥분을 전달했다.

9. **과감한 변화와 혁신** 루스벨트 대통령은 대중연설과 스피치에서 과감한 변화와 혁신에 기반한 다양한 정책과 법안을 제시했다. 이는 청중들에게 새로운 아이디어와 전략을 제공하며, 그들의 동참과 창의성을 촉진시키는 효과를 나타냈다.

10. **리더십과 책임감** 루스벨트 대통령은 대중연설과 스피치에서 강한 리더십과 책임감을 강조했다. 이는 청중들에게 안정감을 제공하고, 그들의 헌신과 노력을 격려하는 특징을 보였다.

프랭클린 루스벨트 대통령의 대중연설과 스피치는 대단히 막강한 위력과 영향력을 갖고 있었다. 특히 그의 네 번에 걸친 취임 연설 가운데 첫 번째 연설은 미국 역대 대통령의 연설 중 최고로 꼽히고 있다.

이 연설은 루스벨트가 고된 선거 운동 당시 미국 전역을 돌아다니며 경제 개혁을 설파했고, 모두 200번이 넘는 연설을 펼친 뒤 하게 된 연설이라는 점에서 그의 연설 능력이 절정에 다다를 정도로 무르익은 상황에서 나온 연설이었다. 그는 이 취임 연설에서 "위대한 미국은 이미 과거에 그래왔던 것처럼, 역경을 극복하고 살아남을 것이며 번영을 이룰 것입니다. 우리가 경계해야 할 것은 두려움 그 자체일 뿐입니다."라며, 대공황에 신음하는 국민들을 위로하고 두려움에 대한 명언을 제시함으로써 고통 받던 많은 미국인들에게 위로와 희망을 선사했다.

그는 연설 마지막 부분에서 이렇게 말했다.

"저는 여러분께 받은 신뢰에 대해 적절한 시기에 용기와 헌신으로써 보답할 것입니다. 그렇게 해낼 수 있습니다. 우리는 거국적으로 단결하여 용기를 잃지 않고 눈앞의 이 고된 시기에 맞설 것입니다. 그 과정에서 오랜 세월 소중하게 여겨온 도덕적 가치를 뚜렷이 의식할 것이며, 노인이든 젊은이든 자신의 의무를 엄격히 수행하면서 완전한 만족을 누릴 것입니다. 통합적이고 영속적인 국민 생활을 확보하는 것이 우리의 목표입니다.

우리는 필수적인 민주주의의 미래를 의심하지 않습니다. 미국 국민은 한 번도 실패하지 않았습니다. 그들은 필요에 따라 직접적이고 강력한 행동을 취할 권한을 위임해 왔습니다. 그들은 지도자에게 규율과 방향을 요구했습니다. 그리고 이제는 저를 여러분의 소망을 실현할 도구로 임명하였습니다. 선물을 받듯이 저는 그 임무를 받아들일 것입니다. 국가에 대한 헌신을 다짐하는 이 자리에서 우리는 겸허히 신의 축복을 기원합니다. 신이시여, 우리 국민 한 사람 한 사람을 보호해주소서. 다가올 날들에 저를 인도해 주소서."

이 부분은 대통령으로서 함께 사는 행복한 나라에 대한 믿음과 소망을 국민들에게 잘 전달했다는 평가를 받는다.

메르켈처럼 말하기

앙겔라 메르켈(1954~)은 독일 최초의 여성 총리이자, 최초의 동독 출신 총리를 역임한 여성 정치인이다. 독일 브란덴부르크에서 자란 뒤 라이프치히 대학에서 물리학 박사가 된 메르켈은 헬무트 콜 총리에게 발탁되어 신인 정치인으로 주목받았으며, 콜 총리 아래서 여러 번 장관을 지냈다. 2000년 기독교민주연합당의 당수로 선출된 후, 2005년 선거에서 승리해 총리에 취임한 이래, 신중한 판단과 소탈한 행보로 '엄마 리더십'을 보이면서 대중적 인기를 얻었다. 2017년 9월 총선에 메르켈이 속한 기독교민주연합당이 승리하면서 4번 연속 총리를 역임했으며, 2021년 10월 4번째 임기를 마치고 퇴임했다.

앙겔라 메르켈 총리의 대중연설과 스피치의 특징과 기법을 살펴보자.

1. **무티 리더십** 메르켈은 진지하고 침착하면서도 포용적인 리더십 스타일을 보여준다. 흔히 무티 리더십으로 불리며, 이는 권력을 과시하지 않고 원칙을 유지하는 가운데 다른 의견을 포용하면서도 힘 있게 정책을 편다는 의미를 갖는다. 독일어로 무티mutti는 엄마라는 뜻으로 마더십을 의미하며, 어머니의 온화한 면과 동시에 반드시 성취하고야 마는 강한 속성을 잘 드러낸다. 그녀는 유럽 국가들 간의 협력을 촉진하고자 했고, 동시에 팀워크와 상호 이해를 강조하는 성향을 나타냈다.

2. **적극적인 소통** 메르켈은 적극적으로 소통하고, 중요한 사안들에 대해 열려 있는 투명성과 개방성을 유지했다. 그녀는 국민들과 자주 대화하며, 언론과 외국 정상들과의 소통 또한 많이 하면서 국제사회에서 독일의 리더십을 확립했다.

3. **통찰력과 이해력** 메르켈은 경영학 및 물리학을 전공한 배경을 바탕으로 정치인으로서 논리적이고 합리적이면서, 동시에 통찰력 있고 분석적인 사고력을 보여줬다. 그녀는 복잡한 문제에 대해 전체적인 그림을 파악하고 해결책을 찾는 데 능숙한 정치력을 과시하곤 했다.

4. **감정적인 지도자** 메르켈은 자기 통제와 강한 감정 표현을 통해 자신의 의견을 표현하곤 했다. 감정적인 소통은 그녀의 리더십 스타일을 대외적으로 보여주고 지지자들을 이끄는 데 있어서 매우 중요한 역할을 했다.

5. **참여형 리더십** 메르켈은 팀워크와 기여의 중요성을 강조하는 참여적인 리더십을 선호했다. 그녀는 국내외 정치 인사와의 협력을 통해 더 나은 결과를 얻으려고 노력했다.

6. **전략적 인사관리** 메르켈은 자신의 폭넓은 정치력과 강력한 네트워크를 발휘해 다양한 전문가들을 모은 뒤 탁월한 팀을 구축했다. 그녀는 정당 내의 각각의 팀원들의 장점을 살려 효과적인 수행을 도모하며, 인사 관리를 통해 팀의 성과를 극대화하는 정치력을 발휘했다.

7. **언어와 의사소통 기술** 메르켈은 탁월한 언어와 의사소통 기술을 통해 효과적으로 메시지를 전달하고 국민들에게 호의적인 이미지를 전달하곤 했다. 그녀는 카리스마적인 명연설가로 알려져 있으며, 대중과 대화하면서 언제든지 국민들이 이해할 수 있도록 쉽게 설명하는 스피치 능력을 과시하곤 했다.

8. 위기 대처 능력   메르켈은 다양한 위기 상황에서 안정성과 신속한 대응 능력을 보여줬다. 그녀의 결단력과 책임감은 독일과 유럽의 안정을 유지하는 데 큰 역할을 했다.

9. 협상 및 타협력   메르켈은 다양한 이해 관계자들과의 협상과 타협을 통해 해결책을 찾는 방식을 선호했다. 그녀는 적극적으로 협력하고 유연하게 대응하여 다른 이해 관계자들과 공동의 이익을 추구하곤 했다.

10. 리더십과 사회적 책임   메르켈은 자신의 리더십을 통해 사회적 책임을 적극적으로 추구했다. 그녀는 여성들에게 가정과 직장의 균형을 유지할 수 있는 기회를 제공하는 등 사회 포용성에 대한 노력을 기울였다.

메르켈의 리더십과 커뮤니케이션 능력은 위기 때마다 빛을 발했다. 메르켈은 2015년 그리스에 대한 구제금융 협상과 같은 해 유럽으로 밀려든 난민 문제에서 신중하면서도 원칙에 입각한 과감한 결단력을 보여줬다. 시스템에 기반을 둔 실용주의적이며 선제적인 위기 대응능력으로 지도력을 발휘함으로써 이어진 총선에서 승리하여 자신의 정치적 스승인 헬무트 콜 총리에 이어 총리직을 4연임하는 기록을 세웠다.

메르켈은 4번째 총리 임기 동안, 유럽연합에서 영국이 탈퇴한 '브렉시트'가 본격적으로 진행되는 등 혼란스러운 국제정세의 변화 와중에도 흔들림 없이 유럽 내 중심 역할을 수행하면서 유럽연합의 핵심적인 지도자로서 유럽연합의 혼란을 최소화하는 데 기여했다.

또 미국의 도널드 트럼프 대통령이 미국 우선주의를 주장하면서 세계 정세의 구도를 재편하는 가운데, 메르켈은 미국 일방주의에 대응하는 한편 자유진영을 대표하여 국제 정세의 균형을 유지하는 데 기여함으로써 유럽연합의 맹주로서 뛰어난 리더십을 보였다는 평가를 받았다. 그 과정에서 그의 자상하면서 동시에 단호한 연설 능력은 유럽을 이끄는 강한 독일의 면모를 어김없이 보여줬다는 평가를 받는다.

세종대왕처럼 말하기

세종대왕(1397~1450)은 조선 제4대 왕이자 훈민정음을 창제하고 조선 초기 국가의 기틀을 마련한 왕으로, 성군 중의 성군으로 불린다.

1418년 6월 왕세자에 책봉된 후 8월에 태종의 양위를 받아 즉위하여 조선 초기 국가의 기틀이 되는 전반적인 제도를 갖추었고, 조선왕조가 지배 기반으로 삼은 유교문화를 융성하게 했다. 특히 훈민정음을 창제하여 백성들이 쉽게 쓰고 읽을 수 있도록 했다. 농사에 도움이 되는 천문기구를 개발하고 도량형을 정비했고, 출판사업을 크게 일으켰다. 대외적으로 여진과 왜를 정벌하고 명의 요구를 조율하는 등 탁월한 외교력과 군사력으로 국력을 신장했다.

훈민정음 서문을 읽어보면, 세종대왕의 나라와 민중 사랑을 잘 읽을 수 있다.

"나라의 말이 중국과 달라 문자로는 서로 통하지 아니하여 이런 까닭으로 어리석은 백성들이 말하고자 하는 바가 있어도 마침내 제 뜻을 능히 펴지 못하는 사람들이 많구나.

내 이를 위하여 불쌍히 여겨 새롭게 스물여덟 자를 만드노니 사람마다 하여금 쉽게 익혀 날로 씀에 편하게 하고자 할 따름이니라."

세종대왕의 리더십과 말하기의 특성과 기법에 대해 살펴보자.

2부_ 리더의 말하기 성공 사례

1. 철저한 계획과 실행력　한글을 창제한 것은 국민들이 쉽게 읽고 쓸 수 있는 문자를 개발함으로써, 국민들의 편의성과 편리성을 보장하는 동시에 국가 발전을 도모하기 위한 체계적인 계획의 결과였다는 점에서 뛰어나고 탁월한 지도자였음을 알 수 있다.

2. 지도자로서의 따뜻한 애민정신　국민들이 불편함 없이 생활할 수 있도록 하기 위해 밤낮없이 공부하고 토론해 훈민정음을 창제했고, 창제 이후에는 왕이 내리는 한문 교서와 더불어 대왕대비나 왕비가 내리는 언문 교서를 통해 통치의 편의성을 증대시키는 등 백성들의 삶을 위해 많은 노력을 기울였다.

3. 시대의 변화에 대한 주도적 태도　세종대왕은 백성들이 기존의 난해한 한자를 알 수 없어 실제 생활에서 불편을 겪는 상황을 개선하기 위해, 한글을 창제함으로써 일반인들이 쉽게 접근할 수 있는 문화 환경을 조성했다. 다른 분야에서도 백성들의 편리함과 안전한 생활을 위한 다양한 노력을 기울인 그야말로 성군이었다.

4. 국민에 대한 올바른 정보 제공　한글 창제를 통해 국민들에게 정보의 균일한 접근을 제공하였으며, 세종실록을 통해 역사적 사실을 기록하여 정확한 정보를 후대에 전달할 수 있도록 했다.

5. 대신 및 국민들과의 소통　말하기에 능숙한 세종대왕은 대소신료들과의 대화 및 일반 국민들을 만나는 잠행을 통해 실제 문제를 파악하고 해결책을 모색했다.

6. 대신들의 상호 협력을 통한 분야별 혁신　세종대왕은 신료들이 모두 분야를 가리지 않고 협력해 성과를 내고 기여함으로써 목표를 이룰 것을 강조하곤 했다. 한글 창제에는 세종대왕을 비롯한 많은 연구자들의 힘이 필요

했기에 집현전 학사들을 중심으로 협력의 네트워크를 구축했다.

7. 대내외 위험을 감수하고 도전하는 용기　세종대왕은 새로운 문지를 개발하는 것이 중국의 반발 및 중화사상에 물든 대신들의 거부감과 반대가 심할 것임을 잘 알고 있었다. 그럼에도 불구하고 세종대왕은 자신의 비전을 추구하겠다고 결심했고, 실제 대다수 학자들은 조선이 예부터 대국大國을 섬기고 중화中華의 제도를 따라왔는데 이제 와서 이를 따르지 않는 것은 부끄러운 일이며, 중국의 글자를 빌려서 쓰는 이두가 이미 보편화되었는데 굳이 새로운 문자를 만들 필요가 없다는 주장을 공공연해 내세웠다. 그러나 세종은 그에 굴하지 않고 여러 집현전 학사와 신료들의 반대를 물리치고, 자신의 뜻대로 훈민정음을 반포하고 여러 가지 관련 사업을 펼쳤다.

8. 독자적인 조선의 예치주의를 실현한 자주성　세종대왕은 과거처럼 단순하게 중국의 것을 따르는 것이 아니라 조선의 독자적인 제도를 마련해 유교적 법치, 즉 예치주의禮治主義의 이상을 실현했다. 성현聖賢의 예를 규범으로 삼아 백성을 다스리던 중국의 옛 정치사상에 근거한 유교적 예치주의를 그대로 따르지 않고, 조선의 국가 질서를 이끌어 갈 법과 제도를 만들고, 그에 걸맞은 예법을 정비했다.

9. 사람들에게 동기를 부여하고 격려하는 능력　세종은 정책 추진 중에 반대 또는 회의적인 의견과 역설에 직면하더라도, 자신의 비전을 전달하고 대소 신료들이 적극적으로 동참하도록 독려했다. 세종이 발탁하고 격려한 박연은 꾸준한 노력으로 율관의 조율을 다듬고, 중국의 소리와는 다른 조선 아악에 어울리는 편경을 제작했다. 과학 분야에 밝은 인재들을 발굴해 그들로 하여금 실제 농사에 도움이 될 만한 여러 가지 기상측량 기구를 만들도록 지원한 것도 마찬가지다. 세종의 지원을 받아 눈부신 과학적 업적

을 남긴 천인 출신 장영실은 천체 측정기인 혼천의, 물시계의 일종인 자격루, 주야 겸용 시계인 일성정시의, 물시계인 측우기 등을 만들었다.

10. 자신의 업적을 영구적으로 기록화　세종대왕은 자신이 이룬 성과가 사라지지 않고 후대에도 남기기 위해 다양한 일이 진행되도록 독려했다. 각종 서책과 발명품뿐 아니라, 세종실록과 한글 창제의 기록을 남김으로써 세종대왕의 업적은 오늘날까지도 우리의 역사와 문화로 이어지고 있다.

이순신 장군처럼 말하기

　충무공 이순신 장군은 조선 선조 때 임진왜란과 정유재란의 해전에서 왜군을 격파하여 승리로 이끈 조선의 명장이다. 본관은 덕수, 자는 여해, 시호는 충무공으로 양반가에서 태어나 22세에 무예를 배우기 시작해 1576년 봄 무과에 급제했다. 1591년 전라좌도 수군절도사가 된 후 왜구의 침입을 대비하여 거북선을 건조하고 군사를 조련했다.

　1592년 4월 임진왜란이 일어나자 5월에 옥포 앞바다에서 첫 승리를 거둔 이후 한산도대첩에서 적선을 크게 격퇴하여 왜군의 전의를 상실시켰다. 1595년 왜군의 간계와 조정의 모함으로 백의종군 처분을 받았으나 곧 삼도수군통제사로 복귀했고, 13척의 배로 300여 척의 왜군을 격파한 명량대첩을 이끌어 왜군의 서해 진출을 저지했다. 마지막 전투였던 11월 노량해전에서 왼쪽 가슴에 탄환을 맞아 전사했다. 진중에서 기록한 〈난중일기〉가 전해지고 있다.

　그가 지은 고시조 〈한산섬 달 밝은 밤〉에는 장군의 호기와 애국심이 잘 드러난다.

　한산閑山섬 달 밝은 밤에 수루戍樓에 혼자 앉아

　큰 칼 옆에 차고 깊은 시름 하는 적에

　어디서 일성호가一聲胡笳는 남의 애를 끊나니.

장군의 난중일기에서도 그런 리더십과 애국심을 잘 읽을 수 있다. 1592년 1월 16일 일기를 읽어보자.

"16일 정축. 맑음. 동헌에 나가 공무를 보았다. 각 관아의 관리들과 색리들이 알현하러 왔다. 방답의 병선 군관과 색리들이 병선을 수리하지 않았으므로 장형에 처했다. 우후虞候와 가수假守들 또한 점검하고 경계하지 않아 이 지경에 이르렀으니 해괴함을 이길 수가 없다. 헛되이 제 한 몸 살찌우기만 일삼고 이리 돌보지 않으니, 다른 날의 일도 알 만한 것이리라. 성 밑의 토박이 병사인 박몽세는 석수로서 선생원先生院 쇄석에 쓸 돌 뜨는 곳에 가서 이웃 강아지에 해를 끼친 고로 장형 80대에 처했다."

이제 본격적으로 이순신 장군의 리더십과 말하기 특성과 기법에 대해 살펴보자.

1. 전략적인 사고력 수십 차례에 걸친 해전에서 적의 약점을 파악하고 그에 맞춰 전략을 세워 승리를 이끌었다. 그는 임진왜란 개전 당시 옥포, 합포, 적진포의 대승을 시작으로 모두 23전 23승의 찬란한 승리를 거뒀고, 한산도대첩의 경우 적선 100여 척을 격파하고 왜군 250명을 죽이는 등 개전 이래 최대의 승전을 거두는 엄청난 전과를 올렸다.

2. 위기 상황에 대한 침착하고 진중한 대처 명량해전에서는 압도적인 전력을 갖춘 적의 대대적 공세에도 불구하고 열정적이며 안정된 리더십으로 함선들을 효과적으로 지휘했고, 승리를 거뒀다.

3. 탁월한 의사소통 능력 전투 중에도 명확하고 간결한 명령을 내려 일관된 행동을 이끌어냈다. 전략지식과 전투상황을 판단하고 분석하는 식견이 뛰어났던 그는 조선 수군의 총 전력이 일본군보다 수십 배 가까이 열세였

지만, 대부분의 전투에서 압승을 거뒀다. 늘 조선 수군의 전력을 압도적으로 넘어서는 일본군을 완파함으로써 니중에는 그의 이름만 들어도 일본군은 도주하는 일이 비일비재했다

4. 신속하고 **탁월한 실행능력** 그는 말로만 계획을 세우는 것이 아니라, 실제로 제안한 전술을 신속하고 정확하게 실행해 실전 전투마다 대승을 거뒀다. 연합함대를 중시해 항상 만전의 화력을 갖추고 싸우는 이순신의 수군은 적보다 열세인 상황에서 전투를 벌인 때는 전력의 열세를 극복할 함정작전을 쓰거나 적을 유인하거나 기만함으로써 결정적인 승리를 거두곤 했다.

5. **팀워크와 협업 중시** 그는 함께 일하는 동료 및 부하들과의 원활한 협력을 통해 전투 상황에서의 효율성과 성과를 극대화했다. 자기 휘하로 피난 온 백성들을 잘 보살피고 다스려 칭송을 받는 등 장군뿐 아니라 목민관으로서도 훌륭한 면모를 보였다는 평가를 받았다.

6. **담대한 용기와 대담한 행동력** 비장한 상황에서도 주변을 과감하게 판단하여 대응함으로써 승리의 기반을 다지는 리더의 역할을 했다.

7. **명확한 비전과 목표 제시 및 동기부여** 함선들에게 명확한 황금비율을 갖는 학익진 전략을 제시해 싸움의 목표와 방향성을 제공할 뿐 아니라 탁월한 전략적 이론과 실행력으로 휘하장졸들의 존경을 받았다.

8. **뛰어난 문제 해결 능력** 전체 상황 파악과 분석력이 뛰어났으며, 전투 상황에서 예상치 못한 상황에 대응하여 신속하고 효과적인 대처를 했다.

9. **부하들에 대한 존중과 배려** 어려운 상황에서도 힘든 일을 함께하며 전투에 대한 부담을 덜어주어 부하장졸들의 신뢰와 동기부여를 높였다. 장수이자 목민관으로서 늘 공명정대했다는 평가를 받는 그는 백성들과 일개

병졸, 승려와 노비에 이르기까지 그들의 이름과 공을 빠짐없이 세세히 적어 장계를 올려 포상을 받게 했다. 부하들이 포상받기 어려우면 자신의 공적을 부하들에게 돌려주는 경우도 허다해 늘 존경을 받았다.

10. 뛰어난 기록정신과 문학적 글쓰기 실력   이순신 장군은 자신의 생각과 철학, 실제 했던 일과 그 과정에서 느낀 생각을 그대로 기록해 후세가 이를 참고하도록 했다. 많은 후세인들이 장군의 업적을 상징하는 동상과 전적지, 시민들을 대상으로 한 강연 등을 통해 이순신 장군의 사상과 전적, 리더십과 철학을 배우고 전승해 나가고 있다.

김구 주석처럼 말하기

백범 김구(1876~1949) 선생은 일제강점기의 독립운동가이자 대한민국의 정치인이다. 구한말 국내에서 동학농민운동과 애국계몽운동에 참여하다가 1919년 상해로 망명해 임시정부 경무국장, 내무총장, 국무령 등을 지내면서 대한민국 임시정부의 지도자가 되었다.

한인애국단을 조직하여 이봉창 의사의 동경 일왕 투탄 사건, 윤봉길 의사의 상하이 홍커우 공원 의거 등을 지도한 그는 임시정부의 주석으로서 항일 민족운동을 전개했으며, 많은 국민들의 존경과 사랑을 받고 있다. 남한 단독정부수립에 반대하며 통일민족국가 건설운동과 함께 완전자주독립을 주장하면서 반탁운동을 전개했던 그는 1949년 6월 경교장 서재에서 육군 현역 장교 안두희에게 암살당했다.

백범 김구 선생의 대중연설과 메시지의 특징과 장단점을 살펴보자.

1. **열정과 에너지** 김구 선생은 대중연설에서 열정적으로 메시지를 전달하고 에너지가 넘치는 모습을 보여줬다. 이는 청중들에게 강한 공감과 영감을 전달하는 효과를 불러 일으켰다.

2. **민족주의 강조** 김구 선생은 대중연설에서 한민족의 특성과 가치를 강조했다. 이는 청중들에게 국민의식을 고취시키고 국가적 자긍심을 독려하는 역할을 했다.

3. **독립운동 동기 부여** 김구 선생은 대중연설을 통해 독립운동에 대한 동기와 의지를 부여했다. 이는 국민들의 참여와 헌신을 유도하여 독립을 이루는 데 큰 역할을 했다.

4. **지도자로서의 신뢰 구축** 김구 선생은 대중연설에서 솔직하고 진실한 모습을 보여주어 청중들에게 지도자로서의 신뢰를 얻었다. 이는 국민들의 지지와 협력을 이끌어내는 데 도움을 주었다.

5. **전달력과 설득력** 김구 선생은 뛰어난 언변과 설득력으로 대중에게 메시지를 전달했다. 이는 청중들의 인식과 태도를 변화시키는 데에 효과적이었다.

6. **언어의 다양성 활용** 김구 선생은 다양한 언어 수단을 활용하여 대중과 소통했다. 이는 다양한 계층과 지역의 사람들과 유대감을 형성하고 이해관계를 강화하는 데 도움을 주었다.

7. **단순화된 메시지 구성** 김구 선생은 대중에게 쉽게 이해될 수 있는 메시지 형식을 채택해, 독립을 염원하는 국민들과 소통했다. 이는 청중들의 이해도를 높이고 메시지의 전달력을 향상시키는 데 도움을 주었다.

8. **독립을 향한 열정과 헌신** 김구 선생은 1932년 4월 29일 한인애국단원 윤봉길이 상하이 홍커우공원에서 열린 천장절天長節 겸 상하이 점령 전승 경축식에 참석한 일본군 수뇌들에게 투탄하도록 지도했다. 상하이 점령 일본군 사령관 시라카와 요시노리白川義則 대장을 비롯해서 군정 수뇌 일곱 명을 섬멸한 쾌거였고, 전 세계는 한국 독립운동의 완강한 투지와 독립열정에 놀랐다. 중국 측은 30만 명의 중국군도 해내지 못한 일을 한국인 독립운동가 한 사람이 해냈다고 환호하고 경탄하면서 지원을 본격화했다.

9. **상황 판단과 미래를 내다보는 선견지명** 김구 선생은 일제 패망과 조국

광복을 내다보고 적극적으로 군사 통일을 추진하여, 1942년 4월 국무회의에서는 광복군과 조선의용대의 합병안을 의결했다. 또 송래의 광복군 제1·2·5지대를 제2지대로 통합 개편하여, 이범석을 지대장에 임명하고, 김학규를 제3지대장에 임명하여 한국인 학병 탈출자들을 대상으로 징집 활동을 강화하는 등 상황 변화에 대해 미리 준비하고 차질이 없도록 했다.

10. 남북 분단이 아닌 통일을 지속적으로 추구 그는 1948년 3월 유엔 소총회가 '가능한 지역에 국한한 선거 실시'를 결정하자 극렬히 반대했다. 이것은 결국 남과 북이 각각의 단독 정부 수립을 하게 됨으로써 남북 분단을 고착시키며, 동족상잔의 내전內戰을 가져올 것이라고 지적했다. 남북 협상으로 북쪽을 설득하여, 처음부터 통일 대한민국을 건설하자고 주장했다.

'삼천만 동포에게 읍고泣告함'이란 글에서 "나는 통일된 조국을 건설하려다가 38선을 베고 쓰러질지언정, 일신의 구차한 안일을 위하여 단독 정부를 세우는 데는 협력하지 아니하겠다"라고 밝히면서, 조국 분단이 아닌 통일에 대한 뜨거운 열정을 보여줬다. 그리고 마지막 부분에서 강력한 조국 통일과 남북화해의 의지를 천명했다.

"나는 내 생전에 38이북에 가고 싶다. 그쪽 동포들도 제 집을 찾아가는 것을 보고서 죽고 싶다. 궂은 날을 당할 때마다 38선을 싸고 도는 원비怨悲의 곡성이 내 귀에 들리는 것 같았다. 고요한 밤에 홀로 앉으면 남북에서 헐벗고 굶주리는 동포들의 원망스런 용모가 내 앞에 나타나는 것도 같았다. 삼천만동포 자매형제여! 붓이 이에 이르매 가슴이 억새抑塞하고 눈물이 앞을 가리어 말을 더 이루지 못하겠다. 바라건대 나의 애달픈 고충을 명찰하고 명일의 건전한 조국을 위하여 한 번 더 심사深思하라."

김대중처럼 말하기

　김대중(1924~2009)은 대한민국의 제15대 대통령이다. 5·16군사정변 이후 군사정권하에서 납치·테러·사형선고·투옥·망명·가택연금 등의 온갖 고초를 겪었으나, 끝까지 맞서 민주화운동을 강력히 전개함으로써 대중적인 카리스마를 얻었다. 넬슨 만델라와 함께 세계적으로 한국을 포함한 제3세계를 대표하는 인권투사이자 민주투사로 널리 알려졌다. '인동초', '한국의 넬슨 만델라'라는 별명을 갖고 있으며, 4차례 도전 끝에 대통령에 당선된 뒤 자신의 지론인 남북화해 정책을 꾸준히 펼쳐 대외적 명성을 높였고, 세계인들의 존경과 사랑을 받고 있다. 한국과 동아시아의 민주화와 인권, 남북화해 정책의 공로로 노벨 평화상을 수상했다.

　김대중 대통령의 대중연설과 스피치의 특징과 기법을 살펴보자.

　1. 현실적인 비전　김대중 대통령은 대중연설과 스피치에서 현실적이고 실현 가능한 비전을 제시하곤 했다. 이는 청중들에게 희망과 동기부여를 주며, 현실적인 문제에 대한 해결책을 제시하는 특징을 가지고 있다.

　2. 투박하고 사투리가 있지만, 열정과 강인함을 담은 발음　김대중 대통령은 대중연설과 스피치에서 다소 투박하고 호남 사투리가 들어간 발음과 발성이 약점이었지만, 해박한 지식과 현안의 해결을 적극적으로 주창하는 사자후로 명성을 날렸다. 그의 솔직하고 익숙한 모습은, 청중들과의 감정적인 연

결을 이끌어내는 데 도움이 되었고 호남에서는 그의 연설을 듣기 위해 수많은 인파가 몰려들곤 했다.

3. 듣기 편하고 쉽게 이해되는 언어 사용 김대중 대통령은 대중연설과 스피치에서 일반 국민들도 듣기 편하고 쉽게 이해되는 언어를 사용해, 민주주의를 열망하는 많은 국민들의 사랑을 받았다. 청중들이 쉽게 이해하고 공감할 수 있도록 했고, 그의 사자후는 더욱 빛을 발했다.

4. 열정이 강조된 감정 표현 김대중 대통령은 대중연설과 스피치에서 지나치게 논리적이기보다는, 자신의 감정을 강조하는 파토스적 표현을 주로 사용했다. 이는 청중들에게 그의 열정과 헌신을 전달하며, 설득력을 강화시키는 효과가 있었다.

5. 강력하고 열정적인 리더십 강조 김대중 대통령은 대중연설과 스피치에서 강한 리더십의 필요성을 강조하곤 했다. 이는 국가 발전과 성장뿐만 아니라 민주주의와 평화를 지키기 위해서는 나약하기보다는 용기와 결단력 있는 리더십이 필요하다는 메시지를 전달하는 특징을 가지고 있었다.

6. 공감할 수 있는 이야기 김대중 대통령은 대중연설과 스피치에서 자신의 경험을 쉽고 편하게 공유하는 것을 좋아했다. 이는 청중들과의 공감을 형성하며, 그의 메시지를 효과적으로 전달하는 데 도움을 줬다.

7. 대화형 토론 기법 김대중 대통령은 대중연설과 스피치에서 대화형 토론 기법을 사용하는 경우가 많았다. 이는 청중들과의 상호작용을 촉진하며, 청중들의 참여와 의견을 존중하는 특징을 가지고 있다. 특히 기자회견뿐 아니라 타운홀미팅 형식으로 진행된 국민과의 대화 등에서 자신의 논리력과 함께 국민들과 솔직하게 대화하는 열린 지도자의 이미지를 구축했다.

8. **비유와 상징성** 김대중 대통령은 대중연설과 스피치에서 비유와 상징적인 표현도 자주 사용했다. 이는 추상적인 개념을 쉽게 이해할 수 있도록 하며, 강화된 이미지를 통해 청중들에게 메시지를 전달하는 데 도움을 주었다. 서생의 문제의식과 상인의 현실감각, 자유가 들꽃처럼 만발하고, 정의가 강물처럼 흐르고, 희망이 무지개처럼 피어나는 세상을 꿈꾼다는 언어구사력을 표출했다.

9. **문화와 역사적인 연결** 김대중 대통령은 대중연설과 스피치에서 한국의 문화와 역사적인 연결을 강조했다. 이는 국민들의 정체성을 강화시키며, 국가적인 자부심을 독려하는 효과가 있었다. 동학의 인내천 사상이나 유교의 경천애인 사상을 중시했고, 아리랑 등 우리 전통음악을 사랑하는 모습도 자주 보여줬다.

10. **통합과 협력 강조** 김대중 대통령은 대중연설과 스피치에서 통합과 협력의 중요성을 강조했다. 이는 사회적인 단결과 협동의 가치를 강조하며, 국가적인 문제 해결을 위해 협력하는 메시지를 전달하는 특징을 가지고 있다. 이 같은 국민통합의 노력은 온 국민이 금모으기 운동을 하는 등 세계사에 유례없는 단결과 단합력으로 외환위기를 극복하고, 일제강점기 36년을 극복하는 힘이 됐다는 점에서 국력을 키우는 잠재력이 되었다.

김대중 대통령은 《옥중서신》을 통해 국민을 하늘처럼 섬기는 정치를 강조했다.

"국민이 항상 옳다고는 말할 수 없다. 잘못 판단하기도 하고 흑색선전에 현혹되기도 한다. 엉뚱한 오해를 하기도 하고, 집단 심리에 이끌려 이상적이지 않은 행동을 할 때도 있다. 그럼에도 불구하고 우리에게는 국민 이

외에 믿을 대상이 없다. 하늘을 따르는 자는 흥하고 하늘을 거역하는 자는 망한다고 했는데, 하늘이 바로 국민인 것이냐."

또 노벨평화상 수상 기념연설에서는 국민과 세계시민들에 대한 감사로 일관했다.

"오늘의 영광은 지난 40년 동안 민주주의와 인권, 그리고 남북 간의 평화와 화해협력을 일관되게 지지해 준 국민들의 성원 덕분입니다. 이 영광을 우리 국민 모두에게 돌리고자 합니다. 우리 국민과 더불어 이러한 노력을 성원해 준 세계의 민주화와 평화를 사랑하는 모든 시민들에게 감사합니다."

이를 보면 하늘과 국민의 소중함과 무서움을 항상 가슴에 새긴 채 민주주의와 평화, 민생과 서민경제를 살폈던 지도자로서의 심성과 리더십, 말하기 능력이 모두 드러나 있다.

노무현처럼 말하기

노무현(1946~2009) 대통령은 대한민국의 제16대 대통령으로, 군사독재 정권 치하에서 인권변호사로 양심수·노동자의 인권옹호와 권익신장을 위해 헌신했다. 한국 민주주의의 분수령인 1987년 6월민주화운동의 주요 지도자로 활약하면서, 한국사회의 민주화에 크게 기여했다. 42세에 정계에 입문한 뒤 민주민족세력의 정치적 대변자, 노동자·농민·도시영세민 등 사회적 약자의 권익옹호자, 군사독재의 유산인 영·호남 간 지역대립 극복을 위한 동서화합의 전도사를 자임하며 남다른 정치 역정을 걸었다.

풀뿌리 민주주의의 열렬한 신봉자이자 한국 사회의 비주류를 대표하는 정치인으로서 2002년 21세기 첫 대통령 선거에서 승리하며 한국 정치사에 큰 획을 그었다. 퇴임 후 정치활동을 접고 고향 김해의 봉하마을로 내려가 생활하다가 재임 중 친인척 수뢰 혐의로 검찰의 수사를 받던 중 사저 뒷산에서 투신하여 서거했다.

노무현 대통령의 리더십과 스피치 특성과 기법을 살펴보자.

1. 진취적인 변화를 이끄는 리더십 노무현 대통령은 경제와 정치 등 다양한 분야에서 진취적인 변화를 주도했다. 그는 새로운 아이디어와 정책을 도입하여 국가의 발전을 추진했다.

2. 참여와 소통을 강조하는 리더십 노무현 대통령은 국민들과의 참여와 소

통을 중요시했다. 그는 국민의 의견을 수렴하고 공유하기 위해 다양한 커뮤니케이션 채널을 활용했다.

3. **강한 의지와 결단력**　노무현 대통령은 어려운 결정과 도전을 극복하기 위해 강한 의지와 결단력을 가졌다. 그는 민주주의 수호, 지방분권 실천, 노동과 인권의 가치 확립 등 국가적 문제에 대해 단호한 대처와 함께 결연한 대응능력을 보여줬다.

4. **국민에 대한 온정과 애착**　노무현 대통령은 늘 시민의 가치를 중시하면서, 국민들에게 온정과 애착을 보였다. 그는 사회적 약자를 위한 정책을 추진하며, 국민들을 가족으로 여기고 그들의 복지를 최우선으로 여겼다.

5. **소통하는 스피치 스타일**　노무현 대통령은 강렬하면서도 청중과의 소통을 강조하는 스피치 스타일을 가지고 있었다. 그는 복잡한 정책을 이해하기 쉽게 설명하고, 국민들과의 대화를 통해 의견을 주고받던 보기 드문 열린 대통령이었다.

6. **주도적인 통일과 화합**　노무현 대통령은 한반도의 통일과 국내적인 화합을 추구했다. 그는 대화와 협상을 통해 남북관계의 개선을 이루고, 국내 갈등 해결을 위해 노력했다.

7. **정의와 공평을 위한 노력**　노무현 대통령은 사회적인 정의와 공평을 실현하기 위해 노력했다. 그는 부패와 불평등을 근절하고, 사회적으로 약자를 보호하는 정책을 추진했다.

8. **리더로서의 겸손과 인간미**　노무현 대통령은 겸손하고 소박하지만, 열정적이고 진취적인 리더십을 통해 겸손과 인간미를 보여줬다. 그는 국정운영 과정에서 생겨난 자신이나 측근의 실수를 솔직하게 인정하고, 국민들에게 진솔하게 사과하는 모습을 보여줬다.

9. 변화를 위한 열정과 원동력 노무현 대통령은 변화를 위한 열정과 원동력을 갖고 있었다. 그는 국가 발전을 위해 국내외적인 도전에 맞섰으며, 변화를 이루기 위해 꾸준히 노력했다.

10. 국가적 목표와 비전의 확립 노무현 대통령은 국가적인 목표와 비전을 확립하는 데 주력했다. 그는 글로벌 경제 선진화와 국가통일을 비전으로 제시하고, 이를 위해 정책을 추진했다.

문재인처럼 말하기

문재인(1953~)은 대한민국의 제19대 대통령이다. 부산에서 인권변호사로 활동하다 노무현 정부의 비서실장을 지냈으며, 18대 대선에 출마했으나 낙선했다. 이후 2017년 19대 대선에 더불어민주당 후보로 출마해 41.1%의 득표율로 제19대 대통령에 당선되었다.

재임 기간 동안 남북 관계 개선에 힘써 3차례의 정상 회담을 진행했으며, 임기 중반부터 코로나바이러스감염증-19 팬데믹 상황을 맞아 위기관리에 노력하면서 5년 임기를 마치고 퇴임했다.

문재인 대통령의 리더십과 스피치 특성과 기법을 살펴보자.

1. 현안 중심의 리더십 문재인 대통령은 현안에 대한 빠른 대응과 해결을 통해 국가 발전을 이끌어내고자 노력했다. 그는 국내외의 다양한 이슈에 신속하게 대응하여 국가의 안정과 번영을 추구했다.

2. 대화와 소통을 강조하는 리더십 문재인 대통령은 국민들과의 대화와 소통을 중요시하며, 국민들의 목소리를 수렴하고 공유했다. 그는 국민들과의 상호작용을 통해 청취하고 응답하는 리더십을 지향했다. 퇴임 후에도 양산의 집 앞에 있는 평산책방에 나와 방문하는 많은 국민들과 대화하며 사진을 찍어주는 등 소탈하고 소박한 퇴임 대통령의 모습을 보여주고 있다.

3. 정의와 평등을 위한 리더십 문재인 대통령은 사회적 정의와 평등을 추

구하기 위해 노력했다. 그는 빈곤층과 사회적 약자의 권익을 보호하고, 사회 갈등 해소를 위한 정책을 추진했다. 그러나 이를 입법을 거쳐 제도화하는 데는 성공적이지 못했고, 보수정권이 들어섬으로써 그가 추진했던 정의와 평등의 가치는 퇴색하는 상황으로 변해버렸다.

4. 과감한 변화를 주도하는 리더십 문재인 대통령은 기존의 관행과 제도를 개혁하고 혁신을 추구했다. 그는 대담한 정책의 선택과 실행을 통해 국가의 발전과 성장을 위한 변화를 이끌어낸 사례가 많았지만, 과감한 인사정책의 추진이나 정권 재창출을 위한 민주진영의 단합을 이끌어내는 등에는 적극적인 모습을 보이지 못했다는 아쉬움을 남겼다.

5. 직접적인 의사소통과 다양한 매체 활용 문재인 대통령은 국민들과의 직접적인 의사소통을 추구하며, 다양한 매체를 활용하여 국민들에게 정책과 목표를 알리고 설명했다. 그는 소셜 미디어와 인터넷을 통해 국민들과 적극적인 소통을 이루고자 노력했다.

6. 공감과 따뜻한 리더십 문재인 대통령은 국민들과의 공감을 기반으로 하는 따뜻한 리더십을 보여주었다. 그는 국민들의 어려움과 희생을 이해하고, 그들에게 최선의 도움을 제공하기 위해 노력했다.

7. 글로벌 리더십 문재인 대통령은 국제사회에서도 적극적인 리더십을 발휘했다. 그는 한국의 평화와 번영을 위해 국제적으로 협력하고, 국제무대에서 역할을 수행하는 데 많은 노력을 기울였다.

8. 확장되고 적극적인 사회 참여 문재인 대통령은 국민들의 사회적 참여를 확장시키고 다양한 이해관계자들의 의견을 수렴하는 리더십을 지향했다. 그는 정치, 경제, 사회 부문에서 다양한 이해관계자와의 협력을 추구하고자 노력했다.

9. 국민의 삶과 복지를 중시하는 리더십 문재인 대통령은 국민의 삶에서 발생하는 다양한 문제에 주목하며, 국민의 복지 향상을 위한 정책을 추진했다. 건강보험, 교육, 주택 등 국민의 기본적인 생활수준을 향상시키기 위한 노력을 게을리하지 않았다.

10. 겸손함과 소박한 모습 문재인 대통령은 언제나 겸손한 자세를 보여주었다. 그는 쾌활하고 소박한 모습으로 국민들에게 가까이 다가갔으며, 권위와 오만함은 찾아볼 수 없었다.

이재명처럼 말하기

　이재명 민주당 대표는 대한민국의 변호사 출신 정치인으로, 현재 제1 야당인 더불어민주당 대표다. 제19·20대 경기도 성남시장, 제35대 경기도 지사를 역임했고, 제21대 국회의원이자 제6대 더불어민주당 대표다.

　그는 제20대 대선에서 실패했지만, 국민과 직접 소통하며 국민을 위한 정치의 역할을 강조하면서 민주진영의 대표 정치인 역할을 하고 있다. 윤석열 정부의 검찰이 만든 수많은 사법적 공격과 프레임에 맞서, 24일간 단식을 하고 야당을 진두지휘하며 민주주의와 평화를 위한 정치를 주창하고 있다.

　그는 2021년 7월 1일, 대권 도전 선언에서 국민을 가르치는 '지도자'가 아닌 주권자를 대리하는 일꾼으로서 저 높은 곳이 아니라 국민 곁에 있겠다고 했다.

　"대한민국은 민주공화국이다"라는 헌법 1조를 읽으면서 시작한 출마 선언에서 공정이 7번, 불공정이 6번, 성장이 11번 나올 만큼 성장하면서도 공정한 정치를 실현하겠다는 포부를 밝히고 있다.

　그의 대선 출마 선언문 후반부를 함께 읽어보자.

　"빈자와 부자, 강자와 약자, 중소기업과 대기업, 정규직과 비정규직, 도시와 농어촌, 수도권과 지방 등 온갖 갈등의 영역에서 사회적대타협을 통해 균형과 상식을 회복하겠습니다.

경쟁이 끝나면 모두를 대표해야 하는 원리에 따라 실력 중심의 차별 없는 인재등용으로 융성하는 새 나라를 만들겠습니다.

한반도는 해양과 대륙 세력의 충돌로 위기와 기회가 공존합니다. 강력한 자주국방을 바탕으로 국익중심 균형외교를 통해 평화공존과 공동번영의 새 길을 열겠습니다.

진영논리와 당리당략으로 상대의 실패와 차악 선택을 기다리는 정쟁정치가 아니라 누가 잘하나 겨루는 경쟁정치의 장을 열겠습니다.

국민과의 약속은 반드시 지키고, 할 일은 했던 것처럼 실용적 민생개혁에 집중하여 곳곳에서 작더라도 삶을 체감적으로 바꿔가겠습니다.

국민을 가르치는 '지도자'가 아닌 주권자를 대리하는 일꾼으로서 저 높은 곳이 아니라 국민 곁에 있겠습니다. 어려울 땐 언제나 맨 앞에서 상처와 책임을 감수하며 길을 열겠습니다.

대한민국의 민주화, 외환위기 극복, 복지국가기틀 마련, 한반도평화정착이라는 역사적 성과를 만든 더불어민주당의 당원으로서 현장 속에서 더 겸손하게 국민의 목소리에 귀 기울이는 더 나은 국민정당을 만들겠습니다.

자랑스런 김대중, 노무현, 문재인 정부의 토대 위에 필요한 것은 더하고, 부족한 것은 채우며, 잘못은 고쳐 더 유능한 4기 민주당정권, 더 새로운 이재명 정부로 국민 앞에 서겠습니다.

존경하는 국민여러분, 정치적 후광, 조직, 돈, 연고 아무것도 없는 저를 응원하는 것은 성남시와 경기도를 이끌며 만들어낸 작은 성과와 효능감 때문일 것입니다.

실적으로 증명된 저 이재명이 나라를 위한 준비된 역량을 발휘할 수 있게 더 큰 도구를 주십시오. 새로운 대한민국, 더 나은 국민의 삶으로 보답하겠습니다.

위기의 대한민국! 지금은 이재명! 새로운 대한민국! 이재명은 합니다! 감사합니다."

이재명 민주당 대표의 리더십과 스피치 특성과 기법을 살펴보자.

1. 열정적인 리더십 이재명 민주당 대표는 열정적이고 헌신적인 리더십을 보여준다. 그는 국가와 국민을 위해 최선을 다하고자 하는 열정을 가지고 있고, 이를 기자회견이나 SNS 등을 통해 국민들에게 자주 표현한다.

2. 혁신과 변화를 주도하는 리더십 이재명 대표는 기존의 관행에 도전하고 혁신과 변화를 추구하는 리더십을 보여준다. 그는 새로운 아이디어와 방법을 도입하여 문제를 해결하고, 사회의 발전을 위한 변화를 주도하고 있다.

3. 소통과 협력을 강조하는 리더십 이재명 대표는 국민과의 소통과 협력을 중요시한다. 그는 다양한 이해관계자와의 대화와 협력을 통해 종합적인 해결책을 모색하고, 국민들과의 소통을 통해 정책과 목표를 설명하는 기회를 자주 갖는다.

4. 정의와 공정을 추구하는 리더십 이재명 대표는 사회적인 정의와 공정을 추구하기 위해 노력해왔다. 그는 사회적 약자의 권익 보호를 추진하고, 사회 갈등을 해소하기 위한 정책을 적극적으로 추진해왔다.

5. 모범적 리더십 이재명 대표는 모범이 되어 국민들에게 올바른 가치와 행동을 보여주려고 노력한다. 그는 개인적인 도덕적 가치와 윤리를 철저히 준수하고, 국익을 위한 행동을 지향한다.

6. 강력한 리더십 이재명 대표는 결단력과 행동력이 강한 리더십을 보여준다. 그는 어려운 상황에서도 단호하게 결정을 내리고 실행에 옮기곤 한

다.

7. **정확하고 명확한 커뮤니케이션** 이재명 대표는 성확하고 명확한 커뮤니케이션을 통해 국민들에게 정책과 목표를 전달한다. 그는 쉽게 이해할 수 있는 언어를 사용하고, 사실에 근거해 성공적 국정운영과 서민 등 사회적 약자를 위한 정책에 대해 자신의 직접적인 메시지를 국민과 직접 소통하고 있다.

8. **카리스마적인 리더십** 이재명 대표는 카리스마와 인간적인 매력으로 사람들을 끌리게 한다. 그는 자신의 비전과 열정을 통해 사람들을 이끌고, 동료들의 신뢰와 지지를 얻고 있다.

9. **경제 발전을 위한 창조적인 리더십** 이재명 대표는 경제 발전을 위해 창조적인 사회를 만들기 위한 리더십을 추구한다. 그는 산업의 다각화와 혁신을 촉진하며, 기업 및 노동계와의 협력을 통해 새로운 일자리 창출과 경제 성장을 이루고자 한다.

10. **현실적이고 실용적인 리더십** 이재명 대표는 현실적이고 실용적인 해결책을 모색하는 리더십을 보여준다. 그는 정책 방향을 분석하고 현재 상황을 고려하여 지속가능하고 실행 가능한 방안을 수립해왔다.

적도 설득하는
전략적 말하기

상황을 유리하게 만드는 전략적 답변

방송 토론, 스피치나 강연의 일문일답을 할 때 나의 상황을 유리하게 만드는 전략적인 답변을 지혜롭게 잘해야 한다. 상대의 질문이 간혹 함정을 파거나 무조건 비난조의 공세를 펴는 경우, 토론에서 승리하기 위해 무조건 나를 곤경에 빠뜨리겠다는 공격적인 의도를 갖고 있을 경우가 많다. 이런 적대적인 토론자와의 대담에서 상대 또는 앵커의 질문에 답변을 잘못할 경우 억울하지만 곤경에 처하게 되는 상황이 발생한다. 이를 고려해 나의 이미지를 개선하는 동시에 상대의 예봉을 꺾고 나를 돋보이게 하는 지혜롭고 현명한 전략적 답변을 해야 한다.

상대방은 늘 나의 단점이나 약점, 잘못된 행동이나 주장을 했다는 유언비어든 팩트든 관련 사실을 어떻게든 찾아내 매섭게 공격한다. 이를 통해 토론에서 우위를 점하고 자신의 진영에서 스스로의 주가를 높이려 한다. 실제 상대 토론자는 필자와의 대담후 "당쪽에서 토론에서 전혀 압도하지 못하고 당했다는 질책을 들으며, 혼이 났다. 좀 봐 달라"고 부탁하는 경우도 있었다. 그래서 정치토론장은 늘 전쟁터와 같다.

적대적인 토론환경에서 어떻게 승리 또는 상대와 윈윈할 것인가? 상대방이 복선을 깔고 함정을 판 상황에서 내놓는 의도적인 질문에 대해서는 상대의 의표를 찌르는 정확한 답변전략을 통해 지혜롭게 대처해야 한다. 다음과 같은 방식으로 상대의 공격에 맞서면, 나의 상황을 유리하게 만들 수 있다.

1. **조용한 공격** 상대방이 나를 극단적으로 비난하지 않는 한 계속 맞장구를 치며 대화를 이끌어나가는 것이 유리하다. 이는 상대방에게 방어적인 자세를 유지하고 점진적으로 통제력을 갖게 하여 상황을 유리하게 만들 수 있다.

2. **옳은 질문하기** 상대방의 입장을 이해하고 더 깊은 정보를 얻기 위해 질문을 한다. 이는 상대방의 관점과 의사 결정에 영향을 주는 요인들을 파악하여 상황을 이해하고 대응할 수 있도록 한다.

3. **비문학적 언어 사용** 너무 학술적이거나 문학적, 거대담론과 같이 거창한 언어보다는 일상적이고 이해하기 쉬운 언어를 사용하는 것이 좋다. 이는 상대방과의 의사소통을 원활하게 하고 혼동을 최소화하여 효과적인 대화를 이끌어낼 수 있다.

4. **창조적 해결책 제시** 상황에 적합한 창의적인 해결책을 제시하면 도움이 된다. 이는 문제를 해결하는 다양한 방법을 고려하고 새로운 관점을 제시하여 상황을 유리하게 만든다.

5. **과거 사례 인용** 비슷한 상황에서의 성공적인 경험을 언급하여 상대방의 신뢰를 얻을 수 있다. 이는 상대방에게 현재 상황에 대한 안도감을 불어넣고, 전략적인 결정을 내리도록 돕는 역할을 한다.

6. **강조 또는 배치** 중요한 정보나 요소를 강조하거나 잘 배치하여 상대방의 관심을 끌 수 있다. 이는 상황의 중요성이나 대응해야 하는 핵심 요소를 명확히 전달하여 상대방의 주의를 집중시킬 수 있다.

7. **상황에 따른 언행** 상대방의 감정, 우려, 우선순위 등에 따라 대응 방식

을 조정한다. 이는 대화 상대에게 신뢰를 주고 상황을 유리하게 이끌어낼 수 있다.

8. **호혜적인 제안하기** 상대방과 함께 협력하고 상호 이익이 있는 제안을 한다. 이는 상대방의 동의를 얻거나 협력을 유도함으로써 상황을 유리하게 만들 수 있다.

9. **라운드 로빈 방식** 다양한 관점에서 의견을 수렴하고 다양한 의견을 존중하는 방법을 사용한다. 이는 특정 집단이 우위를 점하는 것을 피하고 다양한 의견을 모아 상황을 균형 있게 다룰 수 있도록 한다. 라운드 로빈 방식은 원래 스포츠에서 대회에 참가하는 모든 선수가 서로 경기하고 가장 많은 경기를 이긴 선수가 우승하는 방식으로, 모두에게 윈윈이다. 라운드 로빈 방식은 흔히 테니스대회인 ATP, WTA 파이널에서 볼 수 있는 진행 방식으로, 모든 선수들과 경기를 하고 결과를 종합하여 우승자를 선택한다는 의미에서 매우 공정한 대회 진행 방식으로 여겨진다. 모두의 의견을 수렴하고 그들의 의견을 존중함으로써, 나 자신도 매우 긍정적이고 객관적인 해법을 찾을 수 있다.

10. **유보적인 상황 운영하기** 상황에 대한 자신의 의견을 절충하고 유보하는 자세를 취하는 것이 유리할 때가 있다. 이는 상황을 조금 더 관찰하고 필요한 정보를 수집함으로써 상황에 맞게 대응할 수 있도록 돕는 역할을 한다.

이러한 전략은 상황에 따라 다르게 적용될 수 있다. 적절한 전략을 선택하고 효과적으로 활용하기 위해서는 상대방과의 의사소통에 주의를 기울이고, 상황을 정확히 이해하는 것이 중요하다.

답변할 때의 금기사항

　방송 또는 회의에서 토론하거나 면접에서 답변할 때 실수하거나 엉뚱한 답변, 틀린 답변, 불필요하게 공격적인 발언으로 사고치는 일이 자주 발생한다. 실수해서는 안 되는 금기사항이나 문제점을 미리 염두에 두고 있으면 이 같은 실수를 줄일 수 있다.

　기입제 면접과 같은 질의응답의 장에서도 무심코 실수를 하는 경우가 많다. 면접장에서 대개 하는 실수에는 첫째 전문적이지 못한 말투, 둘째 회사와 직무에 대한 지식 부족, 셋째 질문에 단순히 '예/아니오'로만 답변하고, 다음 질문을 수동적으로 기다리는 경우, 넷째 아무 일이나 시켜만 주면 최선을 다하겠다는 답변, 다섯째 막연히 배우고 싶고 경험해보고 싶다는 답변, 여섯째 외워서 답변을 하는 경우, 일곱째 자신감이 없이 불안해하는 경우들이다.

　답변을 할 때는 가능한 준비되어 있는 실력 있는 사람으로 평가받아야하고, 예의와 정성을 갖고 최선을 다하는 사람으로 인식되어야 성공 가능성이 커진다.

　예상치 못한 질문이나 전혀 관련된 내용을 모르는 질문을 받으면 머릿속이 하얗게 멀어지고 어떻게 대처해야 할지 당황하는 경우가 생긴다. 답변이 바로 떠오르지 않거나 질문을 잘못 알아들었을 때, 매우 혼란스럽고 당황하게 된다. 모르는 내용의 질문이 나왔을 때는 억지로 내용을 추측하고 억지답안을 만들어 답변하기보다 모르는 것은 솔직하게 인정하는 것이 차라리 더 낫다. 자신의 부족함을 인정하되, 열심히 관련된 분야의 지식을 보완하고 공부함으로써 업무를 잘하려는 각오를 보여주는 것이 훨씬 믿음 직할 것이다. 그런 와중에도 금기시되는 표현이나 언어 사용을 하지 않도록 조심하고, 가장 적절하고 예의를 갖춘 답변을 하는 것이 좋다.

1. **공격적인 언어 사용** 상대방을 모욕하거나 비난하는 말투를 사용하게 되면 상대방과의 대화가 공격적이 되고 갈등을 유발할 수 있다. 반대로 존중과 예의를 갖춘 언어를 사용할 경우 시청자와 함께 합리적인 상대방의 공감과 칭찬을 받을 수 있다.

2. **일방적인 태도** 자신의 의견만 강조하고 상대방의 의견을 무시하는 태도는 토론이나 대화의 품격을 낮출 수 있다. 더 나은 결과를 얻기 위해 상대방의 의견을 경청하고 존중해야 한다.

3. **불필요한 반박** 상대방의 의견에 대해 항상 무조건 반박하려고 하는 것은 토론이나 대화의 원활한 진행을 방해할 수 있다. 핵심 이슈에 집중하고 필요할 때만 반론해야 한다.

4. **사실 확인하지 않기** 잘못된 정보나 사실을 제시하게 되면 신뢰성을 잃게 되고 토론의 결과에도 영향을 미칠 수 있다. 항상 사실 확인을 하고 정확한 정보를 제공해야 한다.

5. **선입견에 의한 판단** 상대방의 배경, 경험, 인종 등에 따라 판단하거나 혹평하는 것은 공정한 토론을 방해할 수 있다. 개인적인 선입견을 배제하고 논리적인 근거를 기반으로 판단해야 한다.

6. **정서적인 반응** 감정적으로 과해진 반응을 보이게 되면 상대방과의 대

화가 갈등으로 전환될 수 있다. 감정을 잘 조절하고 논리적이며 인내심을 갖춘 태도로 대화해야 한다.

7. 무례한 태도 무례한 언어나 예의를 갖추지 않는 행동은 상대방과의 대화를 손상시킬 수 있다. 상대방에게 존중과 예의를 갖추며 대화해야 한다.

8. 주제 이탈 주제에서 벗어나거나 다른 이슈에 집중하는 것은 토론의 진행을 방해할 수 있다. 핵심 주제를 유지하고 적절한 논의를 이끌어야 한다.

9. 비속어 사용 비속어는 대화의 수준을 떨어뜨리고 상대방에게 불쾌감을 줄 수 있다. 적절한 언어를 사용해야 하며 예의를 갖춰야 한다. 공개된 장소의 토론이나 방송에서 비속어를 사용할 경우 방송출연이 금지되거나, 장기간 출연금지 조치를 받는 불이익이 따른다.

10. 자신의 의견을 과신 자신의 의견을 절대적으로 진리로 여기고 타협하지 않는 태도는 토론이나 대화의 효과를 감소시킬 수 있다. 열린 마음을 갖고 상대방의 의견을 고려하며, 상대의 의견이 합리적일 경우 동의하거나 존중하는 태도를 취하는 것이 좋다.

이 같은 문제점을 피하고 상대방과 상호작용할 때 예의와 존중을 갖춘 태도로 대화하는 것이 중요하다. 상대방의 의견을 존중하고 상황을 이해한 후 효과적으로 나의 의견이나 반론을 제시하는 것이 바람직하다.

핵심 메시지 빠뜨리지 않기

강연을 할 때 핵심 메시지를 어떻게 쓰고 효과적으로 전달할 수 있을까? 핵심 메시지를 어떻게 정하고 관련된 원고를 쓰고 청중에게 전달하느냐에 따라 강연의 성패가 갈라진다.

강연은 발제를 맡은 강사가 정해진 주제를 갖고 다수의 청중 앞에서 강의 형식으로 말하는 것이다. 청중에게 깊은 감동을 줘야 하기 때문에 체계적이고 분석적으로 설명함으로써, 청중을 이해시키고 그들로 하여금 감정적인 고양을 일으킬 수 있어야 한다. 강연은 청중이 참여해 서로 상호작용하기보다는, 대부분 강연자가 일방적으로 지식이나 정보에 대해 이해시키는 방식으로 진행된다. 그래서 강연자는 청중의 나이나 성별, 학력과 관심분야 등을 고려해 강의전략을 수립해야 한다. 그들의 특성과 관심, 행태에 부합하는 내용을 준비해야 하며, 지루하지 않도록 강연내용과 시간을 잘 정해야 한다.

강연의 내용이 너무 어려울 경우 청중의 관심을 지속적으로 끌지 못해 산만해질 수 있으므로 최대한 알아듣기 쉽게 강의를 구성하는 것이 좋다. 틈틈이 유머러스하고 관심을 끌 만한 표현들, 흥미롭고 구체적인 사례로 강연을 이끌어가는 것이 좋다. 청중의 규모, 강연장의 크기, 청중과의 거리 등을 파악하여 그에 맞는 강연을 준비해야 한다.

1. **목표 설정** 강연의 목적과 목표를 명확하게 설정하고 구체적으로 계획을 세워야 한다. 예를 들어, "이 강연을 통해 참가자들이 수행하는 리더십 스킬에 대한 이해를 높여줄 것"과 같은 구체적인 목표를 설정할 수 있다.

2. **청중 분석** 강연을 하는 대상인 청중을 파악하고 이해하는 것은 매우 중요하다. 청중의 관심사, 경험 수준, 배경 등을 고려하여 메시지를 구성해야 한다. 예를 들어, "청중은 다양한 경력 수준을 가졌으며 리더십에 대한 관심이 있는 사람들로 구성되어 있을 것"이라고 가정할 수 있다.

3. **간결함** 핵심 메시지를 간결하게 전달하고 가독성을 높이는 것이 중요하다. 복잡한 개념을 단순화하고 명확하게 전달하는 예를 들어볼 수 있다. 예를 늘어, "리더십은 팀 동료들과의 협력을 통해 목표를 달성하는 과정"으로 간결하게 설명할 수 있다.

4. **구조적이고 일관된 내용** 내용을 구조화하고 일관성 있는 흐름을 갖추어야 한다. 예를 들어, 사례 연구, 통계, 비유 등의 다양한 방식을 사용하여 메시지를 보완하고 내용을 보다 일관성 있게 구성할 수 있다.

5. **강조하는 포인트** 핵심 메시지를 강조하여 청중의 이해도와 기억에 도움을 줄 수 있다. 강조 방법으로 강조 표시, 반복, 예시 등이 있다.

6. **스토리텔링 활용** 스토리텔링은 청중의 감정적인 공감을 유도하고 메시지를 효과적으로 전달할 수 있는 방법이다. 예를 들어, 실생활에서의 사례를 사용하거나 개인적인 경험을 들려줌으로써 청중과의 공감대를 형성할 수 있다.

7. **시각적인 자료 활용** 시각적인 자료를 사용하여 메시지를 시각화하고 이해하기 쉽게 만들어야 한다. 그래프, 다이어그램, 이미지 등을 사용하여 내용을 직관적으로 전달할 수 있다.

8. **적절한 언어 사용**   강연의 목적과 청중의 특성에 맞는 언어를 사용해야 한다. 전문적인 용어나 어려운 단어는 청중의 이해도를 저하시킬 수 있다. 일상적이고 쉬운 언어를 사용하는 것이 좋다.

9. **경청과 상호작용**   청중과 상호작용하고 경청하는 것은 강연의 품질을 높일 수 있는 방법이다. 질문을 포함시켜 청중의 참여를 유도하거나 청중의 피드백을 받는 것이 매우 중요하다.

10. **인상적인 마무리**   강연의 마무리는 청중에게 강렬한 인상을 남겨야 한다. 요약하고 강조된 핵심 메시지를 다시 한 번 강조하는 등의 방식으로 마무리를 할 수 있다. 예를 들어, "리더십은 모두가 개인적으로 발전할 수 있는 기회를 제공하고 조직의 성공을 이끌어내는 핵심 원리입니다"라고 강조하는 방식으로 말할 수 있다.

이러한 방법을 활용하여 핵심 메시지를 쓰고 전달하면 청중의 이해와 공감을 유발할 수 있으며 효과적인 강연을 할 수 있다.

리더의 말하기는 정직해야 한다

정치지도자의 말하기는 정직하고 솔직해야 한다. 거짓된 내용이나 과장된 이야기를 할 경우 즉각 부작용이 나타나게 된다.

정직한 말하기를 잘한 정치지도자는 노무현 전 대통령이다. 미사여구나 과장된 표현을 사용함으로써 본질을 왜곡하거나 은폐하는 경향이 많았던 다른 정치인과 달리, 노무현 대통령은 자신이 의노한 내용을 솔직하고 정확하게 표명하고 직설적으로 관철시킨 보기 드문 정치인으로 유명하다. 그는 자신이 한 발언의 뜻 또는 의도가 모호하거나 중의적으로 나타나지 않도록 노력했고, 오해를 남기지 않고 명료하고 평이하게 자신의 진의를 전달하려는 노력을 했다. 그의 정직한 말하기는 대화의 상대가 진지한 태도와 열린 마음으로 경청하려는 적극성을 보일 때 더욱 빛났다. 그의 말은 공감을 불러일으키고 진의를 충분하게 전달하는 힘을 보여줬다.

그의 말은 단순하게 의미와 뜻만 전달하는 것이 아니라, 말하는 화자의 심적 상태를 감정적이고 직설적인 표현을 통해 전달함으로써 듣는 사람들의 마음에 정서적인 '파토스'까지 불러일으키고 카타르시스를 경험하게 했다는 평가를 받는다. 실제 대통령 재직 시에도 그랬지만, 퇴임 후 봉하마을에 찾아온 국민들과 나눈 대화에는 솔직함과 정직함이 그대로 배어났다.

그러나 정직한 말하기는 때로는 부작용을 일으키기도 한다. 특히 직설적이고 솔직한 말하기에 익숙하지 않은 사람들은 거부감이나 부담감을 느끼기도 한다. 권위적이고 수직적인 문화에 익숙한 사람들은 자신에게 대들거나 자신을 무시한다고 느끼는 경우도 있다. 지도자는 정직해야 하지만, 때로는 상황의 변화를 기다리며 유연하고 탄력적으로 성과를 내도록 침묵하거나 상대를 배려하는 모습을 보임으로써, 성공적인 국정운영이나 업무의 성과를 위해 힘을 쏟아야 한다.

1. 신뢰성

- 장점: 정직하고 솔직한 말은 다른 사람들에게 높은 신뢰를 줄 수 있다.
- 단점: 때로는 혼란스러울 수 있고, 상대방의 감정에 상처를 입힐 수 있다.

2. 의사소통

- 장점: 직접적이고 명확한 메시지를 전달하여 의사소통을 간소화할 수 있다.
- 단점: 말이 너무 직설적일 경우, 의사소통 문제나 갈등을 유발할 수 있다.

3. 문제 해결

- 장점: 문제를 명확하게 인식하고 분석하여 적절한 대안을 찾을 수 있다.
- 단점: 말이 상대방에게 공격적으로 들릴 수 있어 협력과 협조를 어렵게 만들 수 있다.

4. 리더십

- 장점: 정직하고 솔직한 말로 인해 부하 직원들에게 영향력을 행사하고 전체적인 방향을 잘 이끌 수 있다.
- 단점: 때로는 부하 직원들의 자발적인 발언이나 행동의 동기를 약화시킬 수 있으며, 더 나은 의견 제시를 막는 경우도 생긴다.

5. 피드백

- 장점: 정확하고 구체적인 피드백을 제공하여 개선과 성장을 돕는 데 도움을 줄 수 있다.
- 단점: 상대방에게 분노나 상처를 줄 수 있어, 인간관계에 부정적인 영향을 미칠 수 있다.

6. 문제 인식

- 장점: 문제를 공개하고 정직하게 인정함으로써 조직적으로 문제를 해결할 수 있다.
- 단점: 문제를 지나치게 강조할 경우, 동료 간의 긴장이나 불화를 초래할 수 있다.

7. 신뢰 구축

- 장점: 솔직하게 말하면 상호 신뢰를 구축하고 조직 혹은 팀의 일관성을 높일 수 있다.
- 단점: 때로는 단방향적인 의사소통으로 인해 다양성과 창의성이 부족해질 수 있다.

8. 모범 사례

- 장점: 정직하고 솔직한 리더는 자신의 예제를 통해 다른 사람들에게 영감을 줄 수 있다.
- 단점: 실수를 인정하기 어렵게 되어, 조직 내의 책임회피 문화를 유

발할 수 있다.

9. 문화 형성

- 장점: 솔직한 리더는 조직 내에 개선과 혁신을 촉진하는 문화를 형성할 수 있다.
- 단점: 때로는 비판적인 문화를 만들어 사람들의 자존감을 해칠 수 있다.

10. 개인 성장

- 장점: 솔직한 피드백과 평가를 받으면서 개인적으로 성장할 수 있는 기회를 얻을 수 있다.
- 단점: 솔직한 피드백을 받기 힘들거나 받아들이기 어려울 수도 있다.

정직하고 솔직하게 말할 때는 이러한 장단점을 고려하면서 개인과 상황에 따라 적절한 타협점을 찾는 것이 중요하다. 정직한 말하기는 대화의 상대가 서로를 존중하는 진지한 태도, 대화에 적극 참여하려는 열린 마음으로 경청하려는 적극적인 태도를 가질 경우, 그 성과를 발휘할 수 있다. 특히 상대를 존중하면서도 열정적이고 생동감 있게 흥미로운 주제를 전달할 때 큰 호응을 받을 수 있을 것이다.

리더의 말하기는 신뢰감을 줘야 한다

리더나 지도자가 소통할 때 가장 중요한 점은 이를 듣는 국민이나 관객, 시청자나 청취자의 신뢰信賴를 얻는 것이다. 말하기를 통해 소통하는 과정에서 신뢰감을 주고 함께하려는 공감대를 끌어낼 경우 그 소통방식은 목표로 하는 성과를 충분히 이끌어낼 수 있다.

신뢰는 타인이 미래 행동이 자신에게 호의적이거나 또는 최소한 악의적이지는 않을 것이라는 가능성에 대한 기대와 믿음을 의미한다. 신뢰는 상대가 어떻게 행동할 것이라는 믿음하에 상대방의 협조를 기대하는 것이며, 대개 불확실성이 제도화함에 따라 순응의 발생이 확실해지는 상황에 신뢰가 형성된다.

신뢰에 대해서는 각 분야별로 다양한 정의가 나와 있다. 신뢰란 '한 행위자가 위험에도 불구하고 다른 행위자가 자신의 기대 혹은 이해에 맞도록 행동할 것이라는 주관적 기대'로서, 사회적 관계를 전제로 한다. 신뢰는 그 관계 속에서 존재하며, 신뢰가 있음으로 해서 관련 행위자들은 협동을 할 수 있고, 감시와 통제 비용을 줄일 수 있다는 점에서 사회적 자본의 전형적인 경우이다.

신뢰는 사회적 자본으로서 공공재의 성격도 갖고 있다. 이는 신뢰 또한 공중재로서의 딜레마를 갖고 있다는 것을 의미한다. 사회적 관계 내에서 합리적 개인이라면, 자신은 신뢰를 주지 않으면서 타인들은 자신에게 신뢰를 주거나 혹은 자신과 관련된 사람들 간에 사회적 신뢰가 형성되기를 바랄 것이기 때문이다.

신뢰에 대한 동양에서의 논의는 공자가 말한 '무신불립'無信不立에서 출발한다. 무신불립은 믿음이 없으면 살아갈 수 없다는 뜻으로, 사람이 세상을 살아가는 데 신뢰가 아주 중요하다는 것을 뜻한다.

이는 〈논어〉論語, 안연顔淵편에 나온다.

자공子貢이 정치에 대해 묻자 공자가 말했다.

"식량이 족하고 군대가 충실하면 백성들이 정부를 믿게 되어 있다."

자공이 물었다.

"부득이 버려야 한다면 이 셋 중에 어떤 것을 먼저 버려야 합니까?"

"군대를 버려야지."

자공이 또 물었다.

"부득이 버려야 한다면 이 둘 중에 어떤 것을 먼저 버려야 합니까?"

"식량을 버려야지. 자고로 사람은 누구나 다 죽지만, 백성들은 믿음이 없으면 살아갈 수가 없게 되는 것이다."

그런 신뢰의 구조는 어떨까? 연세대 사회학과 박찬웅 교수는 〈경쟁의 사회적 구조〉라는 논문에서 이를 여섯 가지로 분류했다.

첫째, 신뢰는 언제나 위험을 전제로 하고 있다. 즉 신뢰자는 신뢰의 대상이 기대대로 행위하지 않을 수 있다는 배신의 가능성을 항상 전제한다고 설명한다. 만일 신뢰의 대상이 어떤 이유에서든지 특정 행위만을 할 수밖에 없다면 신뢰가 존재한다고 할 수 없다는 것이다.

둘째, 신뢰는 정보의 불확실성과 감시의 불완전성을 모두 전제한다.

셋째, 신뢰는 자발적이어서, 신뢰자나 신뢰의 대상 모두에게 자발성을 전제로 한다.

넷째, 신뢰는 신뢰자의 계산성을 전제로 한다. 계산성을 정의하면 신뢰자가 신뢰의 대상이 신뢰의 기대대로 행동할 확률과 실제로 기대대로 행동했을 때의 이익과 배반했을 때의 손실을 예상하고 이에 따라 신뢰할 것인가 아닐 것인가를 미리 정한다는 것이다.

다섯째, 신뢰의 궁극적인 목표는 협조이다. 즉 한 행위자가 다른 행위자를 신뢰한다는 것은 다른 행위자가 자신의 이해에 부응하도록 협조할 것을 주관적으로 기대하는 것이다.

여섯째, 신뢰란 사회적 관계성을 전제로 한다. 즉, 신뢰란 최소한 두 사람 이상의 사회적 관계를 나타내는 특성이며 그 사회적 관계 내에 존재한다.

1. **지지 동원**　국민이나 관객의 신뢰를 얻으면 그들은 리더나 지도자를 지지하고 동원하는 데 동참하게 된다.

2. **소통 효과**　신뢰는 잘 이루어진 소통을 가능하게 하며, 이는 리더나 지도자의 의도와 목표를 명확히 전달하는 데 도움을 준다.

3. **공감 대상**　국민이나 관객이 리더나 지도자를 신뢰한다면 그들은 그의 목표와 가치에 공감하게 되며, 그들은 더 나은 결과를 이루기 위해 리더를 따를 가능성이 높아진다. 자발적이고 적극적인 지지그룹을 확보하게 되는 셈이다.

4. **자발적 참여**　신뢰는 국민이나 관객이 리더나 지도자의 리더십에 자발적으로 참여할 수 있는 기회를 제공하며, 이는 창의성과 협력을 촉진한다.

5. **비판 수용** 국민이나 관객의 신뢰를 얻는다면 리더나 지도자는 비판에도 견딜 수 있는 자신감을 갖게 된다. 비판은 성장과 개선을 위한 중요한 피드백으로, 비판을 수용하는 과정에서 새로운 변화와 혁신을 이루게 될 것이다.

6. **변화 구현** 국민이나 관객의 신뢰를 얻으면 리더나 지도자는 더 큰 변화를 구현할 수 있는 동력을 소유하게 된다. 이는 사회, 조직, 혹은 단체의 발전을 촉진할 수 있다.

7. **리더십 강화** 국민이나 관객의 신뢰는 리더나 지도자의 리더십을 강화시키고 타인에게 영감과 영향력을 전할 수 있는 기반이 된다.

8. **협력 증진** 신뢰는 국민이나 관객과의 협력을 증진시킬 수 있다. 모두가 리더나 지도자에게 신뢰를 가지고 있다면 상호 간의 동기분위기가 형성되어 팀의 목표를 달성하는 데 도움이 된다.

9. **일관성 유지** 신뢰는 리더나 지도자의 일관성을 유지하고 개인적인 이해관계 없이 공평하고 정의롭게 행동할 수 있도록 도와준다.

10. **후속 지도자 육성** 국민이나 관객의 신뢰를 얻는 리더나 지도자는 그들이 가르친 가치와 원칙을 준수하는 후속 지도자들을 육성하는 데 중요한 역할을 한다. 좋은 인재를 발굴하고 성장시킴으로써 사회적 기반을 넓히고 후속 세대가 역할을 할 수 있도록 하는 것은 미래사회를 준비하는 매우 중요한 일이다.

국민이나 관객의 신뢰는 리더나 지도자가 신뢰받는 리더십을 펼칠 수 있는 기반이 된다. 이러한 신뢰를 구축하기 위해서는 일관성, 공정성, 소통 능력과 목표 이해 등의 요소들을 중요하게 고려해야 할 것이다.

3부_ 적도 설득하는 전략적 말하기

신뢰도 높은 분석결과를 인용하라

연설이나 스피치를 할 때 전문기관이나 정부부처 등의 통계나 분석결과를 인용하는 것은 성공적인 말하기의 핵심요소 중 하나다. 그냥 자신의 생각을 표현하거나 의견을 말하는 것은 형식적인 대화가 될 수밖에 없다. 반면 정부나 공공기관의 발표나 통계는 사회적 신뢰도가 높은 자료라는 점에서 인용할 경우 말하기이 품격과 신뢰를 높여준다.

1. **신뢰성과 신빙성** 전문기관이나 정부부처의 통계 및 분석결과는 신뢰할 수 있는 자료로 인정받는다. 연설이나 스피치에서 이를 인용함으로써 신뢰성과 신빙성을 유지할 수 있다.

2. **객체화와 객관성** 통계 및 분석결과를 인용함으로써 주장의 객체화와 객관성을 강조할 수 있다. 이는 듣는 이들에게 객관적이고 공정한 정보를 전달한다는 인상을 심어준다.

3. **전문성과 지식 전달** 전문기관이나 정부부처의 자료를 인용함으로써 연설자는 자신의 전문성을 입증하고, 체계적인 지식을 교육하는 역할을 할 수 있다.

4. **사실과 이해의 교차점 제공** 통계 및 분석결과를 인용함으로써 청자들에게 사실적인 자료와 현실 세계와 소통할 수 있는 교차점을 제공할 수 있다. 이는 주장의 근거를 확립하고 이해를 돕는 데 도움을 준다.

5. 비판과 반박에 대한 대응 전문기관이나 정부부처의 통계 및 분석결과 인용은 비판과 반박에 대한 대응을 강화시킨다. 실효성 있는 데이터를 인용함으로써 관련 논쟁에 대한 강력한 반박을 할 수 있다.

6. 신뢰받는 리더십 표현 연설이나 스피치에서 전문기관이나 정부부처의 통계 및 분석결과를 인용함으로써 신뢰받는 리더십을 강조할 수 있다. 이는 듣는 이들에게 결단력과 지도력을 보여주는 효과가 있다.

7. 공공이슈에 대한 이해 교육 통계 및 분석결과를 인용함으로써 연설자는 관객들에게 공공이슈에 대한 이해를 교육하는 기회를 제공할 수 있다. 이를 통해 시민들의 인식을 확장시키고 사회적 의식을 높일 수 있으며, 사회적 갈등을 줄이면서 사회적인 공적 성과를 높이는 결과를 만들어낼 수 있다.

8. 비판적 사고 유발 전문기관이나 정부부처의 통계 및 분석결과를 인용할 경우, 이들 자료의 정확성과 타당성을 비판적으로 검토하는 습관을 유발할 수 있다. 이는 사회적인 문제에 대한 더 깊은 이해와 분석력을 기를 수 있도록 도와준다.

9. 정책 및 전략적 의사결정 지원 통계 및 분석결과를 인용함으로써 연설자는 정책 및 전략적 의사결정에 필요한 정보를 제공할 수 있다. 이는 효과적인 정책 수립과 문제 해결을 지원한다.

10. 공감과 네트워크 연결 형성 전문기관이나 정부부처의 통계 및 분석결과는 공감과 소통을 불러일으키며, 상호 네트워크 연결망을 형성하는 데 도움을 준다. 이들 자료를 인용함으로써 연설자는 관객들과의 공동체적인 인식을 형성하고, 함께 공감할 수 있는 이야기를 전달할 수 있다.

3부_ 적도 설득하는 전략적 말하기

이렇듯 전문기관이나 정부부처의 통계 및 분석결과를 인용함으로써 연설이나 스피치의 효과성과 신뢰성을 높일 수 있다. 통계 자료의 정확성과 관련 이슈를 지속적으로 확인하고 사용함으로써 신속하고 적절한 정보 전달을 보장하는 것도 중요하다.

4부

말하기와
스토리텔링

스토리텔링, 스토리두잉, 스토리리빙

현대사회에서 스피치를 준비하거나 실행하는 과정은 스토리텔링에 따르게 되며, 이는 스토리두잉, 스토리리빙과 같은 다양한 개념에 의해 확장된다. 스토리텔링에 따라 어떻게 글을 잘 쓰고 말을 잘할 것인가?

스토리텔링Storytelling은 정보를 효과적으로 전달하고 사람들의 관심을 끌기 위해 이야기를 사용하는 기술이다. 스토리텔링은 이미지, 글을 통해 이야기를 만들어 전달하는 것으로, 소설과 희곡, 영화처럼 플롯이라는 구조 속에서 이야기 형식을 만들어내는 대표적인 장르뿐 아니라 음악과 영상, 광고에서도 이야기를 만들어내는 경우가 많다. 스토리텔링에 의해 만들어진 창의적이고 창조적인 이야기는 감동적이고, 심금을 울리며, 흥미를 끈다. 30초 내외의 광고가 전달하는 이야기는 상품을 둘러싼 개념 중심의 이야기인 경우가 많고, 줄거리 이면에 상품의 의미를 중층화시키는 전략을 주로 사용한다. 그 이야기가 인상적이고 흥미로울 때 광고는 소비자에게 각인되어 오랜 시간 뇌리에 남아 있을 가능성이 크다는 점에서, 정치·경제·사회·문화 등 각 분야에서 적극 사용되고 있다. 브랜드 뒤에 숨은 이야기를 효과적으로 소비자에게 전달해 매출을 늘리는 마케팅 기법을 가리켜 스토리텔링 마케팅이라 한다.

스토리텔링은 감정과 상상력을 자극하여 강렬한 인상을 남긴다. 이는 글쓰기와 말하기에 모두 적용될 수 있는 원칙이다. 스토리텔링을 통해 글을 잘 쓰고 말하기 위해서는 원칙을 정하고 지켜야 한다.

1. 목적 설정　스토리텔링을 사용하는 목적을 명확히 설정해야 한다. 어떤 메시지를 전달하고 어떤 감정을 공유하고자 하는지를 명확히 하면 독자나 청취자에게도 목적이 전달된다.

2. 적절한 캐릭터 설정　이야기를 잘 전달하기 위해서는 적절한 캐릭터를 설정해야 한다. 캐릭터는 독자나 청취자와 공감할 수 있는 특징과 목표를 가지고 있어야 한다.

3. 이야기 구조 잘 짜기　이야기의 틀과 구조를 잘 짜는 것이 중요하다. 보통 이야기는 도입, 전개, 절정, 결말로 나뉘며, 각 부분에서 긴장감과 클라이맥스, 상호 조응하는 분위기를 잘 조절해야 한다.

4. 감정 자극을 통한 공감 확보　감정이입은 스토리텔링의 핵심이다. 스토리에는 감정을 자극할 수 있는 상황, 갈등, 변화가 포함돼야 한다. 독자나 청취자가 스토리에 공감하고 감정을 느낄 수 있도록 다양한 장치와 복선을 배치해 감정의 정화작용인 카타르시스를 느끼게 해야 한다.

5. 상상력 활용　스토리텔링은 인간의 상상력을 자극하는 중요한 역할을 한다. 세부 사항이나 주변 환경을 확실히 묘사함으로써, 독자나 청취자가 스토리 속으로 빠져들 수 있도록 해야 한다.

6. 단어와 문장 선택　스토리텔링을 효과적으로 전달하기 위해서는 적확하고 적절한 단어와 문장을 신중하게 선택해야 한다. 간결하고 명확한 문장을 사용하며, 독자나 청취자가 이해하기 쉬운 언어를 선택해야 한다. 독자나 청취자가 고개를 갸우뚱하거나 주의력이 흐트러지는 순간 이야기는 실패한 것이다.

7. 비즈니스 콘텍스트에 맞추기   스토리텔링을 적용할 때는 비즈니스 콘텍스트에 맞춰야 한다. 스토리는 제품, 서비스, 브랜드에 대한 이해도와 이미지를 높이고, 고객과의 관계를 강화하는 데 도움을 준다.

이러한 원칙을 따르면 스토리텔링을 통해 효과적으로 글을 쓰고 말하고, 상대방을 이야기 속으로 끌어들일 수 있다. 기존의 정보 전달 방식에서 벗어나 이야기를 통해 더욱 흥미롭고 긍정적인 영향을 줄 수 있다.

스토리두잉Storydoing 은 스토리텔링storytelling에서 진화해 이야기를 전달하는 데 그치지 않고 소비자가 직접 실행 과정에 참여해 기업과 제품에 대한 호감을 높일 수 있도록 한 마케팅 기법을 가리킨다. 스토리를 작성하고 촬영하며 체험해보는 스토리 두잉은 진일보한 개념이다. 이는 제품개발·임직원 보상·파트너십 체결 등 경영 전반이 회사의 스토리와 연결되어 있다는 개념으로 사용되며, 스토리두잉은 회사 직원들의 행동 변화, 기업문화 변화까지 이끌어내는 경우가 많다.

여기서 한 발 더 나아가 양방향으로 작동하면서 사용자가 스토리 자체의 완결성을 훼손하지 않으면서 자신의 스토리를 만들면서 참여하는 스토리리빙Storyliving의 시대로 진화하고 있다. 메타버스 시대가 되면서 현실과 가상의 융합으로 시공간의 한계를 초월해 다양한 형태의 연결과 소통·협업이 가능해진 시대, 일방적으로 감상하는 스토리텔링이나 스토리두잉이 아닌 메타버스 세계 안에서 상호작용하면서 자유롭게 만들어보고 직접 살아보는 스토리리빙 시대가 됐다.

리더의 말하기, 발음·발성의 중요성

한 사회의 리더, 지도자는 늘 자신의 생각과 정책을 말로 전달해야 한다. 발음·발성은 의사소통의 중요한 요소다. 그렇다면 상대가 쉽게 이해하고 호응할 수 있는 발음·발성은 어떤 것일까? 자신의 발음과 발성을 개선하기 위해 고려해야 할 요소를 살펴보자.

목소리가 나는 과정, 즉 발성의 과정을 살펴보면, 피열연골 및 이와 관련된 근육의 동작으로 성대를 닫을 수도 있고 열 수도 있는 구조이며, 발성할 때 두 성대를 접근시켜 완전히 닫아야 한다. 이때 성대의 폐쇄가 불완전하여 피열연골 부분이 조금 열린 상태에서, 그 사이로 기류가 빠져나가게 되면 속삭임소리^{whispered voice}가 난다. 완전한 발성을 하려면 두 성대를 완전히 접촉시켜서 닫고 폐에서 올라오는 기류의 힘으로 이를 떨게 해주어야 한다.

성대의 진동은 양상이 복잡하나 고속으로 촬영한 사진을 통해서 관찰하면, 주기적으로 성대를 여닫음에 따라 성대의 진동은 수평으로 이뤄진다. 두 성대가 서로 맞붙을 때는 성대의 아랫부분이 먼저 닫힌 다음 접촉점이 점점 위로 올라가며, 맨 윗부분이 맞닿는 순간에는 이미 아랫부분이 열리게 된다. 이와 같이 폐에서 올라오는 압축된 기류는 닫힌 성대 사이를 성대의 아랫부분부터 뚫고 올라가면서 열어놓은 다음, 다시 닫히면 또 같은 동작이 반복된다. 이와 같이 성대를 떠나는 공기가 진동을 반복하여 발성을 하게 된다.

두 성대 사이에 있는 짬을 성문 ^{glottis} 이라고 하는데, 두 성대가 서로 맞닿아 있으면 성문이 닫혀 있는 것이며 성대가 열려 있으면 성문의 면적도 그만큼 커진다. 성대의 진동으로 나는 목소리는 진동수에 따라서 목소리의 높낮이가 결정된다.

대체로 성별과 연령 및 개인 특성에 따라 진동수가 달라지는데 성대가 길고 두꺼울수록 진동수가 낮아서 소리가 낮으며 반대로 짧고 얇을수록 진동수가 많아 소리가 높아진다. 그러므로 어린이와 여자는 남자보다 소리가 높은 것이 보통이다. 남자의 낮은 목소리는 성대의 진동수가 초당 60에서 70이며, 여자 소프라노의 상한선은 초당 1,200 내지 1,300이다. 그리고 남자 목소리의 평균진동수는 100~150이고 여자의 평균은 200~300이다.

성대의 개폐에 따른 진동수가 목소리의 높낮이를 결정하는 데 반해서 성대가 열릴 때의 폭, 즉 진폭 ^{振幅} 은 목소리의 크기를 결정한다. 성문 아래에서 올라오는 기류의 압력이 크면 클수록 진폭이 커져서 소리가 커지고, 기압이 낮을수록 진폭이 작아져서 소리도 작아진다.

1. 올바른 발음을 학습하기 우리 한글과 함께 영어나 다른 언어의 발음 규칙을 제대로 학습하는 노력과 성의가 중요하다. 발음 학습을 위해 다양한 학습 프로그램이나 발음 교재, 방송 모니터링과 따라 하기, 집중적인 발음 교육을 받는 등 지원시스템을 활용하면 도움이 된다.

2. 모음과 자음 훈련 올바른 모음과 자음을 발음하는 것은 중요하다. 각각의 모음과 자음의 발음을 반복해서 연습하는 것이 좋다. 언어의 기초인 모음이 중심이 되어 자음이 결합하도록 해야 한다. 모음자음표, 받침이 있

는 발음 훈련표를 놓고 읽으면서 발음연습을 하면 도움이 된다.

3. 목소리를 적절하게 통제 적절한 음량과 강도로 목소리를 조절하는 방법을 배워야 한다. 너무 작거나 크지 않은 목소리를 유지하면서 말하는 것이 중요하다. 무엇보다 상대에게 내 소리가 정확하고 명료하게 전달될 수 있는 적정한 목소리를 내는 훈련을 해야 한다.

4. 강세와 액센트 사용하기 글의 의미를 강조하기 위해 강세와 액센트를 사용해야 한다. 제대로 된 강세와 액센트를 사용할 경우 더욱 명확하고 이해하기 쉬운 발음을 할 수 있다.

5. 말의 흐름과 간격 조정하기 말을 할 때 너무 빠르거나 느리게 하는 것은 좋지 않다. 적절한 흐름과 간격으로 말하는 것이 중요하다. 구절과 문장 사이에 적절한 휴지를 두는 것도 필요하다. 대신 자신의 입장을 짧은 시간에 전달해야 하는 상황에 대비해, 말을 빠르게 하면서도 전달력이 높도록 평상시 훈련을 해야 한다.

6. 억양과 감정의 전달 발음하면서 억양을 사용하여 문장의 의미와 감정을 전달할 수 있다. 긍정적인 억양을 활용하고, 적절한 감정 표현을 할 수 있도록 연습해야 한다.

7. 올바른 입모양과 혀의 위치 발음을 개선하기 위해 입모양과 혀의 위치에 주의를 기울여야 한다. 각각의 소리에 맞는 입모양과 혀의 위치를 익혀두면, 정확하고 명료한 발음을 하는 것이 용이하다.

8. 스마트폰과 녹음기기 사용 자신의 발음을 녹음하여 다시 들어보는 것은 발음 개선에 도움이 된다. 스마트폰 앱이나 녹음기를 사용하여 발음을 녹음하고 자가 평가하는 것이 좋다. 특히 공식석상에서 발언을 할 경우 반드시 녹음을 해서 스스로 점검하고 피드백을 해서 자신의 잘못된 발음습

관을 교정하는 것이 좋다.

9. 발음 및 토론 교실 참여 우리말 교실, 발음 교실, 발음 마스터클라스에 참여하여 전문가의 지도를 받으면 큰 도움이 된다. 발음 교실에서 피드백을 받고 나의 장단점을 확인할 수 있으며, 이를 통해 실전 연습을 할 수 있다.

10. 반복적인 연습 발음을 개선하려면 반복적인 연습이 필요하다. 매일 10~15분씩 발음을 연습하고 반복하여 익숙해지도록 하면 크게 개선된다.

이런 여러 요소들을 고려해 자신의 발음 습관과 장단점, 꼭 고쳐야 할 잘못된 습관을 파악하고, 꾸준한 연습과 훈련을 통해 발음을 개선할 수 있다. 열심히 노력하면 최고의 발음·발성가가 될 수 있고, 최고의 말하기 선수와 토론 명인이 될 수 있다.

공감 스피치

　스피치를 하면 반드시 객석이나 관객, 시청자나 대중의 공감을 불러일으켜야 한다. 말하는 사람의 자기 이야기에만 그치면, 그 스피치는 실패했다는 평가를 받는다. 그만큼 양방향 소통이 중요하며, 공감을 얻지 못한 스피치는 대개 피드백이나 환호를 받지 못한 채 끝나게 되는 경우가 많다.

　공감은 감상적 독해나 시청, 정취를 할 때 독자나 시청자에게 꼭 필요한 것이다. 어떤 글을 읽는데 공감하지 않으면 효과적인 독서를 했다고 볼 수 없으며, 방송도 마찬가지다.

　글의 경우 종류에 따라 공감하는 내용이나 대상이 달라지지만 주로 비문학적 글에서는 글쓴이의 주장이나 생각, 글을 쓰게 된 이유나 목적에 대하여 공감하게 된다. 어떤 주장과 그에 따른 이유를 읽고 독자 역시 '나도 그렇게 생각해.'라고 한다면 그 글에 대한 공감을 이룬 것이라고 볼 수 있다. 문학적인 글에서는 내용에서 다뤄지는 사건이나 인물 등에 대해 감정이입을 하고 정서적 교감을 하여 공감을 이끌어낼 수 있다. 또한 글쓴이가 느낀 감정의 표현들을 읽고 자신의 경험과 연결시켜 동질적으로 생각하는 것도 공감의 한 형태라고 볼 수 있다.

　방송도 마찬가지다. 드라마나 영화에 등장하는 주인공이나 출연자의 감정, 의견, 주장 등에 대하여 자기도 그렇다고 느끼는 것이 '공감'이다. 드라마나 영화, 유튜브 영상에 대한 친구의 생각에 자기도 그렇다고 느낄 때

'나도 공감해'라고 표현하게 되며, 때로는 눈물을 흘리거나 함께 웃음을 터뜨리는 상황을 맞게 된다. 스피치나 연설에 대해서도 호응하는 긍정적 표현이나 함께 눈물을 흘리면서 감동하는 경우는 공감에 성공하는 경우라고 할 것이다.

공감을 불러일으키는 스피치는 어떻게 할 수 있을까? 연단에 서는 것만 해도 두려운 일반인에게는 난공불락의 성과 같다. 그러나 실제 도전해 보면 그렇게 어려운 일도 아니다. 진심을 다해 준비하고, 알찬 내용으로 채우면 청중의 마음을 살 수 있기 때문이다. 대부분의 청중이나 관객은 작은 실수는 이해하고 넘어가는 경우가 많다. 물론 철저한 기획과 준비, 유려한 진행과 탁월하며 진정성이 담긴 말솜씨로 대중의 환호를 받는다면 더 좋겠지만 말이다.

1. 청중 이해 청중의 관심과 필요에 맞춰 내용을 준비해야 한다. 청중의 배경, 관심사, 경험 등을 고려하여 메시지를 전달하는 것이 중요하다.

2. 감정적 연결 청중의 감정에 호소하여 공감을 유발하는 스토리, 에피소드 또는 예시를 사용하여 메시지를 전달해야 한다.

3. 진정성 스피커는 진실성과 솔직함으로 자신의 이야기를 전달해야 한다. 자연스럽고 진심 어린 태도는 청중에게 공감을 일으킬 수 있다.

4. 쉬운 언어 사용 간결하고 명료한 언어를 사용해야 한다. 일상적이고 이해하기 쉬운 언어를 활용하여 청중과 소통할 수 있다.

5. 이야기와 예시 활용 현실적인 이야기나 사례를 사용하여 청중이 공감할 수 있는 상황을 만들어야 한다. 일상적인 경험이나 인생 이야기를 청중과 공유하는 것이 중요하다.

6. **목소리와 강세** 목소리의 톤, 강도, 리듬, 강세 등을 조절하여 강조하고 감정을 전달해야 한다. 적절한 목소리와 표현으로 내용을 보다 생생하게 전달할 수 있다.

7. **청중 참여** 청중을 활발하게 참여시키는 요소를 활용해야 한다. 질문을 던지거나 실제 사례를 공유하는 등 청중의 의견과 경험을 존중하고 수용한다.

8. **인정과 존중** 청중의 생각과 감정을 인정하고 존중하는 태도를 가지는 것이 중요하다. 스피커는 자신의 의견과 이야기를 단호하게 전달하되, 청중의 의견에 대해 개방적인 태도를 유지해야 한다.

9. **열정과 동기 부여** 열성과 동기를 가지고 청중에게 전달하는 것이 중요하다. 자신의 관심과 열정을 스피치에 반영시켜 청중을 감동시키고 공감을 이끌어내야 한다.

10. **신뢰와 신빙성** 스피커는 신뢰를 쌓을 수 있는 신빙성을 가지고 있어야 한다. 전문적인 경험, 지식과 관련 이력, 성공적인 사례 등을 소개함으로써 청중에게 신뢰를 불러일으킬 수 있다.

설득 스피치

　상대방을 설득하고 이해시키는 설득 스피치가 주목받고 있다. 내 의견이나 생각을 일방적 또는 독단적으로 강요하고 바꾸기보다는, 상대의 이해를 얻는 과정을 통해 성공적인 대화나 스피치가 이뤄질 수 있기 때문이다.

　설득persuasion, 說得은 '한 사람의 태도나 행동이 강박 당함 없이 다른 사람과의 의사소통을 통해 영향 받는 것'으로 정의되며, 설득하거나 설득당하는 사람의 태도와 행동은 말로 하는 위협, 물리적 강제, 자신의 생리적 상태 등과 같은 여러 요인의 영향을 받을 수 있다. 설득은 때로 다른 사람을 조종하고 피동의 객체로 다루는 것이기 때문에, 흔히 많은 사람들은 설득하려는 행위에 대해 불쾌하게 여기는 경우도 나타난다. 그만큼 어려운 것이 설득이다.

　설득과정에 대해서는 많은 방면에서 연구가 이뤄졌고, 아리스토텔레스와 키케로 시대부터 많은 학자들은 설득에 관한 논문이나 글을 쓰면서 설득을 체계화하려고 했다. 설득은 중세 유럽 대학에서도 교육받은 사람이면 누구나 숙달해야 하는 기본 교양과목이었으며, 로마 제국시대부터 종교개혁기를 거치면서는 사람들을 덕과 성지聖地로 이끌기 위해 열변을 토했던 설교사들에 의해 예술로까지 격상되기도 했다. 현대에 와서 설득은 주요한 협상이나 이해관계의 조정 등에 활용되며, 산업적인 측면에서는 광고 형태로 매출을 유도하면서 국민총생산 차원에서 교육과 군대 다음으로 커다란 기여를 하고 있다는 평가를 받기도 한다.

설득과정은 말을 통한 의사소통과 함께 결과 또는 반응으로서 태도상의 연관된 변화를 구별하는 기본적 방식으로 나뉜다. 말로 하는 의사소통을 쉽게 처리할 수 있는 요소들의 조합으로 분석하는 한 방법은 대답해야 할 질문의 형태로 제시하면서 논리적인 설득의 과정을 거친다. 과거 중세의 교사들이 '누가quis, 무엇을quid, 언제quando'와 같은 문제를 제기했던 것처럼 현대의 언론인들은 누가, 무엇을, 언제, 어디서, 왜, 어떻게 했는가를 설명하는 육하원칙과 같은 방식으로 뉴스를 전달하고 있다.

설득 스피치는 상대방의 관점과 의견을 바꾸거나, 상대방에게 특정 생각이나 행동을 취하노복 녹려하는 데 목적이 있다. 설득 스피치는 다양한 상황에서 사용될 수 있으며, 주로 집회, 회의, 협상, 판례 공개 등의 상황에서 사용된다. 설득 스피치는 다음과 같은 구성 요소를 포함한다.

1. **목표 설정** 설득 스피치를 시작하기 전에 목표를 설정해야 한다. 무엇을 달성하고자 하는지 명확하게 이해하고, 그 목표를 명확하게 제시해야 한다.

2. **청중 분석** 설득 스피치를 할 때는 청중의 관점을 이해해야 한다. 청중이 가진 가치, 우려, 욕구 등을 고려하여 설득 전략을 구성할 수 있다.

3. **강력한 입장 설정** 설득 스피치를 하기 위해서는 강력하고 명확한 입장을 설정해야 한다. 상대방을 설득하기 위해 통계자료, 사례 연구, 전문가의 의견 등을 사용할 수 있다.

4. **감정적인 연결** 설득 스피치는 감정적인 연결을 형성하는 것도 중요하다. 청중의 심리적 상태를 고려하여 공감, 부러움, 분노 등의 감정을 활용하

여 효과적인 설득을 시도할 수 있다.

5. **대체 가능한 선택 제공**　설득 스피치에서는 상대방에게 선택의 여지를 주는 것이 도움이 된다. 상대방이 원하는 결과를 달성하는 다양한 방법을 제시하여 상대방이 자유롭게 선택할 수 있도록 하는 것이다.

6. **논리적인 주장과 근거**　설득 스피치를 할 때는 논리적으로 주장하고 근거를 제시해야 한다. 철저한 조사와 통계, 전문가의 의견 등의 근거를 활용하여 논리적으로 상대방을 설득하려는 노력이 필요하다.

7. **강화 및 요약**　설득 스피치에서는 중요한 포인트를 강조하고 요약하는 것이 효과적이다. 주요 포인트를 반복해서 강조하면, 청중이 이해하기 쉽고 오래 기억하게 된다.

8. **인상적인 마무리**　설득 스피치에서는 인상적인 마무리가 필요하다. 감동적인 이야기, 간결한 요약, 고마움을 표현하는 방식 등을 사용하여 스피치를 끝낼 수 있다.

이러한 요소들을 적절히 활용하여 설득 스피치를 준비하고 전달하면 상대방을 이해시키고 원하는 목표를 달성하는 데 도움을 줄 수 있다. 그러나 중요한 것은 상황과 상대방의 특성에 맞게 설득 스피치를 조정하는 것이다.

키워드 스피치

긴 시간 동안의 연설이나 복잡한 내용을 다루는 스피치일지라도, 핵심 키워드를 잘 활용하면 성공적으로 스피치나 연설을 할 수 있다. 키워드 스피치는 핵심적인 주요 단어나 키워드, 문장을 통해 자연스러운 연상 작용을 함으로써 전체 내용을 잘 전달하는 성공적인 스피치나 연설로 연결된다.

1. **강력한 시작** 청중의 관심을 끌고 핵심 포인트를 강조하기 위해 강력한 시작이라는 극적인 드라마 효과가 필요하다. 이는 흥미로운 이야기, 인용구, 질문 또는 주목을 끌 수 있는 사실이나 현상 등을 사용함으로써 성공적인 결과를 낳을 수 있다.

2. **명확하고 구조적인 내용** 스피치나 연설은 명확하고 구조화된 방식으로 전달되어야 한다. 각각의 핵심 아이디어를 분명하게 제시하고, 주제를 논리적으로 연결하며, 예시와 증거를 통해 내용을 보강하면 큰 도움이 된다.

3. **명료하고 효과적인 언어 사용** 명료하고 간결한 언어를 사용하여 청중에게 메시지를 전달하는 것이 바람직하다. 복잡한 용어나 전문가용어를 최소화하고, 일상적인 언어를 사용하는 것이 좋다.

4. **강력한 언어 사용과 강조** 힘이 있고 강력한 언어를 사용해 메시지를 강

조하면, 내 의사 전달이 명확해진다. 간단한 문구로도 강력한 메시지를 전달할 수 있다. 세상은 메시지로 움직인다.

5. **몸짓과 음성 제어** 몸짓과 음성은 말하는 방식에 힘과 활력을 더해준다. 다양한 자세나 제스처, 목소리의 강세와 음조 변화 등을 통해 스피치의 효과를 향상시킬 수 있다.

이러한 관점들을 고려해 스피치나 연설을 준비하고, 무대나 연단에 올라가 직접 실전을 펼쳐보자. 나도 모르는 새 나의 말하기 실력이 점진적으로 향상되는 것을 느낄 수 있을 것이다.

4부_ 말하기와 스토리텔링

엘리베이터 스피치

엘리베이터 스피치는 엘리베이터를 타고 가는 30초에서 1분 정도의 짧은 시간 동승자에게 자신의 의견을 피력하는 것을 의미한다. 엘리베이터 연설elevator speech은 영어로는 엘리베이터 피치elevator pitch, 엘리베이터 스테이트먼트elevator statement로도 표현한다. 회사, 상품, 서비스의 개념을 엘리베이터를 한 번 타는 농안 모두 전달할 수 있을 만큼 간단명료해야 성공할 수 있다는 의미로 사용되며, 엘리베이터 스피치를 잘해서 성공하라는 자기계발서들이 서구에서 수십 권의 책으로도 출판되어 있다.

엘리베이터를 타고 내리는 짧은 시간 동안 상대방이 주목할 만한 이야기를 통해 성공적으로 목표를 달성할 수 있다면, 어떤 상황에서도 자신감 있는 스피치를 할 수 있다.

1. 간결하고 명확한 목표 설정　엘리베이터 스피치에서는 짧은 시간 동안 상대방을 설득해야 하므로 명확한 목표를 설정하는 것이 중요한 출발점이다. 간결하게 전달할 중요한 메시지를 정의하고, 그에 걸맞게 준비해야 한다.

2. 일찍 시작해 메시지 전달하기　엘리베이터에서 상대방을 설득하기 위해서는 극히 제한적인 시간 내에 상대에게 감동을 주거나, 상대방이 주목할 만한 결정적인 이야기를 건네야 한다. 따라서, 가능한 한 빠르게 시작해 주

요한 메시지를 전달해야 한다.

3. **직접적인 언어 사용**　엘리베이터 스피치에서는 직접적이고 간결한 언어를 사용해야 하며, 이를 통해 내가 설정한 목표를 정확하고 명확하게 설명하는 것이 바람직하다. 필요한 정보를 최소한의 단어로 전달하면 성공의 가능성이 커진다.

4. **청중의 필요성 강조**　엘리베이터 스피치에서는 청중의 관심을 끌어야 한다. 상대방의 필요성과 이점을 강조하여 상대방을 설득하면, 상대는 자신과 관계된다는 점에서 즉각 관심을 표명하는 경우가 많다.

5. **간결하면서 효과적인 구조**　짧은 시간 동안 목표를 달성하기 위해 간결하면서도 효과적인 스피치 구조를 유지해야 한다. 명확한 소개, 강조할 주요 포인트, 결론으로 구성된 단순하고 명확한 구조를 사용하면, 상대방은 관심을 보일 것이다. 이 틈을 놓치지 않고, 적극적인 소통과 설득, 협상에 나서야 한다.

6. **목소리와 몸짓 활용**　목소리와 몸짓은 엘리베이터 스피치에서 강력한 도구다. 목소리의 크기, 강세, 강조, 음조 등을 조절하고, 자세나 제스처를 사용하여 전달하는 내용을 강조한다. 단, 상대의 거부감이나 부담감을 불러일으키는 과도한 행동이나 제스처, 큰 소리 등은 절제해야 한다.

이러한 관점들을 고려해 엘리베이터 스피치를 준비하고 실천함으로써, 목표로 삼은 상대방과 효과적으로 커뮤니케이션할 수 있도록 노력하다보면 성공적인 길을 만들 수 있다. 자주 반복하고 연습해야만 점진적으로 향상이 된다는 점에서, 꾸준한 노력이 필수적이다.

치밀한 준비와 핵심 내용 전달

　강연이나 스피치를 할 때 어떻게 하면 핵심 메시지를 놓치지 않고 명료하게 전달할 수 있을까? 핵심 메시지를 모호하지 않고 명료하게 전달하는 기법을 통해 청중의 호응을 얻으며 강연을 성공적으로 이루도록 노력해보자.

　실세 연설을 살하기 위해서는 전체 대본의 시나리오를 쓴 뒤 반복해 읽거나, 암기하는 것이 바람직하다. 이를 통해 나의 머릿속에 분명한 연설의 구조를 만든 다음 키워드를 참고해 원고를 보지 않고 연설하는 것이 좋다.

　연설 내용을 미리 대본으로 작성하는 경우의 장점은 시간을 최대한 활용할 수 있고, 연설의 초안을 미리 공유할 수 있기 때문에 공감대를 확산할 수 있다. 반면 대본 연설의 경우 의미나 감정의 전달이 제대로 되지 않으면 연설이 신선하지 않게 느껴질 위험성이 크다.

　강연자가 대본 원고를 읽는 것을 청중이 듣는 것과 자연스럽게 말하는 것을 듣는 것은 매우 다르다. 청중은 대체로 읽는 것보다는 자연스럽게 말하는 것에 더 강하게 감정적으로 반응하고 호응한다. 강연자가 자연스럽게 말하면서 '자기 생각을 분명하게 밝히는 모습'을 보게 되면, 감정이입이 되기 때문에 그만큼 효과가 강력해지게 된다. 말하는 사람의 신념과 확신을 느낄 수 있으며, 그의 이야기에서 진심을 느낄 때 사람들은 적극적으로 반응하며 강연자를 친구로 인정하게 된다.

반면 써놓은 글을 읽으면, 진심과는 먼 거리감이 느껴진다. 녹화된 스포츠 경기나 재방송하는 드라마를 보는 듯한 기분이 들 것이다. 그래서 연설에 나서는 연사는 대부분 대본을 작성한 다음 완전히 숙지해 연설에 나서게 된다. 일반인의 경우 18분짜리 연설을 모두 외우려면 집중적으로 할 경우 최소한 5~6시간, 많게는 3~4일이 걸린다. 하루에 1시간씩 외운다면 일주일 내내 준비를 해야 한다. 그렇기 때문에 매우 힘든 길이지만, 성공적인 연설을 원한다면 반드시 원고내용을 내 것으로 만들어 그 속에서 깊은 감정과 열정을 담아 멋진 연설을 해내야 할 것이다. 연설 준비의 필요성과 내용을 예시와 함께 살펴보자.

1. 목표 설정　강연 전에 핵심 메시지에 대한 명확한 목표를 세워야 한다. 메시지가 무엇이고 어떤 변화를 기대하는지를 정확히 이해하면 전달이 더욱 효과적이다.

2. 구조화　강연을 시작하고 진행하는 과정에서 일관된 구조를 유지해야 한다. 시작부터 중간, 마지막까지 명확한 흐름을 가지게 되면 듣는 사람들도 이해하기 쉬워진다.

3. 간결한 언어　이해하기 쉬운 간결한 언어를 사용하도록 해야한다. 어려운 단어나 긴 문장은 피하고, 직관적이고 명료한 문장으로 메시지를 전달하는 것이 좋다.

4. 예시 사용　핵심 메시지를 설명하기 위해 구체적인 예시를 사용하는 것이 좋다. 예시는 추상적인 개념을 보다 실제적으로 이해할 수 있도록 도와준다.

5. 비유와 애니메이션 복잡한 개념을 이해하기 쉽게 전달하기 위해 비유나 애니메이션을 사용하는 것이 좋다. 직관적으로 이해할 수 있는 비유를 제시하는 것은 메시지를 전달하는 데 큰 도움이 된다.

6. 반복 중요한 핵심 메시지를 반복해서 강조하라. 이렇게 하면 듣는 사람들이 이해하고 기억하기 쉬워진다.

7. 청중과의 연결 청중의 관심을 끌고 그들과 강연을 연결하라. 예를 들어, 청중의 이야기나 경험을 언급하거나 질문을 던지는 것은 강연을 더욱 흥미롭고 명료하게 할 수 있는 방법이다.

8. 시각적 자료 활용 시각적 자료를 사용하여 핵심 메시지를 시각적으로 보여줄 수 있다. 그래프, 차트, 이미지 등을 활용해서 메시지를 보다 명확하게 전달하면 도움이 된다.

9. 감정적 요소 강연에 감정적 요소를 더하라. 강렬한 감정을 표현하고 이야기를 통해 청중의 감정을 자극하는 것은 메시지의 전달력을 높일 수 있는 방법이다.

10. 피드백과 연습 강연을 진행하면서 청중의 피드백을 수집하고 개선하라. 또한, 강연을 반복적으로 연습하면서 명료한 메시지 전달을 위한 기술을 향상시킬 수 있다.

말하기를 빛내는 시대정신과 역사의식

시대정신時代精神은 한 시대를 지배하는 지적·정치적·사회적 동향을 나타내는 정신적 경향을 가리키는 용어다. 이 단어는 18세기 후반부터 19세기에 걸쳐 독일을 중심으로 등장했으며, 그 시대를 관통하는 정치적·사회적 가치와 철학을 의미하고 있다.

독일의 철학자 요한 고트프리트 헤르더는 민족적인 정신문화, 즉 민족적 언어 또는 시에 깊은 관심을 가지고 인류사를 인간정신의 완성으로 향하는 보편적 역사라고 파악하는 생각을 제시했고, '시대의 정신'을 나타내는 '민족의 정신'이라는 말을 사용했다. 변증법 철학을 주창한 헤겔은 민족정신을 세계사의 각 발전 단계에서 보편적인 '세계정신'의 현상으로 파악하고, 민족정신에서 볼 수 있는 역사적·시대제약적 성격을 분명히 하면서 시대정신이라는 용어를 사용했다. 보편적인 인간 정신이 특수적·역사적 현실 속에 펼쳐있는 가운데, 한 시대의 정신문화를 나타내는 시대정신이 존재한다고 보는 견해는 19세기에 걸쳐 역사학, 법학, 경제학 등 다양한 분야로 확산되어 오늘에 이르고 있다.

강연이나 스피치를 할 때 쉽고 편한 이야기뿐 아니라 당시의 시대정신과 핵심 현안에 대한 가치를 담은 거대담론을 놓고 이야기를 나누는 경우가 많다. 이 같은 시대정신을 반영한 다양한 메시지를 잘 정리하고 전달하면, 그 자리는 그 시대를 관통하는 수준 높은 지적 토론의 장이 될 수 있을 것이다.

1. 문맥 이해 당시의 사회, 경제, 문화적인 문맥을 분석하고 이해해야 한다. 이는 강연자 스스로 전달하고자 하는 메시지를 효과적으로 극대화해 전달할 수 있는 핵심 요소가 될 것이다.

2. 목표 설정 메시지 전달 전에 명확한 목표를 설정해야 한다. 메시지가 어떤 변화를 이끌어내고자 하는지를 정확히 정의하면, 메시지의 전달이 더욱 명료해진다.

3. 조사와 연구 주제와 관련된 자료와 연구를 철저히 조사해 준비해야 한다. 핵심 현안에 대한 사실에 근거한 정보와 데이터를 활용하면 청중이 당신의 메시지를 신뢰하게 된다.

4. 효과적인 구조화 시작부터 끝까지 강연을 일관된 구조로 구성해야 한다. 명확한 소개, 내용 전개, 결론과 요약으로 구성된 간결하고 논리적인 구성은 듣는 이들에게 메시지를 전달하기 쉽게 만들어준다.

5. 명료한 언어 사용 복잡한 용어나 긴 문장을 피하고, 명료하고 이해하기 쉬운 언어를 사용해야 한다. 이는 청중들이 메시지를 더욱 쉽게 이해할 수 있는 분위기를 조성해준다.

6. 비판적 사고 현안에 대한 다양한 관점을 고려하고, 청중의 의견을 존중해야 한다. 청중들이 강연자의 메시지를 받아들이기 위해서는 강연자 스스로 그들의 관점을 이해하고 수용해야 한다. 청중은 수동적인 수용자가 아니라, 적극적으로 참여하고 토론하는 능동적인 창조자일 경우도 많다.

이러한 관점들을 고려하면 강연이나 스피치를 효과적으로 활용하여 시대정신과 핵심 현안에 대한 메시지를 효과적으로 전달할 수 있다.

5부

호감을 얻는
성공적 말하기

발표 불안을 어떻게 없애거나 줄일 것인가

발표나 스피치를 할 때 불안감이나 두려움으로 떨려서 실패하는 경우가 많다. 어떻게 하면 이 같은 공포증을 없애고 성공적으로 말하기를 할 수 있을까?

공포증은 사회불안증, 무대공포증, 연단공포증, 대인공포증, 마이크공포증, 발표 불안 등 여러 가지 용어로 표현된다. 이들이 무서워하는 것은 무대나 사람 자체가 아니라 여러 사람의 시선이 자신에게 모이는 상황이다. 여러 사람들 앞에 서면 얼굴이 붉어지고, 땀이 나고, 손을 떨고, 긴장하면서 겁을 먹게 되는 것이다.

심리학에서는 이들의 마음 이면에는 '타인의 거절과 비난에 대한 두려움'과 '완벽해야 한다'는 식의 비합리적이고 역기능적인 사고가 자리하고 있는 경우가 많다고 설명한다. 완벽하려는 생각을 버리는 것과 비난을 두려워하지 않을 용기가 이 질환을 극복하는 데 필수적인 요소로 지적된다.

이 공포증의 극복에 가장 효과적인 것은 약물치료다. 증상이 가벼운 경우 위험상황에 처하기 직전 약 한 알을 먹는 것만으로도 큰 도움을 받을 수 있다. 사회공포증 증상은 자율신경계 교감신경의 항진으로 발생하는데, 약물은 일시적으로 이를 방해하여 극도의 불안상태까지는 가지 않도록 증상을 억제한다. 괴로웠던 발표의 순간이 편안하게 넘어가는 것을 경험하면 자신감이 생기게 되는데, 이런 경험을 반복하여 이 정도면 얼마든지 할 수 있겠다는 자신감의 선순환 구조를 만들어가는 것이 중요하다.

광고요법과 역설의도기법도 유용하다. 광고요법은 발표를 할 때 자신에게 사회공포증이 있음을 미리 알리는 방법이다. "제가 사람들 앞에만 서면, 너무 긴장을 해서요. 얼굴이 붉어지고 손을 떨더라도 이해해주십시오"라고 먼저 말해버린 뒤에 발표를 하면, 예상했던 것보다 덜 긴장할 수 있고 안도감도 갖게 된다.

역설의도기법은 두려워하는 상황을 머릿속으로 자꾸 떠올릴수록 두려움이 오히려 더 커진다는 사실을 역이용하는 방법이다. 발표할 때 땀을 흘리게 될까 봐 두려운 경우 아예 속으로 '오늘 발표 때 땀을 한 바가지 흘리겠는걸'이라며 계속 되뇌는 방식이다. 그렇게 하면 막상 발표에 들어가선 예상보다 땀이 덜 나는 걸 경험하게 된다. 누가 보는 앞에서 유난히 손을 떨어 글씨가 엉망이 되곤 하는 사람의 경우, 일부러 글씨를 엉망으로 휘갈겨버릴 수 있다. 그렇게 하려 할수록 글씨는 의외로 더 잘 써진다. 말더듬이 증상이 있는 사람이 일부러 말을 더듬으려고 하면, 역설적으로 말을 덜 더듬게 되는 경우도 이와 비슷하다.

공포증 없애기, 다음과 같은 10가지 관점에서 접근해보자.

1. **자신의 현재 역량 확인** 자신의 역량을 정확하게 파악하고 말하기에 자신감을 갖기 위해, 현재의 자기 역량을 확인해야 한다. 지난 경험과 성과를 돌아보고, 자신의 강점과 약점을 파악한 뒤 약점을 보완하고 강점을 강화하는 전략을 써야 한다.

2. **충분한 준비** 발표나 스피치를 하기 전에 충분한 준비를 해야 한다. 발표 자료를 완성하고 부단한 연습을 통해 자신감을 얻을 수 있다. 준비가

미흡하면 자신감이 부족해질 수 있기 때문에, 충분한 연습을 반복해야 한다.

3. **목표 설정** 말하기 전에 왜 무엇을 위해 말하는지 명확한 목표를 설정해야 한다. 발표를 통해 어떤 메시지를 전달할 것인지 명확히 이해하고, 그에 맞춰 발표 준비를 해야 한다.

4. **심호흡** 발표를 하기 전에 심호흡과 복식호흡을 통해 긴장을 푸는 것이 도움이 된다. 숨을 들이마시고 멈춘 뒤 내쉬는 긴 호흡을 반복하면, 몸과 마음을 안정시키고 긴장을 풀 수 있다.

5. **긍정적인 자기와의 대화** 스스로에게 긍정적인 이야기를 전달하고 긍정적인 마인드 컨트롤을 하면 도움이 된다. 자신을 격려하고 자신의 능력을 믿어야 한다. 스스로를 불신하면, 잘하던 것도 실수하게 된다. 부정적인 생각을 긍정적으로 변환시키고 무엇이든 해낼 수 있다는 자신감을 키우는 것이 도움이 된다.

6. **체조 및 운동** 발표 전에 가벼운 스트레칭이나 조깅, 체조나 운동을 통해 긴장을 풀 수 있다. 신체 활동은 스트레스를 해소시켜주고 자신감을 키우는 장점이 있다.

7. **연습과 자기 훈련** 말하기 연습과 자기 훈련을 통해 자신의 발표 기술을 향상시킬 수 있다. 거울 앞에서 연습하고 동영상을 촬영하여 자가 평가하는 것도 도움이 된다.

8. **청중과의 연대감** 발표하는 동안 청중과의 연대감을 갖는 것이 중요하다. 청중과 눈을 마주치고, 웃음이나 표정으로 응답하며 상호작용을 유도하면 좋다. 청중이 내 편이라는 생각은 자신감을 키우는 데 도움이 된다.

9. **긍정적인 경험 떠올리기** 이전의 성공적인 말하기 경험을 떠올리고 기

5부_ 호감을 얻는 성공적 말하기

억하는 것이 도움이 된다. 자신이 이미 성공한 경험을 떠올리면, 스스로에 대한 신뢰와 자존감이 생기면서 불안감을 줄일 수 있다.

10. 유연성과 적응력 불완전한 상황에서도 적응력을 유지하는 것이 중요하다. 늘 예상치 못한 일들이 발생할 수 있으므로, 유연하게 대처하는 자세가 필요하다. 긍정과 부정 평가에 따른 피드백을 수용하고, 나의 태도와 자세를 조정해 나가야 한다.

이러한 관점들을 고려하고, 실제로 적용해보면 불안감을 극복하고 성공적으로 말할 수 있을 것이다. 성공의 길이 멀지 않았다!

불안해하지 말고 즐겨라

반복된 노력과 훈련은 성공을 부른다. 대표적인 것이 '일만 시간의 법칙'이다. 이는 어느 분야이든 위대한 성공을 거두기 위해서는 일만^萬 시간의 노력이 필요하다는 경험칙. 예를 들어, 하루에 세 시간씩 십 년이면 일만 시간이 되는데, 이 시간 동안 한 가지 일에 몰두하여 노력하면 그 분야에서 최고가 된다는 것을 뜻한다. 미국의 일간지 〈워싱턴포스트〉 기자 출신 맬컴 글래드웰이 2009년 발표한 『아웃라이어』에서 빌 게이츠, 비틀스, 모차르트 등 시대를 대표하는 천재들, 즉 아웃라이어의 공통점을 설명하기 위해 제시한 개념이다.

이 책에서 글래드웰은 타고난 천재성보다는 여건과 노력이 성공의 비결이라고 설명했고, 이에 대해 누구나 동일한 노력을 쏟아 부어서 최고가 될수 있는 것은 아니기 때문에 각자의 자질을 정확히 파악하고 이에 맞는 훈련을 실시해야 한다는 비판이 제기되기도 했다. 1만 시간은 대략 하루 3시간, 일주일에 20시간씩 10년간 연습한 것과 같은 것으로 평가된다.

무대나 연단, 강단에 서면 떠는 사람들에게도 이 원칙이 적용될 수 있다. 대중 앞에서 발표를 할 때 불안을 줄이고 즐기면서 행복하게 말하는 방법을 찾아보자.

1. 자신감을 갖기 발표하기 전에 자신의 역량과 지식에 대해 자신감을

갖는 것이 중요하다. 자신이 준비한 내용에 대해 자신감을 갖게 되면 불안감을 줄일 수 있다. 발표 도중에도 '나는 무엇이든 할 수 있다'는 생각으로 자신을 믿고 긍정적인 생각을 갖도록 노력해야 한다.

2. **충분한 연습**   발표를 열심히 반복해 연습하는 것은 스스로에 대한 신뢰와 자신감을 부여한다. 한 가지 일에 1만 시간을 투입하면 그 분야 전문가가 될 수 있고, 노래 한 곡도 수천 번을 부르면 내 것으로 완벽하게 무대에서 소화할 수 있다. 발표 내용과 순서를 완벽하게 암기하거나, 친구나 가족 앞에서 반복해 연습하면 더 나은 결과를 얻을 수 있다.

3. **청중과의 연결**   발표 중에는 청중과의 연결을 유지하는 것이 중요하다. 청중과 시선을 교류하고, 웃음과 삼반을 유도하는 질문을 제시할 수도 있다. 어쨌든 청중을 자신의 이야기에 집중시키는 것이 중요하다.

4. **목적과 이익에 집중**   발표의 목적과 이익에 집중하면 긴장을 풀 수 있다. 발표가 청중에게 어떠한 도움을 줄 수 있는지 생각하고, 발표를 통해 어떤 결과를 얻을 수 있는지 상기시키면 불안감을 줄일 수 있다.

5. **긍정적인 태도**   매사에 긍정적인 태도를 갖는 것이 중요하다. '발표가 잘 되지 않을 수도 있다'라는 불안한 생각보다, 발표를 통해 전달하려는 메시지가 중요하다는 생각을 가지는 것이 좋다. 청중에게 긍정적인 에너지를 전달하면 발표를 훨씬 즐길 수 있고, 더 좋은 발표를 할 수 있다.

6. **호흡에 집중하기**   발표가 시작되면 복식호흡이나 심호흡을 통해 긴장을 풀고 집중력을 높일 수 있다. 천천히 들이쉬고 깊게 내쉬면서 긴장을 푸는 것을 시도해보면, 금세 효과가 나타남을 느낄 것이다.

7. **자연스럽게 움직이기**   발표 중에는 자연스러운 움직임을 유지하는 것이 중요하다. 주변을 돌아다니거나 손을 자주 움직이는 행동은 청중의 관

심을 끌 수 있고, 성공적인 청중과의 소통으로 연결될 수 있다.

8. **피드백에 대한 개방성** 발표 후 피드백에 개방적으로 대응하는 것도 중요한 요소다. 다른 사람들의 의견을 수용하고 향상시킬 점이 있다면 겸손하게 받아들이는 것이 좋다. 이를 통해 발표 기술을 계속해서 향상시킬 수 있다.

9. **관객의 응원과 격려 받기** 발표를 할 때 관객의 응원과 격려를 받는 것은 중요하다. 열정적으로 발표에 참여한 청중의 의견이나 찬사를 받는 것은 발표 경험을 더욱 행복하게 만들 수 있다. 이를 위해서는 강연이나 발표 중에 청중의 의견을 묻거나, 청중의 호응을 이끌어낼 수 있는 질문을 던지는 등 다양한 방법을 활용하는 것이 좋다.

10. **휴식과 재충전** 마지막으로, 발표 전후에 충분한 휴식과 재충전을 해야 한다. 심신이 안정되고 건강한 상태에서 발표를 할수록, 훨씬 행복하고 자신있게 말할 수 있다. 몸이 즐겁고 편해야, 말과 행동도 최고의 컨디션에서 자연스럽고 당당하게 나온다.

이 같은 요소를 고려하고 성공적으로 응용하면, 대중 앞에서 발표를 할 때 불안감을 줄이고 즐기면서 행복하게 말할 수 있을 것이다. 처음에는 떨리고 두려운 생각이 들겠지만 어느새 마이크를 잡거나 무대에 서면 물 만난 물고기처럼 신나게 말하고 움직이게 될 것이다.

유명 경구와 격언을 적절히 인용하라

이야기를 할 때 속담, 고사성어, 경구, 격언 등을 잘 활용하면 성공적인 스피치나 강연을 하는 데 도움이 된다. 인류의 지혜와 경험을 담은 속담, 고사성어, 경구, 격언 등은 스피치나 강연에서 약방의 감초와 같은 역할을 한다.

대표적으로 인용하기 좋은 노구가 성구다. 경구epigram, 驚句는 소설이나 연극, 시, 담화 속에서 간단명료하게 보편적 진리를 나타내는 인상적인 문장에 사용된다. 사람의 잘못을 따끔하게 지적하면서 인간세계의 진리를 정확하게 표현하기도 하고, 날카롭고 함축성이 풍부하여 듣는 사람으로 하여금 절로 고개를 끄덕이게 하는 매력을 갖는다. 철학자 버나드 쇼는 "무릇 위대한 진리는 처음에는 신성모독으로 여겨진다"는 말을 했고, 블레즈 파스칼은 "만약 클레오파트라의 코가 한 치만 낮았더라도 세계의 역사는 바뀌었을 텐데"라고 말해 많은 이들의 경탄을 자아냈다.

1. **속담 활용하기** "무쇠도 갈면 바늘이 된다"처럼, 어떤 일을 할 때 힘들게 노력해야 한다는 속담을 생각해보자. 어려운 문제에 대처할 때는 쉽게 포기하지 않고 노력해야 한다는 교훈을 준다는 점에서 활용도가 매우 높은 방법이다.

2. **고사성어 활용하기** 고사성어 중 교토삼굴狡兔三窟은 제나라 맹상군과

식객 풍환의 이야기에서 유래하며, 꾀 많은 토끼는 굴을 세 개 만든다는 뜻이다. '앞으로 닥칠 위기를 미리 준비함'을 의미하는 이 사자성어는 문제가 발생하기 전에 예방책을 치밀하게 마련하는 것이 현명한 선택이라는 교훈을 준다. '사예즉립 불예즉폐'事豫則立不豫則廢, 즉 "어떤 일이든지 미리 준비하면 성공하고 그렇지 않으면 실패할 수 있다"는 의미의 성어를 미리 준비해 활용하면, 관객이나 대중들의 호감을 살 수 있다.

3. **경구 활용하기** "작은 도끼로 큰 나무를 베는 법"처럼, 가진 것이 적더라도 목표를 이루는 표현을 사용할 수 있다. 부지런한 노력과 꾸준한 집중력을 발휘하면 큰 성과를 얻을 수 있다는 뜻이다. 경구는 원래 기념비에 새기기에 적합한 비문을 가리키는 말이었지만, 그리스 사화집이 나온 이후부터는 짧고 간결한 시 특히 신랄하고 도덕적인 교훈을 주로 담은 것을 가리키고 있다.

4. **격언 활용하기** "죽을 고비를 겪다"처럼, 어려운 시기를 견뎌내면서 성장하는 경험을 말한다. 어려움을 이겨내고 성공을 이루는 과정에서 배움과 성장을 경험할 수 있다.

5. **관용어구 활용하기** "소문으로 들어 다루어야 할 문제가 발생하였습니다. 하지만 바닥에 귀를 대어 들어보니 그저 풍선효과인 줄 알 수 있었습니다." 이는 사람들이 사소한 풍문으로 인해 오해와 오인을 할 수 있다는 것을 강조하는 예시다.

6. **유래 설명하기** "꿩 대신 닭"처럼, 어떤 상황이나 선택에서 최적의 대안을 선택하지 못하고 중간에 만족하는 선택을 한다는 의미다. 올바른 선택을 하지 않으면 원하지 않은 결과를 만들어낼 수 있다는 것을 강조한다.

7. **다른 문화와 비교하기** "무관심 보살"처럼, 일본의 애니메이션과 비슷한

단어인 "無關心菩薩"을 소개하며, 다른 문화들의 속담이나 격언과 비교분석하여 다양한 시각을 제시할 수 있다.

8. 예시와 함께 사용하기 "뜻대로 되진 않겠지만, 남들과 비교하여 볼 때 그 전보다 훨씬 나아졌다는 걸 알 수 있습니다." 이는 우리가 일상적으로 겪는 어려움과 상황에 대한 반성을 유도하는 예시다.

9. 감정에 호소하기 "슬픔은 마치 밝은 달이 바다를 비추듯, 어둠 속에서도 희망의 빛을 찾을 수 있게 도와줍니다." 이는 슬픔을 극복하고 희망을 찾아내는 과정에서 겪는 감정적인 여정을 묘사하는 예시다.

10. 주제와 관련된 속담 사용하기 주제가 '성공'인 경우, 방황하지 말고 성공을 향해 나아가자와 같은 속담을 사용하여 주제에 맞게 이야기를 구성할 수 있다. '오르지 못할 나무는 없다, 실패는 성공의 어머니다, 작은 도끼도 연달아 치면 큰 나무를 눕힌다, 하늘은 스스로 돕는 자를 돕는다, 입이 여럿이면 금도 녹인다, 공든 탑이 무너지랴, 나무는 큰 나무 덕을 못 보아도 사람은 큰 사람의 덕을 본다……' 이를 확장하여 성공과 관련한 사자성어, 영어속담, 경구 등을 확장하면 자신의 스피치와 관련된 콘텐츠의 역량과 잠재력을 높일 수 있다.

이처럼 다양한 방법들을 활용하여 속담, 고사성어, 경구, 격언 등을 매력적으로 이야기에 활용해보자. 이는 청중에게 재미있고 생동감 넘치는 이야기를 전달하는 데 도움이 될 것이다.

속담 인용은 전통과 역사를 이어준다

속담은 교훈이나 풍자를 하기 위하여 어떤 사실을 비유의 방법으로 서술하는 간결한 관용어구다.

속담은 모든 언어에서 구어의 일부를 이루며, 구전에서 유래된 수수께끼나 우화 등 다른 형태의 구비전승과도 관련이 있어 다양한 형태로 발전해왔다. 속담은 특정한 역사적 사례에 대한 묘사로부터 형성되는 경우와 일상에서 자주 발생하는 일반사례에 대한 묘사로부터 형성되는 경우가 있다.

세계 각지의 속담들을 비교해볼 때 다양한 문화적 상황과 언어에서 동일한 요점을 가지고 있는 어구들이 당시 대중들의 사랑을 받으면서 금언으로 정착됐다. 글을 읽을 수 있는 대부분의 사회에서는 속담을 가치 있게 여겨왔고 후손들을 위해 속담을 수집해왔다. 수도원에서 라틴어를 가르칠 목적으로도 사용되었고, 수사학 학교, 설교, 훈계, 교훈적 저서에서도 사용되었다.

근현대에 들어서는 20세기의 민속학 연구로 민간 문화의 한 반영인 속담에 대한 관심이 새롭게 일어나는 등 속담의 활용도는 더욱더 커지고 있다.

우리 속담 100선

- 가는 날이 장날이다 → 뜻하지 않은 일이 우연하게도 잘 들어맞았을 때 쓰는 말.
- 가는 말이 고와야 오는 말이 곱다 → 내가 남에게 말이나 행동을 좋게 해야 남도 나에게 좋게 한다는 뜻.
- 가랑비에 옷 젖는 줄 모른다 → 재산 같은 것이 조금씩조금씩 없어지는 줄 모르게 줄어들어가는 것을 뜻함.
- 가랑잎이 솔잎더러 바스락거린다고 한다 → 제 결점이 큰 줄 모르고 남의 작은 허물을 탓한다는 말.
- 가재는 게 편이라 → 됨됨이나 형편이 비슷하고 인연인 것끼리 서로 편이 되어 이울리고 사성을 보아줌을 이르는 말.
- 가지 많은 나무에 바람 잘 날 없다 → 자식을 많이 둔 어버이에게는 근심 걱정이 끊일 날이 없음을 비유적으로 이르는 말.
- 간에 붙었다 쓸개에 붙었다 한다 → 제가 조금이라도 이로운 일이라면 체면과 뜻을 어기고 아무에게나 아첨한다.
- 간에 기별도 안 간다 → 음식을 조금밖에 먹지 못하여 제 양에 차지 않을 때 쓰는 말.
- 간이 콩알만 해진다 → 몹시 두려워지거나 무서워진다.
- 갈수록 태산 → 어려운 일을 당할수록 점점 어려운 일이 닥친다는 뜻.
- 싼 게 비지떡 → 무슨 물건이든 값이 싸면 품질이 좋지 못하다는 뜻.
- 같은 값이면 다홍치마 → 이왕 같은 값이면 자기에게 이익이 많은 것으로 선택한다는 말.

- 개구리 올챙이 적 생각을 못 한다 → 자기의 지위가 높아지면 전날의 미천하던 때의 생각을 못 한다는 뜻.

- 개밥에 도토리 → 여럿 속에 어울리지 못하는 사람.

- 개천에서 용 난다 → 변변하지 못한 데에서 훌륭한 인물이 나왔을 때 쓰는 말.

- 말은 해야 맛이고 고기는 씹어야 맛이다 → 마땅히 할 말은 해야 한다는 말.

- 고래 싸움에 새우 등 터진다 → 힘센 사람들끼리 서로 싸우는 통에 약한 사람이 그 사이에 끼여 아무 관계없이 해를 입음.

- 고양이 목에 방울 달기 → 실행하기 어려운 일을 괜히 의논함.

- 공든 탑이 무너지랴 → 힘을 다하고 정성을 다하여 한 일은 헛되지 않아 반드시 좋은 결과가 나온다는 뜻.

- 구더기 무서워 장 못 담글까 → 다소 방해되는 것이 있다 하더라도 마땅히 할 일은 해야 함을 비유적으로 이르는 말.

- 구슬이 서 말이라도 꿰어야 보배라. → 아무리 좋은 것이 많아도 그것을 쓸모 있게 다듬고 정리해야 가치가 있다.

- 귀에 걸면 귀걸이, 코에 걸면 코걸이 → 한 가지의 것이 이런 것 같기도 하고 저런 것 같기도 해서 어느 쪽으로 결정 짓기 어려운 일.

- 그림의 떡 → 보기는 하여도 먹을 수도 없고 가질 수도 없는, 실제로 아무 소용이 없는 경우.

- 금강산도 식후경 → 아무리 재미있는 일이라도 배가 부르고 난 뒤에야 흥이 난다는 것을 비유적으로 이르는 말.

- 뛰는 놈 위에 나는 놈 있다 → 아무리 재주가 있다 해도 그보다 나

은 사람이 있으니 거만하지 말라는 뜻.

- 까마귀 날자 배 떨어진다 → 아무 관계없이 한 일이 공교롭게도 다른 일과 때를 같이하여 둘 사이에 무슨 관계라도 있는 듯한 의심을 받을 때 쓰는 말.
- 꿩 대신 닭 → 자기가 쓰려는 것이 없을 때 그와 비슷한 것으로 대신 씀.
- 꿩 먹고 알 먹기 → 한 가지 일을 하고 두 가지 이득을 볼 때.
- 남의 잔치에 감 놔라 배 놔라 한다 → 쓸데없이 남의 일에 간섭한다는 뜻.
- 낫 놓고 기역 자도 모른다 → 사람이 글자를 모르거나 아주 무식함을 비유적으로 이르는 말.
- 낮말은 새가 듣고 밤말은 쥐가 듣는다 → 말을 조심해야 함을 경계한 것이다.
- 내 코가 석 자 → 내 사정이 급해서 남을 돌볼 여유가 없음.
- 누워서 침 뱉기 → 다른 사람을 해치려고 했는데 오히려 자기가 당하게 되는 경우.
- 늦게 배운 도둑이 날 새는 줄 모른다 → 어떤 일에 남보다 늦게 재미를 붙인 사람이 그 일에 더 열중하게 됨을 비유적으로 이르는 말.
- 다 된 죽에 코 풀기 → 다른 사람이 거의 다 해 놓은 일을 나쁜 방법으로 망쳐 놓는다는 뜻.
- 달면 삼키고 쓰면 뱉는다 → 옳고 그름이나 신의를 돌보지 않고 자기의 이익만 꾀함을 비유적으로 이르는 말.
- 닭 잡아먹고 오리 발 내민다 → 옳지 못한 일을 저질러 놓고 엉뚱한

수작으로 속여 넘기려고 한다는 뜻.

- 도둑이 제 발 저리다 → 지은 죄가 있으면 자연히 마음이 조마조마해진다는 뜻.

- 돌다리도 두들겨 보고 건너라 → 잘 아는 일이라도 꼼꼼하게 확인하고 조심해서 하라는 뜻.

- 되로 주고 말로 받는다 → 남을 조금 건드렸다가 도리어 일을 크게 당한다는 뜻.

- 등잔 밑이 어둡다 → 대상에서 가까이 있는 사람이 도리어 대상에 대하여 잘 알기 어렵다는 말.

- 땅 짚고 헤엄치기 → 아주 쉬운 일을 비유적으로 이르는 말.

- 똥 묻은 개가 겨 묻은 개 나무란다 → 자기는 더 큰 결점이 있으면서 남이 지닌 작은 결점을 흉보는 사람에게 하는 말.

- 마른하늘에 날벼락 → 뜻밖에 당하는 불행한 일.

- 말 한마디에 천 냥 빚도 갚는다 → 말만 잘하면 어려운 일도 해결할 수 있다는 뜻.

- 목구멍이 포도청 → 먹고살기 위해서는 못 할 게 없다는 뜻.

- 못된 송아지 엉덩이에 뿔 난다 → 못된 사람이 자기 행동을 뉘우치기는커녕 나쁜 짓만 하고 다닌다는 뜻.

- 믿는 도끼에 발등 찍힌다 → 믿고 있던 것에 탈이 생기거나 해를 입음을 이르는 말. 믿었던 사람에게 배신당할 때 쓰는 말.

- 밑 빠진 독에 물 붓기 → 노력이나 시간 등을 들여도 보람 없는 일을 나타내는 표현.

- 바늘 도둑이 소 도둑 된다 → 작은 나쁜 짓도 자꾸 하게 되면 큰 죄

를 저지르게 됨을 비유적으로 이르는 말.

- 배보다 배꼽이 더 크다 → 당연히 작아야 할 것이 더 크고, 적어야 할 것이 더 많다는 것을 비유적으로 표현한 것.
- 백지장도 맞들면 낫다 → 쉬운 일도 협력하면 훨씬 더 쉬워진다.
- 벼룩의 간 빼먹기 → 가난한 사람한테서 그나마 가지고 있는 것마저 빼앗아 가려고 한다는 의미.
- 병 주고 약 준다 → 해를 입힌 후에 어루만지거나 도와준다는 말.
- 보기 좋은 떡이 먹기도 좋다 → 내용이 알차고 좋으면 겉모양도 보기가 좋다는 말과 겉모양새를 잘 꾸미는 것도 중요하다는 말.
- 빛 좋은 개살구 → 겉으로 보기에는 좋으나 내실이 없는 경우를 비유적으로 나타내는 말.
- 사공이 많으면 배가 산으로 간다 → 주관하는 사람 없이 여러 사람이 자기주장만 내세우면 일이 제대로 되기 어려움을 비유적으로 이르는 말.
- 새 발의 피 → 아주 하찮은 일이나 극히 적은 분량임을 비유적으로 이르는 말.
- 서당개 삼 년이면 풍월을 읊는다 → 무식한 사람도 유식한 사람과 오래 지내면 자연히 견문이 생긴다는 말.
- 세 살 버릇 여든까지 간다 → 어릴 때의 버릇은 늙어서도 고치기 어렵다는 뜻.
- 소문난 잔치에 먹을 것 없다 → 떠들썩한 소문이나 큰 기대에 비하여 실속이 없거나 소문이 사실과 다르다는 말.
- 소 잃고 외양간 고친다 → 일이 잘못되거나 사고가 난 뒤 해결하는

것은 너무 늦는다는 뜻.

- 쇠뿔도 단김에 빼라 → 어떤 일을 하려고 생각하였으면 망설이지 말고 곧장 행동으로 옮기라는 뜻.
- 수박 겉 핥기 → 내용이나 참뜻은 모르면서 대충 일하는 것.
- 식은 죽 먹기 → 쉽게 할 수 있는 일.
- 십 년이면 강산도 변한다 → 세월이 흐르면 모든 것이 다 변한다는 말.
- 아는 길도 물어가라 → 아무리 익숙한 일이라도 남에게 물어보고 조심함이 안전하다.
- 아니 땐 굴뚝에 연기 나랴 → 반드시 원인이 있어야 결과가 나온다는 뜻.
- 아닌 밤중에 홍두깨 → 예고도 없이 뜻밖의 일이 생김.
- 약방의 감초 → 어떤 일이나 빠짐없이 끼어드는 사람을 이르는 말.
- 어물전 망신은 꼴뚜기가 시킨다 → 지지리 못난 사람일수록 같이 있는 동료를 망신시킨다는 말.
- 열 길 물속은 알아도 한 길 사람 속은 모른다. → 아무리 깊은 물이라도 그 깊이를 헤아릴 수 있지만, 사람의 마음은 알기가 힘들다는 뜻.
- 열 번 찍어 안 넘어가는 나무 없다 → 여러 번 계속해서 애쓰면 어떤 일이라도 이룰 수 있다는 뜻.
- 오뉴월 감기는 개도 아니 앓는다 → 감기에 잘 걸리지 않는 여름에 감기 드는 것은 그만큼 그 사람의 됨됨이에 문제가 있는 것으로 여겨 그런 사람을 비웃는 데 쓰는 속담.

- 오르지 못할 나무는 쳐다보지도 말아라 → 자기 능력 밖의 일에는 처음부터 욕심을 내지 않는 것이 좋다.
- 옥의 티 → 훌륭한 사람이나 물건에 있는 사소한 단점을 말할 때.
- 우물에 가서 숭늉 찾는다 → 일에는 질서와 차례가 있는 법인데 일의 순서도 모르고 성급하게 덤빈다는 뜻.
- 울며 겨자 먹기 → 싫은 일을 좋은 척하며 마지못해 할 때 쓰는 말.
- 원수는 외나무다리에서 만난다 → 꺼리고 싫어하는 대상을 피할 수 없는 곳에서 공교롭게 만나게 됨을 비유적으로 이르는 말.
- 원숭이도 나무에서 떨어진다 → 아무리 능숙한 사람도 간혹 실수할 때가 있다는 뜻.
- 윗물이 맑아야 아랫물도 맑다 → 윗사람이 바른 행동을 해야 아랫사람도 바르게 행동한다는 뜻.
- 자라 보고 놀란 가슴 솥뚜껑 보고 놀란다 → 어떤 사물에 몹시 놀란 사람은 비슷한 사물만 보아도 겁을 냄을 이르는 말.
- 크게 자랄 나무는 떡잎부터 알아본다 → 장래에 크게 될 사람은 어릴 때부터 다르다는 말.
- 작은 고추가 더 맵다 → 몸집이 작은 사람이 큰 사람보다 오히려 단단하고 재주가 뛰어나다는 말.
- 종로에서 뺨 맞고 한강 가서 눈 흘긴다 → 엉뚱한 곳에 화풀이를 한다는 뜻.
- 좋은 약은 입에 쓰다 → 충성스러운 말은 귀에 거슬린다는 뜻.
- 쥐구멍에도 볕들 날이 있다 → 아무리 고생만 하는 사람이라도 운수가 터져 좋은 시기가 온다는 말.

- 지렁이도 밟으면 꿈틀한다 → 순하고 좋은 사람이라도 너무 업신여기면 가만있지 않는다는 뜻.
- 천 리 길도 한 걸음부터 → 무슨 일이나 그 일의 시작이 중요하다는 말.
- 칼로 물 베기 → 다투다가도 좀 시간이 지나면 이내 풀려 두 사람 사이에 아무 틈이 생기지 않는다는 뜻.
- 콩 심은 데 콩 나고 팥 심은 데 팥 난다 → 모든 일은 원인에 따라 결과가 생긴다는 말.
- 티끌 모아 태산 → 작은 것이라도 모이면 큰 것이 된다.
- 핑계 없는 무덤 없다 → 잘못을 저지르고 여러 핑계를 대는 사람.
- 하늘의 별 따기 → 하늘의 별 따기 만큼 어렵다는 뜻.
- 하늘이 무너져도 솟아날 구멍이 있다 → 아무리 큰 재난에 부딪히더라도 그것에서 벗어날 길이 있다는 뜻.
- 하룻강아지 범 무서운 줄 모른다 → 아직 철이 없어서 아무것도 모르는 것을 두고 하는 말.
- 한 귀로 듣고 한 귀로 흘린다 → 말을 흘려듣는다.
- 한 술 밥에 배부르랴 → 어떤 일이든지 단번에 만족할 수는 없다.
- 함흥차사 → 심부름을 가서 오지 아니하거나 늦게 오는 사람을 이르는 말.
- 호랑이도 제 말 하면 온다 → 마침 이야기하고 있는데 그 장본인이 나타났을 때 하는 말. 그 자리에 사람이 없다고 해서 남의 흉을 함부로 보면 안 된다는 뜻.

5부_ 호감을 얻는 성공적 말하기

사자성어는 말의 품격을 높여준다

고사성어는 역사적 고사에서 연유한 말이라고 하지만, 여기에는 신화·전설·역사·고전·문학 작품 등에서 나온 말도 포함된다. 이러한 말들은 교훈·경구·비유·상징어 등으로 기능하고, 또 관용구나 속담으로 쓰여, 표현을 풍부하게 해준다.

한국·중국에서 발생한 고사성어는 어부지리처럼 사자성어가 대부분이지만, 단순한 단어로는 예사롭게 쓰는 완벽이나 명예를 뜻하는 계관, 도둑을 뜻하는 녹림 등도 고사성어에 속한다. 또 흔히 쓰는 등용문, 미망인과 같은 성어도 있으며, 아예 8자, 9자로 된 긴 성구도 있다.

한국에서 자연스럽게 만들어진 고사성어 역시 사자성어가 많다. 그 출처는 삼국유사, 삼국사기 등의 역사서, 춘향전·구운몽과 같은 고전소설, 순오지와 같은 속담집이다. 이 중 우리가 흔히 쓰는 말은 오비이락, 적반하장, 초록동색, 함흥차사, 홍익인간 등이다. 그러나 우리가 속담처럼 쓰는 고래 싸움에 새우 등 터진다, 언 발에 오줌 누기, 호랑이도 제 말하면 온다 등과 같은 말도 모두 한자漢字로 된 성어에서 나온 말이다.

한국에서 쓰이는 중국 고사성어는 270가지 정도이다. 이 성어들은 중국의 역사와 고전, 또는 시가詩歌에서 나온 말이 대부분이며, 그 전거만 해도 70권 남짓한 문헌과 200명 정도에 이르는 인물이 관련되어 있다. 일망타진, 일거양득, 천고마비, 방약무인, 배수진, 조강지처, 오리무중, 철면피,

천리안 등 쉽게 쓰는 말도 중국의 역사에서 나온 성어이다. 또 전전긍긍, 유어비어, 대기만성, 자포자기 등은 논어 등의 고전에서, 고희, 청천벽력 등은 시가에서 나온 성어이다.

서양의 고사성어 역시 신화·역사·문예·종교 등에서 나온 말이 많으며, 이 중 더러는 금언·격언·명언·잠언 등으로 높임을 받아, 동·서양을 가리지 않고 많이 인용된다. '제왕절개, 태산명동서일필, 백일천하, 정상회담' 등 한자어로 번역된 성어와 '예술은 길고 인생은 짧다, 기하학에 왕도王道는 없다, 주사위는 던져졌다, 루비콘강을 건너다, 모든 길은 로마로 통한다' 등은 서양의 역사, 또는 역사적 인물에 의해서 만들어진 성어이다. 또 《베니스의 상인》, 《위험한 관계》, 《악의 꽃》, 《지킬 박사와 하이드 씨》, 《25시》 등의 작품명은 상징적인 성어로 변하여 많이 쓰인다. 이 밖에 '금단의 열매, 카인의 후예, 소돔과 고모라, 쿠오바디스' 등은 성서에서, '판도라의 상자, 오이디푸스 콤플렉스, 시지프스의 바위' 등은 신화에서 나온 성어이다.

고사성어 100선

- 각골난망刻骨難忘: 은혜가 뼈에 새겨져 잊히지 아니함.
- 간성干城: 조국을 지키는 군인.
- 간담상조肝膽相照: 서로 간과 쓸개를 꺼내 보인다는 뜻으로 마음이 잘 맞는 절친한 사이를 가리키는 말.
- 감언이설甘言利說: 남의 비위에 맞도록 꾸민 달콤한 말과 이로운 조건을 내세워 꾀는 일.
- 감탄고토甘吞苦吐: 달면 삼키고 쓰면 뱉는다.

- 갑남을녀^{甲男乙女}: 갑이란 남자와 을이란 여자의 뜻으로, 평범한 사람들.
- 개과천선^{改過遷善}: 지난 잘못을 고쳐 새사람이 됨.
- 거두절미^{去頭截尾}: 앞뒤의 잔 사설은 빼고 요점만 말함.
- 거안제미^{擧案齊眉}: 밥상을 눈 위로 들어올린다. 즉 아내가 남편을 공경하여 받든다는 뜻.
- 건곤일척^{乾坤一擲}: 하늘과 땅을 걸고 주사위를 던진다. 곧 운명과 흥망을 하늘에 걸고 단판에 승패를 겨룸.
- 견강부회^{牽強附會}: 말을 억지로 끌어다 붙여 조건이나 이치에 맞도록 함.
- 견리사의^{見利思義}: 눈 앞에 이익이 보일 때 의리를 생각함.
- 견위수명^{見危授命}: 나라가 위급할 때 제 몸을 나라에 바침.
- 견토지쟁^{犬兔之爭}: 개와 토끼의 다툼. 양자의 다툼에 제삼자만 이익을 보게 된다는 뜻.
- 결자해지^{結者解之}: 맺은 자가 풀어야 한다는 뜻으로 자기가 저지른 일은 자기가 해결해야 한다는 뜻.
- 결초보은^{結草報恩}: 귀신이 풀을 묶어 은혜에 보답한다는 뜻으로 은혜를 꼭 갚는다는 의미.
- 경거망동^{輕擧妄動}: 경솔하고 망령되게 행동함.
- 경국지색^{傾國之色}: 임금이 혹하여 나라가 뒤집혀도 모를 만한 미인.
- 경세제민^{經世濟民}: 세상을 다스리고 백성을 구제함.
- 경천동지^{驚天動地}: 세상을 몹시 놀라게 함.
- 계구우후^{鷄口牛後}: 닭의 부리가 될지언정 소의 꼬리는 되지 말라. 즉

큰 집단의 말석보다 작은 집단의 우두머리가 낫다는 뜻.

- 계륵鷄肋: 닭의 갈비뼈. 발라먹을 고기는 없으나 버리기에는 아깝다는 뜻으로, 그다지 쓸모 있는 물건은 아니지만 언젠가는 쓸모 있을 것 같아 버리기가 아쉬운 것.

- 고육지책苦肉之策: 적을 속이는 수단으로 제 몸을 괴롭히는 것도 돌보지 않고 쓰는 계책.

- 고진감래苦盡甘來: 고생 끝에 즐거움이 온다.

- 공평무사公平無私: 공정하여 사사로움이 없음.

- 과대망상誇大妄想: 턱없이 과장하여 그것을 믿는 망령된 생각.

- 과유불급過猶不及: 정도가 지나친 것은 모자라는 것만 못하다는 뜻.

- 과전이하瓜田李下: 오이밭에서 신을 고쳐 신지 말고瓜田不納履, 오얏나무 아래서 갓을 고쳐 쓰지 말라李下不整冠의 약자로 의심나는 일을 아예 하지 말라는 뜻.

- 교주고슬膠柱鼓瑟: 거문고 기둥을 아교로 붙여놓고 거문고를 연주함. 즉 고지식하여 융통성이 없다는 뜻.

- 교학상장敎學相長: 남을 가르치는 일과 스승에게서 배우는 일은 다 함께 자기의 학업을 증진시킴.

- 구상유취口尙乳臭: 말과 하는 짓이 아직 어림.

- 구밀복검口蜜腹劍: 입속에는 꿀을 담고 뱃속에는 칼을 지녔다는 뜻으로, 겉으로는 친한 척하지만 속으로는 은근히 해칠 생각을 품고 있음을 비유.

- 구우일모九牛一毛: 아홉 마리 소 가운데서 뽑은 한 개의 털이라는 뜻으로, 많은 것 중에 가장 적은 것을 비유한 말.

- 구절양장^{九折羊腸}: 아홉 번 꺾인 양의 창자, 꼬불꼬불하고 험한 산길.
- 군맹무상^{群盲撫象}: 여러 소경이 코끼리를 어루만짐. 즉 사물을 자기 주관대로 그릇 판단하거나 그 일부밖에 파악하지 못하는 좁은 식견을 비유하는 말.
- 궁여지책^{窮餘之策}: 매우 궁하여 어려운 끝에 짜낸 꾀.
- 권선징악^{勸善懲惡}: 착한 일을 권장하고 악한 일을 징계함.
- 권토중래^{捲土重來}: 말이 흙먼지를 일으키며 다시 쳐들어온다는 뜻으로, 한 번 실패한 자가 태세를 가다듬어 다시 공격해 온다는 말.
- 귀감^{龜鑑}: 본보기, 거울.
- 금석지교^{金石之交}: 쇠나 돌처럼 굳고 변함없는 교제.
- 금성탕지^{金城湯池}: 몹시 견고하고 끓는 물과 연못이 있어 가까이 가지 못하는 성. 즉 방비가 아주 견고한 성.
- 금의야행^{錦衣夜行}: 비단옷을 입고 밤길을 간다는 뜻으로, 남이 알아주지 않는 아무 보람 없는 행동을 비유한 말.
- 금지옥엽^{金枝玉葉}: 귀여운 자손을 소중하게 이르는 말.
- 기고만장^{氣高萬丈}: 일이 뜻대로 잘될 때 기꺼워하거나, 또는 성을 낼 때에 그 기운이 펄펄 나는 일.
- 기사회생^{起死回生}: 중병으로 죽을 뻔하다가 살아나 회복됨.
- 기인지우^{杞人之憂}: 기^杞나라 사람의 군걱정이란 뜻. 곧 쓸데없는 걱정이나 무익한 근심을 말함.
- 기호지세^{騎虎之勢}: 호랑이를 타고 달리는 기세라는 뜻. 곧 중도에서 그만둘 수 없는 형세, 내친걸음.
- 낙양지귀^{洛陽紙貴}: 낙양의 종이 값이 오른다는 뜻으로 저서가 호평을

받아 베스트셀러가 됨을 의미.

- 난공불락難攻不落: 공격하기가 어려워 좀처럼 함락되지 않음.
- 남가일몽南柯一夢: 남쪽 나뭇가지의 꿈이란 뜻. 인생의 덧없음을 비유한 말.
- 남귤북지南橘北枳: 강남의 귤을 강북에 옮겨 심으면 탱자로 변한다는 뜻. 사람은 환경에 따라 악하게도 되고 착하게도 된다는 말.
- 남상濫觴: 거대한 양자강도 그 물의 근원은 불과 '술잔에 넘칠 정도의 적은 물濫觴'에 불과하다는 뜻으로, 모든 사물의 시초나 근원을 이르는 말.
- 낭중지추囊中之錐: 주머니 속의 송곳이란 뜻으로, 재능이 뛰어난 사람은 숨어 있어도 자연히 남의 눈에 드러난다는 것을 비유.
- 내우외환內憂外患: 나라 안팎의 근심 걱정.
- 노심초사勞心焦思: 애를 쓰며 속을 태움.
- 논공행상論功行賞: 공로를 따져 상을 줌. 세운 공을 평가하고 의논하여 표창을 하거나 상을 줌.
- 농와지경弄瓦之慶: 딸을 낳은 기쁨. 옛날 중국에서 딸을 낳으면 장난감으로 와제瓦製의 실패를 주었으므로 이름.
- 다기망양多岐亡羊: 길이 여러 갈래여서 양을 잃었다는 뜻으로, 학문하는 방법이 너무 많아 옆길로 새기 쉽기 때문에 진리에 도달하기가 어렵다는 말.
- 단장斷腸: 창자가 끊어질 듯한 슬픔. 매우 슬픔을 이르는 말.
- 당랑거철螳螂拒轍: 사마귀螳螂가 앞발을 들고 수레바퀴를 가로막는다는 뜻으로, 분수를 모르고 대드는 것.

- 도원경桃源境: 무릉도원, 즉 평화스런 유토피아.

- 독서망양讀書亡羊: 책을 읽다가 양을 잃어버림. 즉, 다른 일에 정신이 팔림.

- 독안룡獨眼龍: 애꾸눈의 용이란 뜻으로, 애꾸눈의 영웅. 애꾸눈이지만 덕이 높은 사람을 가리키는 말.

- 두주불사斗酒不辭: 말술도 사양하지 않는다는 뜻으로 주량이 대단한 것을 일컫는 말.

- 등용문登龍門: 용문에 오른다는 뜻으로 입시나 출세의 관문을 뜻한다.

- 마부작침磨斧作針: 도끼를 갈아서 바늘을 만든다는 뜻으로, 아무리 어려운 일이라노 잡고 계속하면 언젠가는 반드시 성공함을 비유한 말.

- 망양지탄望洋之歎: 넓은 바다를 보고 감탄한다는 뜻으로 남의 원대함에 감탄하고, 나의 미흡함을 부끄러워 함.

- 맹모단기孟母斷機: 맹자의 어머니가 베틀에 건 날실을 끊었다는 뜻으로, 학문에 정진할 것을 가르침.

- 문경지교刎頸之交: 목을 베어줄 수 있을 정도로 절친한 사이, 또는 그런 벗.

- 반근착절盤根錯節: 굽은 뿌리와 엉클어진 마디라는 뜻으로, 뒤얽혀 처리하기 어려운 일을 의미.

- 백년하청百年河淸: 백년을 기다려도 황하의 물은 맑아지지 않는다는 뜻으로, 아무리 오래 기다려도 뜻이 이루어지기 어려운 일이나, 믿지 못할 일을 언제까지나 기다린다는 의미.

- 백면서생白面書生: 오직 글만 읽고 세상사에 경험이 없는 사람.

- 백미白眉: 무리 중에서 가장 뛰어난 것.

- 백중지세伯仲之勢: 우열을 정하기 어렵다는 뜻으로 서로 비슷한 형세를 가리킴.
- 백안시白眼視: 흰 눈으로 쳐다보는 것으로 남을 업신여기거나 홀대함.
- 불수진拂鬚塵: 수염에 붙은 먼지를 털어준다. 즉 윗사람이나 권력자에게 아첨하는 것을 비유한 말.
- 비육지탄髀肉之嘆: 넓적다리에 살만 찌는 것, 즉 성공하지 못하고 헛되이 세월만 보냄을 한탄함.
- 사족蛇足: 뱀의 발, 즉 쓸데없는 것을 뜻함.
- 선즉제인先則制人: 선수를 쳐서 상대를 제압한다는 의미.
- 송양지인宋襄之仁: 송나라 양공의 인정, 쓸데없는 인정.
- 수어지교水魚之交: 물과 고기의 사이처럼 친한 사귐.
- 수적천석水滴穿石: 떨어지는 물방울이 바위를 뚫는다.
- 수주대토守株待兔: 어리석게 한 가지만 기다려 융통성이 없음. 노력 없이 성공을 바람.
- 순망치한脣亡齒寒: 입술을 잃으면 이가 시리다. 즉, 이웃나라가 망하면 자기 나라도 온전하기 어렵다는 뜻이 있으며, 서로 떨어질 수 없는 밀접한 관계를 나타낸다.
- 술이부작述而不作: '참된 창작은 옛것을 토대로 자연스럽게 태어난다'는 공자의 말씀.
- 시오설視吾舌: 내 혀를 보라는 뜻으로, 혀만 있으면 천하도 움직일 수 있다는 의미.
- 앙급지어殃及池魚: 성에 난 불을 끄느라 연못물을 퍼다 썼더니 못의 고기가 죽었다는 뜻으로 하나의 재앙이 또 다른 재앙을 불러옴을 비

유한 말.

- 양상군자^{梁上君子}: 대들보 위의 군자. 곧 도둑을 가리키는 말.
- 엄이도령^{掩耳盜鈴}: 자기 귀를 가리고 방울을 훔친다는 뜻으로, 나쁜 짓을 하면서 그 해악을 일부러 생각하지 않으려 함을 비유한 말.
- 역린^{逆鱗}: 다른 비늘과 반대로 거슬러서 난 비늘이란 뜻으로, 왕의 노여움을 비유하는 말.
- 역자교지^{易子敎之}: 바꾸어 가르친다는 뜻으로, 부모가 자기 자식을 가르치기는 어렵다.
- 연목구어^{緣木求魚}: 나무에 올라가서 물고기를 구함. 불가능한 일을 억지로 하려 함.
- 오리무중^{五里霧中}: 사방 5리가 온통 안개 속이라는 뜻으로, 앞길을 예측할 수 없음.
- 오월동주^{吳越同舟}: 원수인 오나라 사람과 월나라 사람이 같은 배를 탔다는 뜻으로 서로 미워해도 위험에 처하면 돕게 된다는 말이다.
- 옥하^{玉瑕}: 옥의 티, 즉 아무리 훌륭한 것에도 결점은 있다. 혹은 작은 결점은 어디에나 있으니 굳이 없애려 하지 말라.
- 와각지쟁^{蝸角之爭}: 달팽이 뿔 위에서의 싸움, 즉 사소하고 무의미한 싸움.
- 와신상담^{臥薪嘗膽}: 나무 위에서 잠을 자고 쓸개를 핥는다는 뜻으로, 원수를 갚기 위해 고난을 참고 견딤.
- 요동지시^{遼東之豕}: 요동의 돼지, 즉 견문이 좁고 오만하여 하찮은 공을 뻐기며 자랑함을 비유한 말.
- 욕속부달^{欲速不達}: 마음만 급하다고 일이 잘 되는 게 아니라는 뜻. 즉,

매사를 하나씩 차근차근 풀어나가라는 말.

- 우전탄금牛前彈琴: 소에게 거문고 소리를 들려준다는 뜻으로, 우둔한 사람에게 도리를 설명해줘도 이해하지 못하므로 헛된 일이라는 말.
- 우화등선羽化登仙: 껍질을 벗고 날개를 달아 하늘로 올라간다는 뜻으로 사람이 도를 깨쳐 신선이 됨. 즉 세상의 혼란함에서 벗어난다는 말이다.
- 월하빙인月下氷人: 월하로月下老와 빙상인氷上人이 합쳐진 것으로, 결혼 중매인을 일컫는 말.
- 위편삼절韋編三絶: 한 책을 되풀이해 읽어 철한 곳이 해진 걸 다시 고쳐 매어 읽음. 즉 독서를 열심히 함.
- 은감불원殷鑑不遠: 은나라의 거울은 먼 데 있지 않다는 뜻으로 다른 사람의 실패를 자신의 거울로 삼으라는 말.
- 읍참마속泣斬馬謖: 울면서 마속을 벤다는 뜻으로, 공정함을 지키기 위해서 사사로운 정을 버린다는 말.
- 일이관지一以貫之: 하나의 이치로 모든 것을 꿰뚫음.
- 일자사一字師: 한 글자를 가르쳐 준 스승이란 뜻으로, 핵심을 짚어주는 유능한 스승을 가리킨다.
- 자가당착自家撞着: 자기가 한 말이나 글의 앞뒤가 맞지 않는다는 뜻으로, 특히 말과 행동이 앞뒤가 맞지 않을 때를 말함.
- 전거복철前車覆轍: 앞 수레가 엎어진 바퀴자국이란 뜻으로 앞의 실패를 거울로 삼으라는 의미.
- 조명시리朝鳴市利: 명서는 조정에서 다투고, 이익은 시장에서 다투라는 뜻으로 무슨 일이든 적당한 장소에서 행하라는 말.

- 조삼모사^{朝三暮四}: 아침에 세 개, 저녁에 네 개라는 뜻으로, 당장 눈앞의 차이만을 알고 그 결과가 같음을 모르는 경우를 빗대는 말.
- 주마가편^{走馬加鞭}: 달리는 말에 계속 채찍질을 한다는 뜻으로, 최선을 다하여 열심히 하고 있는 사람을 더욱 부추기거나 몰아친다는 말임.
- 중과부적^{衆寡不敵}: 적은 숫자로는 많은 숫자를 대적하지 못한다.
- 중원축록^{中原逐鹿}: 중원의 사슴을 쫓는다. 즉 패권을 다툼.
- 지어지앙^{池魚之殃}: 연못 속 물고기의 재앙. 즉 재난이 엉뚱한 곳에 미침.
- 천고마비^{天高馬肥}: 하늘은 높고 말이 살찐다는 뜻으로 가을을 가리킴.
- 천려일실^{千慮一失}: 천 가지 생각 중에 한 가지쯤은 잘못 생각할 수 있다는 말임.
- 천의무봉^{天衣無縫}: 하늘나라의 옷에는 꿰맨 자국이 없다는 뜻으로 전혀 기교를 부리지 않았음(바늘과 실을 사용하지 않았음)에도 훌륭한 것을 가리킨다.
- 철면피^{鐵面皮}: 마치 얼굴에 철판을 깐 것처럼 수치를 모르는 사람.
- 청출어람^{靑出於藍}: 쪽빛(남색)에서 나온 푸른빛이 쪽빛보다 더 푸르다는 뜻으로 제자가 스승보다 더 뛰어남을 비유한 말이다.
- 촌철살인^{寸鐵殺人}: 한 치의 칼로 사람을 죽인다는 뜻으로, 간단한 경구로 어떤 일이나 상대방의 급소를 찔러 당황시키거나 감동시키는 것을 비유한 말이다.
- 토사구팽^{兎死狗烹}: 토끼사냥이 끝나면 사냥개는 삶아 먹힌다는 뜻으로, 쓸모가 있을 때는 긴요하게 쓰이지만 쓸모가 없어지면 헌신짝처럼 버려진다는 말.

- 퇴고推敲: 밀고 두드린다는 뜻으로, 시문을 지을 때 자구를 여러 번 생각하여 고침을 이르는 말.
- 파죽지세破竹之勢: 대나무를 쪼개는 기세라는 뜻으로, 거칠 것 없이 맹렬한 기세를 말한다.
- 필부지용匹夫之勇: 소인이 깊은 생각 없이 혈기만 믿고 대드는 용기. 즉 앞뒤 분별없이 마구 행동하는 것.
- 호가호위狐假虎威: 여우가 호랑이의 힘을 빌려 위세를 부린다는 뜻으로 남의 권세를 업고 위세를 부림.
- 호사다마好事多魔: 좋은 일에는 마귀가 많다는 뜻으로, 좋은 일이 있을 때는 방해가 되는 일이 많다는 말임.
- 호접지몽胡蝶之夢: 나비가 된 꿈이란 뜻으로, 나와 자연이 한 몸이 되는 물아일체의 경지.
- 화룡점정畵龍點睛: 용을 그릴 때 마지막으로 눈동자를 그려넣는다는 뜻으로, 사물의 가장 중요한 부분을 완성시키는 끝손질을 말한다.
- 화호유구畵虎類狗: 호랑이 그림을 그리려다가 실패하여 개를 닮은 그림이 되었다는 뜻으로, 서투른 솜씨로 어려운 일을 하려다가 도리어 잘못되거나 중도에 흐지부지하여 웃음거리가 된다는 말.
- 환골탈태換骨奪胎: 뼈를 바꾸고 탈을 바꿔 쓴다는 뜻으로, 얼굴이나 자태가 몰라보게 아름다워졌거나, 글을 쓸 때 다른 사람이 지은 시나 문장을 본떠서 지었으나 더욱 아름답고 새로운 글이 된 것을 말한다.

명언, 시, 시조, 한시를 적절히 활용하라

이야기를 하거나 글을 쓰면서 시, 시조, 한시 등을 인용하면 좋은 효과를 낼 수 있다. 특히 강연이나 스피치, 이야기를 할 때 운율이 있고 리듬감이 큰 시, 시조, 한시 등을 인용하면 좋은 성과를 낼 수 있다.

특히 인용하기 좋은 장르가 시다. 시는 운율이 강조되는 문학 장르다. 언어의 의미 소리·운율 등에 맞세 선백·배널한 언어를 통해 경험에 대한 심상적인 자각과 특별한 정서를 일으키는 문학이라는 점에서 짧고 강한 감동을 주는 경우가 많다.

1. 감성적인 표현을 위해 인용하기 "산모퉁이를 돌아 논가 외딴 우물을 홀로 찾아가선 가만히 들여다봅니다. 우물 속에는 달이 밝고 구름이 흐르고 하늘이 펼치고 파아란 바람이 불고 가을이 있습니다. 그리고 한 사나이가 있습니다. 어쩐지 그 사나이가 미워져 돌아갑니다. 돌아가다 생각하니 그……."_윤동주

2. 자연적인 풍경과 사람의 마음을 묘사하기 위해 인용하기 "나는 나룻배 당신은 행인 당신은 흙발로 나를 짓밟습니다. 나는 당신을 안고 물을 건너갑니다. 나는 당신을 안으면 깊으나 옅으나 급한 여울이나 건너갑니다. 만일 당신이 아니 오시면 나는 바람을 쐬고 눈비를 맞으며 밤에서 낮까지 당신을 기다리고 있습니다. 당신은 물만……."_한용운

3. 인생의 진리와 가치를 담아 인용하기 "초원의 빛이여! 그 빛 빛날 때 그대 영광의 빛을 얻으소서 한때는 그토록 찬란한 빛이건만 이제는 더없이 사라져 돌이킬 길 없는 초원의 빛이여, 꽃의 영광이여!" "삶은 고달픈 여행이지만, 가슴 깊은 곳에서 희망의 불을 지킬 수 있는 것이 시다."_윌리엄 워즈워스

4. 세상의 아름다움을 담아 인용하기 "사랑이 그대를 부르거든 사랑이 그대를 부르거든 말없이 따르라 비록 그 길이 힘들고 험난할지라도 사랑의 날개가 그대를 감싸 안고…… 그림자는 내 얼굴을 비치는 빛이었습니다 내가 얼마나 그를 사랑했는지 당신은 아십니다 다만 우리의 사랑은 아무 말이 없었습니다 그러나 이제 우리 사랑을……."_칼릴 지브란

5. 역사와 전통을 강조하기 위해 인용하기 "얇은 사紗 하이얀 고깔은 고이 접어서 나빌레라 파르라니 깎은 머리 박사薄紗 고깔에 감추오고 두 볼에 흐르는 빛이 정작으로 고와서 서러워라 빈 대臺에 황촉黃燭불이 말없이 녹는 밤에 오동잎 잎새마다 달이 지는데 소매는 길어서 하늘은 넓고 돌아설 듯 날아가며 사뿐히 접어 올린 외씨보선이여"_조지훈

6. 깊은 감정을 담아 인용하기 "그대의 근심 있는 곳에 나를 불러 손잡게 하라 큰 기쁨과 조용한 갈망이 그대 있음에 내 맘에 자라거늘 오, 그리움이여 그대 있음에 내가 있네 나를 불러 손잡게 해 그대의 사랑 문을 열 때 내가 있어 그 빛에 살게 해 사는 것의 외롭고 고단함 그대 있음에 사람의 뜻을 배우니 오, 그리움이여……."_김남조

7. 사회 문제나 사회적 이슈에 대한 비판을 담아 인용하기 "내 머리는 너를 잊은 지 오래 내 발길은 너를 잊은 지 너무도 너무도 오래 오직 한 가닥 있어 타는 가슴 속 목마름의 기억이 네 이름을 남 몰래 쓴다 민주주의여 아

직 동 트지 않은 뒷골목의 어딘가 발자욱소리 호르락소리 문 두드리는 소리……."_김지하

8. 인간의 존재와 사랑을 다루는 인용구 사용하기 "사랑하는 것은 사랑을 받느니보다 행복하나니라 오늘도 나는 너에게 편지를 쓰나니 그리운 이여 그러면 안녕! 설령 이것이 이 세상 마지막 인사가 될지라도 사랑하였으므로 나는 진정 행복하였네라"_유치환

9. 자아와 정체성을 탐구하는 인용구 사용하기 "계절이 지나가는 하늘에는 가을로 가득 차 있습니다. 나는 아무 걱정도 없이 가을 속의 별들을 다 헤일 듯합니다…… 별 하나의 추억과 별 하나의 사랑과 별 하나의 쓸쓸함과 별 하나의 동경과 별 하나의 시와 별 하나의 어머니, 어머니 어머님, 나는 별 하나에 아름다운……."_윤동주

10. 희망과 힘을 주는 인용구 사용하기 "새장에 갇힌 새^{Caged Bird} 자유로운 새는 바람을 등지고 날아올라 그의 날개를 주황빛 햇빛 속에 담고 감히 하늘을 자신의 것이라 주장한다. 좁은 새장에서 뽐내며 걷는 새는 그의 분노의 창살 사이로 내다볼 수 없다 날개는 잘려지고 발은 묶여 그는 목을 열어 노래한다 겁이 나 떨리는 소리로 잘 알지 못하지만 여전히 갈망하고 있는 것들에 관해 그의 노랫소리는 저 먼 언덕에서도 들린다 새장에 갇힌 새는 자유에 대해 노래하기 때문이다……."_마야 앤젤루

이러한 방법들을 활용하여 시, 시조, 한시 등을 인용하여 이야기를 풍부하게 만들어보자. 이것은 감정과 인생의 의미, 자연과 문화의 아름다움 등을 묘사하는 데 도움이 될 것이다.

옛시조 모음

청산은 나를 보고 말없이 살라하고
창공은 나를 보고 티 없이 살라하네
성냄도 벗어놓고 탐욕도 벗어놓고
물같이 바람같이 살다가 가라하네

• 나옹선사(1262~1342): 고려 말기의 고승, 공민왕의 왕사.

한 손에 가시 쥐고 또 한 손에 막대 들고
늙는 길 가시로 막고 오는 백발 막대로 치렸더니
백발이 제 먼저 알고 지름길로 오더라

• 우탁(1262~1342): 고려 말기의 학자, 성리학에 뛰어남.

이화에 월백하고 은한은 삼경인데
일지춘심을 자규야 알랴마는
다정도 병인양하여 잠 못 들어 하노라

• 이조년(1268~1343): 고려 말의 학자로, 시와 문장에 뛰어남.

녹이상제 살찌게 먹여 시냇물에 씻겨 타고
용천 설악 들게 갈아 두러 메고
장부의 위국충절을 세워 볼까 하노라

• 최영(1316~1388): 고려 말의 명장, 이성계에게 죽임을 당함.

이 몸이 죽고 죽어 일백 번 고쳐 죽어

백골이 진토되어 넋이라도 있고 없고

님 향한 일편단심이야 가실 줄이 있으랴

• 정몽주(1337~1392): 고려 말의 위대한 충신. 이방원에 의해 피살되었다.

오백년 도읍지를 필마로 돌아드니

산천은 의구한데 인걸은 간 데 없네

어즈버 태평연월이 꿈이런가 하노라

• 길재(1353~1419): 고려 말의 학자. 고려가 망하자 고향에 숨어서 살았다.

백설이 잦아진 골에 구름이 머흐레라

반가운 매화는 어느 곳에 피었는고

석양에 홀로 서서 갈 곳 몰라 하노라

• 이색(1328~1395): 고려 말의 학자. 조선 건국 후에 벼슬을 그만 둠.

흥망이 유수하니 만월대도 추초로다

오백년 왕업이 목적에 부쳤으니

석양에 지나는 객이 눈물겨워 하노라

• 원천석(미상): 고려 말의 학자. 절개의 선비.

내해 좋다 하고 남 싫은 일 하지 말며

남이 한다 하고 의 아녀든 좇지 마라

우리는 천성을 지키어 생긴 대로 하리라

• 변계량(1369~1430): 고려 말~조선 초의 학자. 시와 문장에 뛰어났다.

이런들 어떠하며 저런들 어떠하리

만수산 드렁칡이 얽어진들 어떠하리

우리도 이같이 얽어져 백년까지 누리리라

• 이방원(1367~1422): 이성계의 다섯째 아들로, 뒤에 태종 임금이 됨.

까마귀 검다 하고 백로야 웃지 마라

겉이 검은들 속조차 검을 소냐

겉 희고 속 검은 이는 너뿐인가 하노라

• 이직(1362~1441): 고려 말~조선 초의 학자.

강호에 봄이 드니 미친 흥이 절로 난다

탁료계변에 금린어 안주 삼고

이 몸이 한가하옴도 역군은이샷다

• 맹사성(1360~1438): 세종 때의 대신. 효성이 뛰어나고 청렴한 관리였다.

대추 볼 붉은 골에 밤은 어이 듣드리며

벼 벤 그루에 게는 어이 내리는고

술 익자 체 장수 돌아가니 아니 먹고 어이리

• 황희(1363~1452): 조선 초의 훌륭한 재상이자 청렴한 관리였음.

이 몸이 죽어 가서 무엇이 될고 하니

봉래산 제일봉에 낙락장송 되었다가

백설이 만건곤할 제 독야청청 하리라.

　• 성삼문(1418~1456): 사육신의 한 사람, 단종을 다시 모시려다 사형 당함.

가마귀 눈비 맞아 희는 듯 검노매라

야광명월이야 밤인들 어두우랴

임향한 일편단심이야 변할 줄이 있으랴

　• 박팽년(1417~1456): 사육신의 한 사람. 단종을 다시 모시려다 사형 당함.

초틴에 일녀 닜녀 서분고를 베고 누어

태평성대를 꿈에나 보려터니

문전에 수성어적이 잠든 나를 깨워라

　• 유성원(?~1456): 사육신의 한 사람. 당시에 집에서 자결했음.

간밤에 불던 바람 눈서리 치단 말가

낙락장송 다 기울어 지단 말가

하물며 못다 핀 꽃이야 일러 무삼하리오

　• 유응부(?~1456): 사육신의 한 사람. 사육신은 세조에 의해 죽은 충신들임.

추강에 밤이 드니 물결이 차노매라

낚시 드리우니 고기 아니 무노매라

무심한 달빛만 싣고 빈배 저어 오노라

　• 월산대군(1455~1489): 조선 초기 성종임금의 형으로 34세에 요절한 불우한 왕손. 문장과 풍

류가 뛰어남.

짚 방석 내지 마라 낙엽엔들 못 앉으랴

솔불 혀지 마라 어제 진 달 돋아 온다

아희야 박주 산챌망정 없다 말고 내어라

• 한석봉(1543~1605): 조선시대 명필. 떡장수 어머니 이야기가 유명하다.

마음이 어린 후이니 하는 일이 다 어리다

만중 운산에 어느 님 오리마는

지는 잎 부는 바람에 행여 그인가 하노라

• 서경덕(1489~1546): 조선 전기의 대학자. 평생을 벼슬하지 않고 학문만 함.

삼동에 베옷 입고 암혈에 눈비 맞아

구름 낀 별 뉘도 쬔 적이 없건마는

서산에 해 지다 하니 눈물겨워 하노라

• 조식(1501~1572): 조선 전기의 큰 학자. 초야에 묻혀 학문에만 전념함.

풍상이 섯거 친 날에 갓 피온 황국화를

금분에 가득 담아 옥당에 보내오니

도리야 꽃이온 양 마라 임의 뜻을 알괘라

• 송순(1493~1583): 조선 전기 학자. 벼슬을 그만 두고 독서와 문장을 즐김.

오리의 짧은 다리 학의 다리 되도록

검은 가마귀 해오라비 되도록

항복무강하사 억만세를 누리소서

• 김구(1488~1543): 조선 전기 학자, 서예가이자 문장가.

태산이 높다 하되 하늘 아래 뫼이로다

오르고 또 오르면 못 오를 리 없건마는

사람이 제 아니 오르고 뫼만 높다 하더라

• 양사언(1517~1584): 조선 전기 학자. 서예에 뛰어났다.

성산은 어찌하여 만고에 푸르르며

유수는 어찌하여 주야에 긋지 아니는고

우리도 그치지 말고 만고상청하리라

• 이황(1501~1570): 조선시대 학자. 도산서원에서 후진을 양성함.

청초 우거진 골에 자난다 누웠난다

홍안은 어디 두고 백골만 묻혔나니

잔 잡아 권할 이 없으니 그를 설어 하노라

• 임제(1549~1584): 조선 전기의 풍류남자. 문장에 뛰어났다.

이고 진 저 늙은이 짐 벗어 나를 주오

나는 젊었거늘 돌인들 무거우랴

늙기도 설워라커늘 짐을조차 지실까

• 정철(1536~1593): 조선 선조 때의 문신 시인. 〈사미인곡〉, 〈속미인곡〉, 〈성산별곡〉 등 가사집이

있다.

샛별지자 종다리 떴다 호미메고 사립나니

긴수풀 찬이슬에 베잠뱅이 다젖는다

소치는 아이놈은 상기아니 일었느냐

재넘어 사래긴 밭을 언제 가려 하느냐

• 김천택(미상): 조선 영조 때의 가인. 평민 출신의 가객으로 〈청구영언〉 등 많은 작품을 남김.

백두산 돌 칼갈아 없애고

두만강 물 말먹여 없애리

남아 나이 이십에 나라 평정 못할진대

후세에 뉘라서 대장부라 하리요

• 남이(1441~1468): 조선 초의 훌륭한 장군. 간신 유자광의 모함으로 죽음.

천만리 머나먼 길에 고운 님 여의옵고

내 마음 둘 데 없어 냇가에 앉았으니

저 물도 내 안 같아여 울어 밤길 예놋다

• 왕방연(미상): 사육신 사건 때 단종을 귀양지 영월까지 모셨던 사람.

장백산에 기를 꽂고 두만강에 말 씻기니

썩은 저 선비야 우리 아니 사나이야

어떻다 인각화상을 누가 먼저 하리오

• 김종서(1390~1453): 세종 때의 뛰어난 장군. 뒤에 수양대군에게 죽음.

5부_ 호감을 얻는 성공적 말하기

가노라 삼각산아 다시보자 한강수야

고국산천을 떠나고자 하랴마는

시절이 하 수상하니 올동말동 하여라

- 김상헌(1570~1650): 조선 인조 때의 절개 곧은 선비. 청나라에 항거한 삼학사(윤집 오달재와

  함께) 중 한 명.

산은 옛산이로되 물은 옛물이 아니로다

주야에 흐르니 옛물이 있을소냐

인걸도 물과 같아 가고 아니 오노매라

- 황진이(16세기): 조선중기의 이름난 기생. 시와 가무에 뛰어났다.

6부

토론에서의
말하기

왜 토론이 중요한가

토론의 중요성은 아무리 강조해도 지나치지 않을 정도로, 현대사회에서는 토론을 익숙하게 잘할 필요성이 갈수록 커지고 있다. 토론은 의사 결정과 의견 형성에 있어서 중요한 역할을 한다. 현대사회에서는 과거처럼 권위적이고 수직적인 문화가 갈수록 퇴조하고, 함께 의견을 모아가는 토론의 중요성과 함께 참여민주주의와 숙의민주주의의 필요성이 갈수록 커지고 현실화되고 있다.

1. 다양성   토론은 다양한 의견과 관점을 모으는 과정을 통해 다양성을 존중하고 포용한다. 이를 통해 다면적 사고와 좋은 결정을 도출할 수 있다.

2. 자기 발전   토론은 개인의 사고력 및 표현력을 향상시키는 데 도움을 준다. 토론 과정에서 자신의 주장을 체계적으로 조직화하고 논리적으로 전달하는 방법을 배울 수 있다.

3. 지식 확장   토론은 참가자들에게 새로운 정보를 전달하고 지식을 확장하는 기회를 제공한다. 다양한 주제에 대한 정보를 탐구하고 타인의 관점을 이해하는 것은 지식의 폭을 넓힐 수 있는 좋은 방법이다.

4. 비판적 사고   토론은 비판적 사고의 기회를 제공한다. 주장을 분석하고 검증하기 위해 비판적 사고를 적용하는 것은 효과적인 판단력과 문제 해결 능력을 키우는 데 도움이 된다.

5. 대화와 소통   토론은 대화와 소통의 중요성을 강조한다. 직접 대화하고 경청하며 의견을 교환함으로써 상호작용과 상호 이해에 대한 기회를 제공한다.

6 시민 참여   토론은 시민 참여의 중요성을 강조한다. 시민들이 사회 및 정치적 문제에 대해 의견을 나누고 논의할 수 있도록 함으로써 민주주의를 강화할 수 있다.

7. 결정능력 강화   토론은 문제 해결과 의사 결정을 강화하는 데 도움을 준다. 다른 의견을 듣고 논리적으로 판단하고 분석하는 과정을 통해 최적의 결정을 내리는 능력을 향상시킬 수 있다. 중요한 순간에 바른 판단력으로 결단하는 것은 매우 중요한 리더십 요소나.

8. 팀워크   토론은 팀워크 및 협업에 중요한 역할을 한다. 토론은 팀원들 간의 의견을 조화롭게 조율하고 공동 목표 달성을 위한 협력을 장려한다.

9. 불공정성 대처   토론은 불공정성에 대처하는 능력을 향상시킨다. 토론 과정에서 객관적이고 합리적인 논거를 제시함으로써 불합리한 주장을 파악하고 반박하는 방법을 배울 수 있다. 가짜뉴스나 거짓된 주장을 마치 진짜인 것처럼 포장하거나 합리화시켜서 주장하는 상대방의 페이스에 말려들지 않고, 나의 정직하고 진실된 주장을 관철시키는 훈련을 해야 한다.

10. 성장과 변화   토론은 성장과 변화를 이끌어내는 도구다. 동일한 아이디어와 의견에 머무르는 대신, 새로운 아이디어를 탐구하고 기존의 관점에 도전하는 과정을 통해 개인과 사회의 성장과 발전을 이끌어낼 수 있다.

이 같은 관점들을 고려해 실제 토론에 적용할 때, 토론은 개인과 커뮤니티, 그리고 사회의 발전을 촉진하는 강력한 도구가 된다.

토론에서 알아야 할 규칙들

토론할 때는 관련된 규칙과 기술을 철저하게 숙지하고 준수해야 한다. 토론할 때 준수해야 할 규칙과 기술은 다양하지만, 필수적인 요소는 반드시 지켜야 한다. 이기고도 지는 결과를 낳아서는 안 되며, 토론에 임하는 사람의 인격과 품격, 규칙과 규정에 대한 철저한 인식이 필수적이다.

토론의 법칙을 이해하면, 토론이 쉬워진다.

토론의 가장 기본적인 형식은 입론, 반대 신문訊問, 최종 변론으로 구성된다. 첫째, 입론은 논제에 대한 긍정 측 또는 부정 측의 변론이다. 양측 모두 각자 어떻게 논제를 긍정 또는 부정하는가를 각종 자료를 기초로 하여 변론을 행한다. 교육 형식의 토론에서는 팀의 토론자 중 한 명이 대표로 입론을 한다. 둘째, 반대 신문은 긍정 측 또는 부정 측의 입론을 듣고, 상대측 주장의 모순이나 문제점 또는 의문점 등을 지적하고 그에 대한 논의를 벌이는 방식이다. 셋째, 최종 변론은 입론과 반대 신문이 모두 끝난 뒤 긍정 측과 부정 측이 자기 측 입장의 정당성을 설명하고 변론하는 것이다. 최종 변론 후에 심판에 의한 판정으로 토론은 끝이 난다.

표준적인 토론 형식은 긍정 측 입론(8분)−부정 측 입론(8분)−작전타임(2분)−부정 측 최종변론(6분)−긍정 측 최종변론(6분)−판정으로 이루어진다. 토론은 모두 긍정 측의 입론으로 시작해 긍정 측의 최종 변론으로 끝난다.

응용형 토론은 반대 신문을 두 차례 실시하는 방식이다. 공격과 수비를 상호 반복하게 되는데, 처음 토론을 하는 사람에게는 적당하지 않다. 어느 정도 토론에 익숙해진 단계에서 한층 고조된 논의를 하고자 할 때 주로 이용된다. 1박 2일 토론 교육이라면 이틀째에 이 형식으로 토론을 행한다. 표준형 토론 형식을 첫날 모의 토론에서 사용하는 것이 일반적이다.

응용형 토론의 절차와 각 단계별 소요 시간은 다음과 같다. 긍정 측 입론(8분) - 부정 측 입론(8분) - 작전타임(1분) - 부정 측 반대 신문(10분) - 긍정 측 반대 신문(10분) - 작전타임(1분) - 부정 측 반대 신문(8분) - 긍정 측 반대 신문(8분) - 작전타임(1분) - 부정 측 최종 변론(6분) - 긍정 측 최종 변론(6분) - 파정

토론은 제한된 시간 안에서 논의를 벌여야 한다. '논리'를 생명으로 하는 토론의 특성상 시간을 지키는 것은 매우 중요하다. 시간을 지킬 줄 아는 사람이 논리적이고 합리적인 경우가 많다. 반면 시간을 잘 지키지 않는 사람은 비논리적이고 감정적인 경우가 많다. 즉 시간을 지키는 일에서부터 논리 교육이 시작된다고 말할 수 있다.

1. 존중과 예의 상대방의 의견을 존중하고 예의를 갖춰야 한다. 상대방과의 대화를 적극적으로 듣고 이해하는 자세가 필요하다.
2. 청취 기술 효과적인 청취를 통해 상대방의 의견을 정확히 이해해야 한다. 이를 위해 집중력을 가지고 상대방이 말하는 것을 주의 깊게 듣고 이해해야 한다.
3. 적절한 질문 상대방의 의견을 잘 파악하기 위해 적절한 질문을 던지는 것이 중요하다. 질문을 통해 더 깊은 수준의 토론이 가능해진다.

4. 비판과 반론   토론에서는 상대방의 의견에 대해 비판과 반론을 제기할 수 있어야 한다. 그러나 이 경우 반드시 적절한 어조와 함께 근거 또는 증거를 제시해야 한다.

5. 객관적인 판단   토론에서는 개인적인 편견을 배제하고 사실에 기반을 둔 판단을 해야 한다. 주관적인 의견과 객관적인 판단을 구분해야 한다.

6. 존중하는 표현   상대방의 의견에 대해 합의하지 않더라도 존중하는 표현을 사용해야 한다. 단호하면서도 상대방의 감정을 존중할 수 있는 언어를 사용하는 것이 중요하다.

7. 적절한 대화 조절   토론에서 대화를 조절하는 능력이 중요하다. 대화의 흐름을 유지하고 모든 참여자들에게 기회를 공평하게 주는 것이 필요하다.

8. 다양한 관점의 고려   다양한 관점에서 문제를 바라볼 수 있는 융통성 있는 마인드셋을 갖추는 것이 필요하다. 이를 통해 상대와의 기본적인 소통 가능성이 커지고, 전체적으로 좀 더 여유 있고 포괄적인 토론이 가능해진다.

9. 주장의 논리적 일관성   주장을 제시할 때 논리적 일관성을 유지해야 한다. 주장과 근거가 일치하고 상호간에 모순되지 않도록 해야 한다.

10. 적절한 대화 종결   토론이 끝날 때는 적절한 대화 종결을 해야 한다. 화해의 말과 진정한 이해를 표현해야 한다. 정리와 결론을 제시하여 토론의 전체적인 의미를 간결하게 전달하는 것이 좋다.

성공적인 필수 토론기법들

토론대회에 나갈 경우 상대방을 압도하고 종합적으로 승리하는 토론기법들을 이해하고 숙지하고 있어야 한다. 토론대회에서 승리하기 위해 유용한 토론 기법들을 잘 준비하고 참석할 경우, 충분한 사전 준비와 사례 연구가 되어있다면 승리할 가능성이 커진다.

1. 논리적인 주장 및 증거 제시   토론에서 효과적인 주장은 논리적이고 증거에 기반해야 한다. 예를 들어, "과학 연구에 따르면, 다양한 운동이 건강에 긍정적인 영향을 끼친다는 증거가 있습니다."

2. 반론 예측 및 대응   상대 팀의 주장과 반론을 예측하고 빠르게 대응하는 것이 중요하다. "상대 팀이 주장하는 내용에는 많은 부분이 오해가 있습니다. 정확하지 않은 비판입니다. 실제로, 연구에 따르면……."

3. 강력한 통찰력을 갖춘 질문   강력한 질문을 통해 상대방을 어렵게 만들수 있다. "그러면, 당신이 주장하는 대로라면, 왜 이 결과가 다른 연구 결과와 일치하지 않을까요?"

4. 객관적인 입장 유지   토론은 객관적인 시각에서 진행되어야 한다. 개인적인 감정이 개입되지 않도록 주의해야 한다. 상대와 진정성을 갖고 합리적이고 상식적인 대화를 하는 것이 중요하다.

5. 통계 및 연구 결과 활용   토론에서 통계 및 연구 결과를 효과적으로 사

용해야 한다. 정확한 최신 통계분석을 확보하고 있고, 관련 연구결과를 갖고 있다면 이를 토대로 상대를 강력하게 압박하는 것이 필요하다. "이 연구에 따르면, 80%의 사람들이 이 결정을 지지합니다."

6. 참신한 아이디어 및 시각 제시 흔하지 않은 시각이나 독창적인 아이디어를 제시하여 주목을 받을 수 있다. "이 문제에 대해 다른 관점에서 생각해보면, 우리는 새로운 솔루션을 찾을 수 있을 것입니다."

7. 강력한 논거로 판단력 강화 의견을 논리적으로 지지하는 강력한 논거를 사용하면 도움이 된다. "이 주장을 지지하기 위해선, 우리는 먼저 A와 B 사이의 인과관계를 이해해야 합니다."

8. 견해에 대한 존중과 배려 토론에서 다른 의견에 대한 존중과 배려를 표현하는 것은 나의 넉넉한 인품과 여유 있는 자세를 보여주는 것이다. 이는 상대방과의 관계를 개선하고 명확한 토론을 진행하는 데 도움이 된다.

9. 효과적인 전달과 발표 기술 토론에서 발표 기술을 사용하여 의견을 명확하고 효과적으로 전달하는 것이 필요하다. 목소리, 자세, 몸짓 등을 통해 자신의 주장을 강조할 수 있다.

10. 합리적으로 결론 내리기 토론 최종 부분에서 원활한 결론을 내리고 주장을 강화하는 것이 도움이 된다. "위의 모든 증거를 고려하면, 우리는 이 결정을 지지해야 합니다."

이와 같은 토론 기법들은 토론대회에서 승리를 거두기 위해 사용할 수 있다. 특히 상황에 따라 다른 기법을 적절히 조합하고 자신에게 맞는 전략을 구사하는 것이 중요하다.

거칠고 공격적인 상대를 제압하는 법

　방송토론에서 거칠고 공격적인 상대방에게 어떻게 하면 명쾌하고 정확하게 반격할 것인가? 상대의 거센 공세에 합리적이면서도 당당하게 반격함으로써 시청자들의 호감을 사는 방법을 알아보자. 토론을 할 때 논리적으로도 잘 무장되어 있고 나를 압도하겠다는 의지가 넘치는 공격적인 상대에게 효과적으로 대항하고 반격하는 것은 매우 어려운 일이다. 특히 상대가 수많은 토론이나 강연, 강의를 통해 말하는 방법과 논리적인 대화에 익숙한 경우라면 매우 힘든 싸움이 될 것이다.

　방송토론은 매우 빠르고 속도감 있는 진행과 대형스크린과 카메라 등 수많은 장비와 장치가 참석자들을 압도한다. 이 같은 분위기 속에서 상대방의 거친 공세에 당당하게 맞서면서 동시에 시청자들에게 나의 토론기법과 논리가 정당함을 호소하기란 무척 어려운 일이다.

　결론적으로 건강한 토론은 상대를 이기는 데 초점을 맞추기보다는, 상호간에 이해를 증진하고 아이디어 교환을 촉진하는 과정에서 공통의 목적과 해법을 찾는 것을 목표로 해야 한다. 토론과정의 말싸움에서 이기는 것보다 중요한 것은 토론을 통해 공통의 사회적 해법과 미래지향적 비전을 찾는 것이다. 상대와 함께 논쟁을 하면서도 토론의 기선을 잡으면서 알차고 건설적인 성과를 내는 토론에 참여하는 방법에 대해 살펴보자.

1. **침착하고 또 침착하자** 적대감에 직면했을 때에도 안정적이고 침착한 태도를 유지해야 한다. 감정적으로 반응하는 것은 자신의 신뢰도를 떨어 뜨리고 시청자들도 나를 외면할 수 있다. 늘 당당하고 여유를 갖고 상대를 포용하면서 큰 시각을 갖고 있는 것으로 보여야, 독자나 시청자들이 신뢰를 보낸다. 예: "이 문제에 대해 강한 의견을 가지고 있는 것은 이해하지만 냉정한 토론으로 접근합시다."

2. **적극적 경청** 상대방이 제기한 요점에 주의를 기울이고 진심으로 귀를 기울인다. 이것은 존경심을 나타내며, 상대를 존중하면서도 나의 생각을 담은 반응을 공식적으로 제기해 상대방의 동의를 얻어내는 성과를 만드는 데 도움이 된다. 예: "저는 당신이 말하는 것을 듣고 당신의 관점을 이해합니다. 하지만, 저는 대안적인 관점을 제시하고 싶습니다."

3. **주제에 계속 집중한다** 인신공격을 피하고 주제 중심으로 토론을 계속 한다. 이것은 토론의 진실성과 집중력을 유지하고, 시청자들이 지루해하지 않으면서도 동시에 계속 참여할 수 있도록 동기부여를 한다. 예: "개인적인 의견에 의해 옆길로 빠지지 않도록 합시다. 당면한 문제는……."

4. **증거와 사실을 제시한다** 자신의 주장을 뒷받침할 구체적인 증거를 제공하라. 이것은 토론에서 우리의 위치와 입지를 강화하고 시청자들에게 잘 분석되고 연구된 정보를 내놓음으로써 깊은 인상을 심어준다. 예: "'신뢰할 수 있는 조직'의 최근 연구에 따르면 데이터는 이를 명확하게 보여줍니다."

5. **논리적 추론 사용** 논리적 추론과 비판적 사고를 사용해 반박한다. 상대방의 주장에 모순이 있음을 예의바르고 정중하게 지적한다. 예: "당신이 앞에서 그것을 언급했지만, 지금 다르게 말하고 있기 때문에 당신의 진술은 모순되는 것처럼 보입니다."

6. 타당한 요점을 인정하라 상대방이 제기한 타당한 우려나 주장을 인정하는 것이 좋다. 무조건적인 부정이나 비난은 도리어 나의 입지를 약화시킨다. 이는 공정성과 열린 마음을 보여준다. 예: "저는 ***(상대방)의 주장에 장점이 있다는 것에 동의합니다. 그러나, 다른 면도 고려해 봅시다."

7. 공감과 감정적 호소 관련된 이야기를 공유하고 논의 중인 문제에 대한 공감을 보여줌으로써 시청자와 연대의식을 형성한다. 이것은 청중들과의 감정적인 연결을 만드는 데 도움이 된다. 예: "만약 당신이 이런 상황에 처해 있다면 그것이 개인에게 미치는 영향을 이해하는 것이 중요합니다."

8. 공손한 어조를 유지한다 공격할 때 정중한 태도로 존경심과 공정성을 유지하면서 대응한다. 차분하고 사려 깊게 도전해서 나의 입장을 표명하는 노력을 기울인다는 것을 보여준다. 그럴 경우 상대도 나를 무시하지 않고, 예의를 지키는 경우가 많다. 예: "당신이 이것에 대해 강하게 느끼는 것은 알지만, 인신공격에 치우치지 말고 시민적인 토론을 하도록 노력합시다."

9. 유머를 조심스럽게 사용하라 유머를 적절하게 사용하는 것은 긴장을 완화시키고 시청자들을 끌어들이는 데 도움이 될 수 있다. 그러나 유머가 대화의 심각성을 감소시키지 않도록, 늘 신중하게 주제와 청중을 염두에 두어야 한다. 예: "당신의 비유는 꽤 창의적이지만, 그 이면에 있는 사실들도 함께 검토해 봅시다."

10. 핵심 요점을 요약한다 토론 내내, 양측이 제기한 필수적인 주장을 요약한다. 이렇게 하면 시청자가 토론을 이해할 수 있고 강력한 결론을 내릴 수 있다. 예: "요약하자면, 제 주요 요점은 상대방의 요점과 대조적입니다."

기억하라, 오로지 이기기 위해 상대를 압박하고 공격하는 것보다 존중하는 대화, 이해, 건강한 토론의 촉진을 우선시하는 것이 중요하다. 이를 통해 서로가 존중하고 합리적이면서 동시에 진정한 해법을 향해 나아갈 수 있다.

논제, 절차, 매체에 따른 토론기법

논제, 매체, 절차 등에 따른 토론 기법을 살펴보자. 다양한 관점에서 토론 기법을 숙지하고, 자신이 어떻게 토론할지 방향과 구체적인 내용을 담아내면 도움이 된다.

1. 논제에 따른 토론 기법

- 비교/대조: 두 개 이상의 개념, 주장, 정책 등을 비교하고 대조하여 장단점을 분석하는 기법.
- 원인/결과: 어떤 사건이나 현상의 원인과 결과를 분석하고 설명하는 기법.
- 판단/평가: 어떤 문제 또는 주장을 평가하고 판단하는 기법.

2. 매체에 따른 토론 기법

- 구두 토론: 실시간으로 대화하며 주장을 전달하는 기법. 경청과 신속한 응답이 필요하다.
- 서면 토론: 문서나 이메일 등을 통해 의견을 교환하는 기법. 글을 통해 명확하고 상세하게 전달할 수 있다.

3. 절차에 따른 토론 기법

- SWOT 분석: 해당 분야의 강점, 약점, 기회, 위협을 파악하고 이를 기반으로 토론하는 기법.

- 먼저, 그다음, 마지막으로: 차례대로 개별 의견을 제시하고 집중적인 논의를 진행하는 기법.
- 듀얼 토론: 두 명의 참가자가 서로 대립하는 입장을 취하고 정해진 시간 동안 토론을 진행하는 기법
- 라운드 로빈: 참가자들이 차례대로 의견을 제시하고 피드백을 주고 받는 기법.

4. 목적에 따른 토론 기법

- 문제 해결 토론: 주어진 문제에 대한 해결책을 찾고 최선의 방법을 모색하는 기법.
- 설득 토론: 다른 사람의 의견을 변화시키기 위해 주장을 수립하고 논증하는 기법.
- 협상 토론: 서로 다른 이익을 추구하는 사람들이 합의점을 찾기 위해 대화하고 협상하는 기법.

5. 참여자의 역할에 따른 토론 기법

- 패널 토론: 다양한 분야 전문가들이 주제에 대해 발언하고 토론하는 기법.
- 그룹 토론: 작은 그룹이 협력하여 주제에 대해 토론하고 공동의 결론을 도출하는 기법.

이러한 토론 기법을 적절히 활용하면 토론의 효과를 극대화할 수 있다. 그러나 토론 상황에 따라 일부 기법이 적합하지 않을 수도 있으므로 자신의 상황에 맞게 적절한 기법을 선택하는 지혜로운 토론방식이 필요하다.

토론할 때 피해야 할 금기사항

　토론할 때 꼭 피해야 할 금기사항이 있다. 이를 10가지 관점에서 정리해두고, 토론할 때마다 주의하면 성공적인 토론을 할 수 있다. 토론을 할 때 피해야 할 금기사항을 실행할 경우 자칫 다음 토론부터는 토론자로 선정되지 않고 배제될 위험이 있다.

　방송국의 경우 기칠거나 상대를 비하하는 용어, 욕설, 고성 등을 하는 문제인물이나 요주의 인물은 사실상 다시 출연하기가 어려워진다. 실제 모 평론가의 경우 감정이 격해져서 "나이가 몇이냐?", "당신이 뭔데?" 등 고성과 함께 상대를 비하하는 발언을 했다가, 상당 기간 방송에 출연할 수 없었다.

　1. **인신공격**　상대방을 비난하거나 욕설하지 말아야 한다. 대신, 주장에 비판적으로 접근하면서 합리적이고 논리적인 질문이나 답변을 함으로써, 토론의 질을 높일 수 있도록 노력해야 한다.

　2. **극단적인 입장**　너무 극단적이거나 자신의 생각이 무조건 맞다는 절대적인 입장을 취해선 안 된다. 토론은 상대방과의 의견 교환과 타협을 통해 발전할 수 있는 기회라는 점에서, 합리적이거나 논리적일 경우 상대의 입장을 수긍해주는 유연한 자세가 필요하다.

　3. **사실 확인의 부족**　사실에 기반을 둔 주장이 중요하다. 사실 확인을 하

지 않은 정보나 허위 정보를 사용해선 안 된다. 대신, 정부부처나 공공기관, 유엔 등 국제기구의 통계 등 신뢰할 수 있는 출처에서 나온 자료를 사용해야 한다.

4. 주제 이탈 토론의 주제를 벗어나서 얘기하지 말아야 한다. 핵심 주제에 집중하고 관련 있는 이론이나 예시를 사용하여 토론을 진행하는 것이 좋다. 토론에서 격하게 발언하다보면, 앵커가 묻는 질문에 답하지 않고 자신의 주장만을 하게 되는 경우가 있다. 이 경우 동문서답을 하거나, 앵커의 질문을 회피 또는 무시하거나, 질문과 관련된 내용을 잘 모르는 것으로 평가받을 수 있기 때문에 앵커의 질문취지에 정확하게 답변하는 것이 매우 중요하다.

5. 자기중심적 태도 토론은 상대방과의 의사소통이기 때문에 자기중심적인 태도를 피해야 한다. 상대방의 의견을 경청하고 존중하는 자세를 가져야 한다.

6. 근거의 부족 토론에서 자신의 주장을 뒷받침할 수 있는 근거가 필요하다. 근거 없이 주장만 내놓으면 듣는 이의 신뢰를 잃을 수 있으므로 신뢰할 만하고 충분히 공공영역에서 검증이나 진위 여부 확인이 가능한 근거를 제시해야 한다.

7. 호전적인 언어 사용 토론자 상호간에 서로 존중하면서도 동시에 원활하고 평화적인 토론을 위해 공격적이거나 도발적인 언어를 사용해선 안 된다. 대신, 존중과 훈련된 언어를 사용하여 토론을 진행해야 서로가 높은 평가를 받을 수 있다.

8. 불필요한 일방적 주장 반복 상대방의 의견에 대해 계속해서 동일한 반론을 반복할 필요는 없다. 같은 내용을 담은 주장이나 반론이 반복되면 시

청자들이 지루해한다. 대신, 새로운 관점이나 추가 정보를 제시하거나, 상대의 주장에 의문을 제기하는 등 다른 측면의 분위기를 만드는 전략을 적극 고려해야 한다.

9. 논거의 무시　상대방의 논거나 주장을 무시하거나 하찮게 여기지 말아야 한다. 대신, 각 주장을 검토하고 논리적으로 분석하여 상대방의 주장에 대응해야 한다. 상대방을 존중하고 배려하면서도, 동시에 자신의 주장과 관점을 명확하게 전달해야 한다.

10. 토론의 목적 망각　토론은 단순히 말싸움을 위한 것이 아니다. 상대방과 의견을 교환하고, 서로의 관점을 이해하고, 공동의 목표를 찾는 것을 목적으로 해야 한다. 상호 소통하면서 공적이고 합리적이면서 동시에 의미 있는 토론을 지향해야 한다.

토론을 잘하는 대화 기법 10계명

　　토론을 잘하는 대화 기법은 어떤 것이 있을까? 토론을 잘하기 위해서는 현안에 대한 자신의 생각이 정리되어 있어야 하며, 이를 말로 전달할 수 있는 화법과 전략이 충실해야 한다. 아무리 말재주가 좋아도, 그 내용과 콘텐츠가 부실하면 좋은 평가를 받을 수 없다. 토론을 잘하는 대화 기법을 하나씩 정리해보자.

1. 담화전략

- 문제 정의하기: 분명하고 명확한 문제 제시
- 질문하기: 깊이 있는 질문을 통해 의견을 초래하고 논의를 도출
- 요약하기: 의견을 간결하게 정리하여 명확히 전달

2. 의사소통 기술

- 경청하기: 존중하고 집중하여 상대방의 의견을 이해하고 수용
- 화두 제안하기: 다양한 의견을 들을 수 있도록 새로운 주제 제안
- 발언 통제하기: 공정하고 균형 있는 참여를 유지하기 위한 발언의 통제

3. 논리적 사고

- 논증하기: 명확하게 논리적인 주장과 근거를 제시
- 예시 사용하기: 구체적인 사례나 데이터를 통해 주장을 뒷받침

4. 협동성

- 공동 목표 설정하기: 토론의 목표를 공동으로 설정하고 협력하여 도달
- 타협하기: 서로 다른 의견을 조율하고 타협 가능한 중간 지점 찾기

5. 갈등 관리

- 갈등 인식하기: 발생한 갈등을 인식하고 이해하기
- 상호 존중하기: 타인의 의도와 감정을 존중하고 적절한 대응 제시

6. 비평 기술

- 비판하기: 의견이나 주장에 허점이나 한계를 찾아내기
- 합리적 평가하기: 이성과 균형을 유지하며 수상을 평가하기

7. 문화적 민감성

- 상호 문화 이해하기: 다양한 문화적 배경을 존중하고 이해하기
- 다양성 포용하기: 다양한 의견을 포용하고 존중하기

8. 시간 관리

- 시간 안에 토론 진행하기: 효과적인 시간 관리로 토론을 효율적으로 진행

9. 정보 수집

- 사실 확인하기: 정확하고 신뢰할 수 있는 정보를 수집하여 사용하기
- 다양한 출처 활용하기: 다양한 정보 출처를 통해 특정 주장을 뒷받침

10. 윤리적 고려사항

- 존중과 예의: 상대방을 존중하고 예의를 갖추어 토론하기
- 편견과 편파성 제어하기: 공정성과 독립적인 시선을 유지하기 위해

편견과 편파성을 제어

　위의 기법들은 토론을 효과적이고 존중받는 방식으로 진행하기 위해 도움이 되는 요소들이다. 그러나 기계적으로 적용하는 것은 바람직하지 않다. 실제로 토론 상대방에 따라 토론의 특성과 화법, 각종 현안에 대한 입장이 다르기 때문에 늘 변화에 대한 신경을 써야 한다. 특히 실제 토론에서 중요한 것은 상황에 맞게 적절한 기법을 선택하고 유연하게 대처함으로써 자신이 토론의 승기를 잡는 것임을 잘 알아야 한다.

7부

방송에서의
말하기

듣기에 좋은 소리가 성공을 좌우한다

어떻게 해야 사람들이 듣기에 좋은 소리를 내고 호감을 살 수 있을까? 사람들이 듣고 호감을 갖는 소리를 내는 방법에 대해 생각해보자.

1. **음량 조절** 너무 크거나 작은 소리는 불편하게 느껴질 수 있으므로, 듣는 이에게 편안한 정도에 맞추어 음량을 조절해야 한다.

2. **목소리 톤** 부드럽고 따뜻한 톤의 목소리는 듣는 이들에게 호감을 주며, 긍정적인 인상을 심어준다.

3. **발음 정확도** 명확하고 정확한 발음은 듣는 이들에게 믿음과 신뢰를 준다. 발음을 개선하기 위해 발음 교정을 시도할 수도 있다.

4. **억양 사용** 모노톤으로 말하는 것보다 다양한 억양을 사용하는 것이 듣는 이들의 흥미를 유발하고 호감을 얻을 수 있다.

5. **강세와 강조** 중요한 내용이나 강조해야 할 부분에 적절한 강세를 사용하여 듣는 이들의 관심을 끌 수 있다.

6. **속도 제어** 너무 빠르거나 느린 속도로 이야기하는 것은 이해하기 어렵게 만들 수 있으므로, 적절한 속도로 말해야 한다.

7. **불필요한 소음 제거** 환경 소음이 듣는 이의 집중을 방해할 수 있으므로, 가능한 한 불필요한 소음을 제거하고 조용한 장소에서 말해야 한다.

8. **목소리 조절** 말하고자 하는 내용에 따라 적절한 목소리를 조절하여

듣는 이들의 관심을 끌 수 있다.

9. **자신감과 긍정적인 태도** 자신감을 가지고 긍정적인 태도로 말하는 것은 듣는 이들에게 신뢰를 주고 호감을 얻을 수 있는 중요한 요소다.

10. **청각적인 호환성** 듣는 이들의 청각 특성을 고려하여, 기호나 필요에 맞게 소리를 조절해야 한다. 예를 들어, 낮은 주파수를 강조하는 방법으로 나이가 드신 이들이 목소리를 더욱 명확하게 들을 수 있도록 도울 수 있다.

이러한 관점들을 고려하여 소리를 내면 사람들이 더욱 듣기 좋고 호감을 느낄 수 있을 것이다.

방송에서 토론하는 대화 기법

방송에 나가는 것이 꿈인 사람들이 많다. 방송에 출연해 말하거나 토론하는 것이 무척 멋지게 보이기 때문일 것이다. 그러나 무턱대고 방송에 나간다고 멋지게 말하고 토론할 수 있는 것은 아니다. 충분히 준비하고 훈련하는 준비를 제대로 해야지, 무턱대고 출연했다가는 망신만 당할 수도 있다. 방송에서 토론을 잘하기 위한 말하기 기법을 살펴보자

1. **명확한 의사 전달** 명확하고 간결한 문장으로 의견을 전달하여 듣는 이들에게 확실한 메시지를 전달해야 한다. 내 말이 정확하게 전달되어야, 이를 제대로 이해한 상대방이 의미 있는 답변을 할 것이다.

2. **직관적인 언어 사용** 복잡한 어휘나 전문 용어보다는 일반 대중들이 이해하기 쉬운 언어를 사용하여 많은 사람들이 참여할 수 있도록 해야 한다. 어려운 말, 현학적인 용어. 외래어나 외국어를 쓰기보다는 쉽게 이해하고 답할 수 있는 언어를 사용하는 것이 좋다.

3. **간결하게 요약하는 능력** 복잡한 주장이나 의견을 간결하게 정리하고, 필요한 경우 요약하여 듣는 이들이 쉽게 이해하도록 해야 한다. 너무 길거나 복잡하면 지루하고 답답해하기 때문에, 최대한 간명하고 짧게 내 생각을 전달해야 한다.

4. **강력한 논거** 의견을 뒷받침하는 강력한 논리적 근거나 사실적인 정보

를 제시하여 주장을 더 강화하는 것이 좋다. 언론보도, 정부의 발표나 각종 통계, 전문기관의 분석 등을 활용하면, 상대의 주장을 무력화시키면서 나의 주장을 돋보이게 할 수 있다.

5. **예시와 사례 활용** 주장을 이해하기 쉽게 하기 위해, 현실적인 사례나 예시를 활용함으로써 논리를 강화한다. 설명이나 분석을 하기보다는 구체적으로 상황이나 의미를 잘 나타내는 사례를 제시하면, 긴 설명을 하지 않더라도 정확한 답변을 할 수 있다.

6. **균형 잡힌 의견 표현** 토론에서 논쟁의 양면을 감안해 다양한 의견 중 균형 있고 합리적인 안을 취사선택한 뒤, 내 의견을 표현해야 한다.

7. **청중과의 상호작용** 말하기 과정에서 청중의 의견과 질문을 적극적으로 수용하고 이에 대한 적절한 대응을 통해 상호작용을 이끌어내야 한다.

8. **감정적인 표현 조절** 감정적인 표현이 필요한 경우에도 조절을 해야 하며, 논리적인 논쟁을 중시하여 감정적인 표현이 토론을 지배하지 않도록 한다. 간혹 방송토론에서 감정이 섞인 말투로 서로 꼬리를 잡아 신경전을 벌이거나, 아예 고성을 지르는 경우를 볼 수 있다. 시청자들에 대한 무례이기도 하고, 방송을 망치는 결과로 이어지는 경우가 많다.

9. **통계와 연구 결과 활용** 토론에서는 수치 데이터나 신뢰할 수 있는 연구 결과를 제시하여 논쟁을 더 체계적이고 과학적으로 이끌어가게 한다. 특히 언론보도에 나온 통계나 분석자료를 스크랩하거나 메모해 두었다가 중요한 토론의 시점에 활용하면, 나의 신뢰도를 높이는 긍정적 효과가 있다.

10. **자신감과 목소리 제어** 자신의 의견을 확신할 때 자신감이 가득하게 되고, 당당하고 울림이 있는 목소리와 발음을 제어하여 듣는 이들에게 자신감을 전달하고 전문성을 나타내는 것이 좋다.

이와 같은 말하기 기법들은 방송에서 토론을 잘하기 위해 유용한 접근 방법이다. 그러나 효과적인 말하기는 특정기법에 좌우되기보다는 상황과 목적에 따라 유연하게 대처하는 것이 중요하므로, 필요에 따라 적절한 기법을 선택하여 활용하는 것이 좋다.

방송토론에서 우위에 서기

방송 토론에서 승리하기 위해서는 상대 토론자의 공세를 극복하고 우위에 서는 토론 기법을 써야 한다. 늘 상대는 나를 압도하려 하기 때문에, 일부러 말을 길게 하거나 목소리를 높이거나, 특유의 압박토론을 할 가능성이 크다. 이에 대해 철저하게 준비하고 나만의 콘텐츠와 프로그램을 가진 적극 대응으로 맞서야 하며, 이를 통해 어떤 상황에서도 나를 돋보이게 할 수 있다.

1. **사전 준비** 토론에 앞서 충분한 연구와 사전 지식을 확보함으로써, 상대방의 주장이나 논리에 대해 분석하고 예측해야 한다. 이 같은 분석 결과에 따라 철저하게 상대방의 토론내용을 무력화시킬 수 있도록 나의 토론내용을 꼼꼼하게 준비하는 것이 필요하다.

2. **근거와 사례** 내 주장을 근거와 내용 전개 및 상대에 대한 설득력을 강화하기 위해 관련된 근거와 신뢰할 수 있는 사례를 제시하도록 준비해야 한다. 충분히 근거를 가진 논리와 구체적인 사례, 신뢰할 만한 다양한 통계를 제시함으로써 상대방의 주장을 견제하고 무력화시킬 수 있다.

3. **반론 준비** 상대방이 제시하는 주장에 대해 미리 구체성과 각종 통계를 가진 반론을 준비해야 한다. 이를 통해 상대방이 어떤 주장을 하더라도 이에 맞서서 나의 존재감을 드러낼 수 있는 강력한 대응을 할 수 있다.

4. **상세하고 구체적인 설명** 주장을 효과적으로 전달하기 위해 구체적인 예시와 사례를 활용하여 설명하면 좋다. 이렇게 하면 객석에 앉은 관객이나 시청자 등 듣는 이들이 주장을 쉽게 이해하고 인정하기 쉬워진다.

5. **객관적인 입장 유지** 토론에서 감정적인 반응을 표출하지 않고 객관적이고 논리적인 입장을 유지해야 한다. 이 과정에서 상대방의 주장을 하나하나 명쾌하게 분석하며, 논리적으로 꼼꼼하게 반박하는 것이 중요하다.

6. **상대방의 주장 인정** 상대방의 주장에 대해 무조건 공격하거나 공박하기보다는, 어느 정도 동의하거나 인정하는 것이 좋은 전략의 출발이다. 이는 듣는 이들에게 상대방에 대한 공감을 가져오고 나의 포용력 있는 넓은 마음과 대인의 풍모를 과시하는 동시에, 강력한 반박을 할 수 있는 기회를 제공한다.

7. **자신의 주장 강조** 강인한 자세와 자신의 주장에 대한 자신감을 유지하여 이를 확신 있게 전달해야 한다. 이렇게 하면 듣는 이들에게 긍정적인 인상을 줄 수 있으며, 나의 주장에 대한 독자나 시청자의 호응과 신뢰를 높일 수 있다.

8. **청중과의 연결** 청중과의 상호작용을 적극적으로 이끌어냄으로써, 듣는 이들과 소통하며 나의 주장을 확장해 나갈 수 있다. 청중이 나의 질문이나 유머, 사례 제시에 적극 호응할 경우, 이 같은 긍정적인 분위기를 이용해 토론의 열기와 호응을 높일 수 있다.

9. **효과적인 커뮤니케이션** 명확하고 이해하기 쉬운 문장을 사용해 의견을 전달하고 제시해야 한다. 쉽고 편한 청중들에게 최소한의 혼동을 주는 것이 중요하다.

10. **자신과 상대방의 강점과 약점 파악** 자신과 상대방의 강점과 약점을 파

악하고, 이를 기반으로 토론 전략을 수립하여 상대방의 공세를 극복하고 우위에 서는 것이 중요하다.

　이와 같은 방법들은 방송 토론에서 상대 토론자의 공세를 극복하고 우위에 서기 위한 효과적인 전략이다. 그러나 토론은 상황과 상대방의 특성에 따라 유동적으로 대응하는 것이 중요하므로, 필요에 따라 적절한 전략을 선택하여 활용하는 것이 성공적인 토론으로 이어질 것이다.

방송에서는 시청자를 최우선으로 고려한다

　방송에 출연해 말할 때 어떻게 해야 시청자들의 호감을 살 수 있을까? 최근 방송은 10초마다 한 번씩 볼거리를 주지 않으면 시청자의 시선이 흩어진다고 표현될 정도로 빠르게 변화하고 달라지고 있다.

　기본적으로 시청자들은 자기주장이 강하고 변덕스러운 존재다. 최근 방송사를 포함한 언론계는 프로그램에 대한 시청자의 반응을 사전에 예측할 수 없다는 원초적 딜레마에 시달리고 있다. 불확실성을 감소시키기 위해 방송사는 이른바 스타 시스템과 히트 공식 등에 의존하며 실패 가능성을 줄이기 위해 노력하지만, 다양한 시청자의 입맛을 맞추기엔 역부족인 상황이다. 리모컨의 확산은 시청자의 변덕을 더욱 부추겼고, 넷플릭스 등 다양한 채널과 함께 유튜브의 등장으로 방송사는 위기의 시대를 맞고 있다.

　그럼에도 불구하고 방송은 국민들과 소통할 수 있는 매우 중요한 통로이며 매체이고 홍보수단이다. 동시에 수십만 명부터 수백만 명, 수천만 명과 소통할 수 있는 대표적인 문명의 이기이기 때문이다. 방송에 출연해서 시청자들의 호감을 얻기 위한 방법을 살펴보자.

　1. **진지함과 열정**　주제에 대해 진지하고 열정적으로 이야기하는 것은 시청자들에게 긍정적인 영향을 주며 호감을 얻을 수 있다.

2. 친근한 태도　시청자들과 친근하고 존중하는 태도로 말하는 것은 마음을 열어주며 호감을 형성할 수 있다.

3. 유연한 소통　시청자들과 상호작용하며 답변하거나 질문에 대한 피드백을 주는 것은 적극적인 소통을 통해 호감을 얻을 수 있다.

4. 적절한 유머 감각　재미있는 에피소드나 유머를 사용하여 시청자들과 웃음을 공유하는 것은 친근하게 다가갈 수 있는 방법이다.

5. 명확하고 구조화된 내용　복잡한 내용을 명확하고 구조화된 방식으로 전달하는 것은 시청자들에게 신뢰를 주고 이해를 돕는 방법이다.

6. 다양한 예시와 이야기　내용을 보다 흥미롭게 전달하기 위해 다양한 예시와 이야기를 사용하는 것은 시청자들이 흥미를 유발할 수 있다.

7. 명료한 발음과 억양　명료하고 정확한 발음과 억양은 시청자들에게 더욱 쉬운 이해를 제공하여 호감을 얻을 수 있는 요소다.

8. 시각적인 보조 자료　시청자들의 이해를 돕기 위해 적절한 시각적인 보조 자료를 사용하는 것은 보다 명확한 전달을 이끌어낼 수 있다.

9. 문법과 어휘의 정확성　문법과 어휘의 정확성은 전문성을 나타내고 시청자들에게 신뢰를 줄 수 있다.

10. 자신감과 자연스러움　카메라 앞에서 자신감 있고 자연스러운 모습을 보여주는 것은 시청자들에게 호감을 주는 중요한 요소다.

이러한 관점들을 고려하여 방송에 출연하고 말하면 시청자들에게 호감을 주고 좋은 인상을 남길 수 있을 것이다.

방송에서의 바른 어법은 필수다

방송에 출연해 말할 때는 바른 어법으로 이야기를 전달하는 것이 중요하다. 방송에 출연하여 바른 어법으로 성공적으로 이야기를 전달하기 위한 방법을 살펴보자.

1. **명료한 문장 구조**   긴 문장보다는 짧고 명료한 문장 구조를 사용하여 이해하기 쉽게 전달해야 한다. 짧고 간단한 단문이 복문이나 혼합문 등에 비해 이해하기 훨씬 쉽고 호소력이 크다.

2. **적절한 문어체와 구어체 사용**   상황에 맞게 문어체와 구어체를 적절하게 사용하여 자연스러운 어조를 만든다. 딱딱한 문어체를 가급적 지양하고, 다양하게 사용할 수 있고 쉽게 이해되는 구어체를 주도적으로 활용하는 것이 도움이 된다.

3. **적절한 어휘 선택**   어려운 어휘나 특수 용어를 사용하기보다는 일반적인 어휘를 선택하여 대중과의 원활한 소통을 도와준다.

4. **문법 규칙 준수**   문법 규칙을 지키면서 명확한 의미를 전달하는 것이 좋다. 부정확하거나 오해할 수 있는 문장을 피해 명료하고 명확하게 이해하도록 해야 내 뜻을 오해하지 않는다. 원칙을 지키는 대신 다양하고 흥미로운 언어의 향연이 되도록 하면 금상첨화다.

5. **적절한 속도**   너무 빠르거나 천천히 말하기보다는 적절한 속도로 말

해 시청자들이 이해하기 쉽게 돕는다. 그러나 시간이 제한적일 경우가 많으므로, 적절하게 빠른 속도로 말할 수 있는 훈련도 병행해야 한다.

6. **적절한 강세 및 강조** 중요한 내용이나 키포인트를 강세와 강조를 통해 명확히 전달해야 한다. 단조롭고 일정한 톤이 유지되면 지루해지고 답답해지기 때문에 강세와 속도를 조절할 수 있어야 한다.

7. **적절한 감정 표현** 이야기에 감정을 담아 시청자들에게 공감과 감동을 주는 방법을 사용해야 한다. 때로는 비장하게, 때로는 슬프게 함으로써 평범한 일상을 벗어난 새로운 기분을 전하는 것이 좋다. 어떤 경우는 모두에게 기쁨과 행복을 전하는 내용을 담아, 연설자가 행복의 전도사가 되고 좋은 해법을 제시하는 해결사가 되면 더욱 좋을 것이나.

8. **상황에 맞는 적절한 웃음** 적절한 유머 요소를 활용하여 시청자들에게 웃음을 선사하는 방법을 사용하면 좋다. 웃음과 미소, 유머가 곳곳에서 나오면 청중은 기분 좋게 웃게 되며, 분위기가 따뜻한 소통이 가득한 장이 될 수 있다. 그러면 스피치는 저절로 성공하게 된다.

9. **유연하고 유동적인 상황의 연결** 이야기를 자연스럽고 유연하고 유동적으로 연결하여 중간에 말을 끊지 않고 원활하게 전달한다. 너무 딱딱하거나 정해진 규율에 얽매이지 않고, 유연하고 가변성 있으면서 상황에 적합한 다양한 애드립이 나오면 더욱 좋다. 다소 돌발적이면서도 동시에 유쾌한 변화를 잘 수용하면 강연장의 분위기는 더욱 즐겁고 유쾌해진다.

10. **청중의 피드백 수용** 시청자들의 피드백을 주의 깊게 살피고 그에 맞게 대화하며 상호작용한다. 청중의 반응은 매우 중요하며, 그 반응을 얻을 수 있다면 바로 적용하는 것이 좋다. 내 연설의 장단점, 연설 장소에 대한 평가, 준비 및 기획과 진행에 대한 평가 등을 반영하는 것도 좋다.

이러한 관점들을 고려하면 바른 어법으로 방송에 출연하여 이야기를 성공적으로 전달할 수 있다.

방송 토론에서는 적시에 반격해야 한다

    방송에서 토론할 때 상대방이 공격적으로 가짜뉴스와 허위정보를 이용하여 비난할 때 어떻게 반박해야 할까? 상대가 갑자기 돌변해 공세를 취하며, 나를 또는 내가 한 발언을 공격할 때 어떻게 대처해야 할까? 상대의 공세에 수세적인 입장에서 말하는 것은 좋지 않다. 정확한 사실과 진실을 규명하며, 나 역시 정확한 반격을 해야 지지 않는 도론이 된다.

    1. 사실 확인 가짜뉴스와 허위정보를 반박하기 전, 제공된 정보의 정확성을 확인한다. 사실에 기반을 둔 반박은 더욱 효과적이다. 늘 현안에 대한 구체적인 사실이나 관련된 팩트의 유무를 확인함으로써 상대의 공세에 대해 정확하고 명확하게 반격할 수 있다.

    2. 증거 제시 반박할 때는 사실적이며 근거가 있는 증거를 제시한다. 이를 통해 시청자들에게 신뢰성을 제시하고 정보를 제대로 파악할 수 있도록 도와준다. 앵커나 시청자들이 사실을 확인하지 못한 채 의아해하거나 나의 진심을 의심하고 있는 경우 나의 토론의 논점이 잘 받아들여지지 않는다. 명확하고 정확한 사실이나 증거를 제시해 상대의 거짓이나 가짜증거를 반박하면, 토론에서 단번에 우위에 설 수 있다.

    3. 전문가 의견 활용 해당 분야의 전문가 의견을 찾아서 인용하거나 그들의 인터뷰를 통해 허위정보의 부정을 강조한다. 토론이나 방송에 임하기

전에 반드시 관련된 통계 등 기초자료와 함께 전문가들의 의견을 수시로 확인하고, 자신의 질문에 답해줄 전문가나 기관을 통해 정확한 의견을 생각하고 있어야 한다.

4. **참고자료 제시** 반박을 할 때는 신뢰할 수 있는 출처에서 나온 참고자료를 제시하면서 정보를 뒷받침해야 한다. 유엔이나 유네스코, 세계무역기구, 통계청 등 다양한 기관에서 나온 분석자료, 통계자료, 전문가 의견, 기관의 공식 입장, 최근 나온 논평이나 입장, 보도자료, 해설자료, 설명자료 등을 미리 파악하고 가면 큰 도움이 된다. 이 같은 자료를 제시할 경우 토론에서 단번에 상대를 압도하고 우위에 서게 된다.

5. **상대방의 의도 파악** 공격적인 비난을 받았을 때, 상대방의 의도와 목적을 파악하며 이에 따라 적절한 전략을 세워야 한다. 상대가 왜 이렇게 공격적이고 비난을 하는지 그 이유를 알면 답변하기가 훨씬 수월해진다. 기싸움을 하려는 것인지, 상대측의 누군가와 협의를 하고 나온 것인지, 상대기관에서 나를 공격하라고 임무를 준 것인지 등 다양한 가능성을 염두에 두고 적극 방어하고 반격할 태세를 갖춰야 한다.

6. **절도를 갖추고 청중을 존중** 비난 대상에게 절도를 갖추고 공손한 태도로 반응하는 것이 좋다. 감정적인 반응을 보이거나, 흥분하거나 화난 모습을 보이는 것은 금물이다. 방송에서는 객석의 청중이나 시청자를 중요시하므로, 그들의 신뢰와 존중을 유지해야 한다. 거칠거나 과도한 발언, 흥분하거나 화를 내는 발언은 또 다른 갈등을 불러올 가능성이 크다.

7. **정중한 질문과 대화** 상대방에게 정중한 질문과 대화를 통해 허위정보를 반박해야 한다. 단호하면서도 차분한 자세를 유지하며, 왜 그런 틀린 내용에 근거한 발언을 했는지 정중하게 물어야 한다. 이 과정을 통해 그 발

언의 근거가 취약하고 가짜뉴스에 근거했으며, 구체적으로 잘못된 지점을 논리적으로 하나씩 지적하는 것이 좋다.

8. **공격하지 않고 의심을 제기** 공격적으로 말하지 않고, 허위정보의 가능성을 제기하면서 상대방을 도움으로써 진실을 도출하도록 유도하는 것이 좋다. 어떤 정보인지, 그 정보가 얼마나 왜곡되고 엉터리인지를 하나씩 입증하면서, 이야기를 전개해야 한다. 상대를 도리어 도와주고 위해주는 모습을 보임으로써 상대의 반발도 줄이고, 시청자들로부터 호응과 응원을 얻을 수 있다.

9. **자기 검토** 자신의 말에 대하여 항상 내용의 적실성과 진실성을 검토하고, 시청자들의 논리적인 반박에 대한 피드백을 고려해야 한다. 이는 방송의 신뢰도를 높이는 데 도움이 된다. 내 말에 검증되지 않은 사실이 혹시 들어갔는지, 진실이 무엇인지에 대해 늘 꾸준히 돌아보며 성찰해야 한다.

10. **적극적인 공개 토론 제안** 허위정보와 가짜뉴스에 대해 적극적인 공개 토론을 제안하고, 잘못된 정보를 수정할 것을 요청하는 것이 좋다. 이러한 토론은 진실을 확인하고 허위정보를 뒷받침할 수 있는 기회를 제공하기 때문에 공익에도 부합되고, 시청자들도 수긍할 수 있는 방법이다.

칭찬을 하면 고래도 춤춘다

칭찬을 하면 고래도 춤춘다고 하지 않던가? 칭찬의 힘이고 마력이다. 칭찬은 어떤 대상에 대한 장점을 말해주는 것으로, 상대의 기분을 좋게 해주는 효과가 있지만 때에 따라서는 잘못된 칭찬은 상대에게 부담을 준다. 또 때로는 억지칭찬이라고 생각한 상대가 도리어 기분나빠하는 등 역효과를 불러오는 경우도 있으니 주의해야 한다.

세계적인 경영 컨설턴트 켄 블랜차드가 쓴 〈칭찬은 고래도 춤추게 한다〉는 세계적인 베스트셀러다. 범고래 '샴'의 공연을 본 후, 칭찬이 가져다주는 긍정적인 변화와 인간관계, 그리고 동기부여 방법에 대해 깨달은 점을 흥미로운 이야기로 풀어낸 책으로, 대한민국에 칭찬 열풍을 불러일으킨 작품이다. 지금까지도 칭찬 기술의 교과서로 불리는 이 책은 국내에서만 120만 부 판매를 돌파하는 등 칭찬의 힘을 잘 보여준 대표적인 사례다.

블랜차드는 어느 날, 플로리다에 있는 해상수족관에서 3톤이 넘는 거대한 몸집의 범고래가 환상적인 점프를 통해 멋진 쇼를 펼치는 것을 보면서, 어떻게 해서 범고래로 하여금 그렇게 멋진 쇼를 펼쳐 보일 수 있게 만든 것인가 하는 의문을 갖게 되었다. 그 결과 일명 '고래 반응'Whale Done Response이라 불리는 훈련법에서 찾아냈다. 고래 반응이란 범고래가 쇼를 멋지게 해냈을 때는 즉각적으로 칭찬하고, 실수를 했을 때는 질책하는 대신 관심을 다른 방향으로 유도하며, 계속해서 격려하는 것이 핵심이다.

블랜차드는 이것이 긍정적인 삶의 태도와 성공적인 인간관계를 위한 훈련법과 다르지 않다고 생각하면서, 매일 상대방을 긍정적으로 바라보고 삶의 의욕과 의미를 만드는 방법으로 '고래 반응'을 배울 것을 제안했다. 그는 잘한 점을 구체적으로 칭찬하고, 가능한 한 공개적으로 칭찬하고, 결과보다는 과정을 칭찬하고, 일이 잘 풀리지 않을 때 더욱 격려하는 등 '칭찬의 10가지 원칙'을 제시했다. 이를 통해 삶의 의욕과 의미를 만들어 자신감을 회복할 수 있도록 돕는 고래반응은 매우 매력적이다. 블랜차드의 '칭찬의 10가지 원칙'을 살펴보자.

1. 칭찬할 일이 생겼을 때 즉시 칭찬한다.
2. 잘한 점을 구체적으로 칭찬한다.
3. 가능한 한 공개적으로 칭찬한다.
4. 결과보다는 과정을 칭찬한다.
5. 사랑하는 사람을 대하듯 칭찬한다.
6. 거짓 없이 진실한 마음으로 칭찬한다.
7. 긍정적인 눈으로 보면 칭찬할 일이 보인다.
8. 일이 잘 풀리지 않을 때 더욱 격려한다.
9. 잘못된 일이 생기면 관심을 다른 방향으로 유도한다.
10. 가끔은 스스로를 칭찬한다.

일반적으로 칭찬하는 말을 들으면 누구나 기분이 좋아지고, 칭찬해주는 사람과 사이가 좋아질 가능성이 높다. 대개 칭찬하는 말을 들으면 더 열심히 노력하게 되며, 칭찬하는 말을 하는 스스로의 기분도 좋아진다.

지도자는 상대방 또는 대중을 상대로 칭찬과 찬사를 통해 성공적인 소통을 이루기 위해 노력해야 한다. 지도자가 칭찬과 찬사를 통해 성공적인 소통을 이루는 방법과 전략을 살펴보자.

1. **진정성** 칭찬은 진정성을 포함해야 한다. 칭찬을 받은 사람은 그 말이 진심으로 전달되었다는 것을 느껴야 한다. 그래야 상대의 진정한 호감과 신뢰로 연결될 수 있다.

2. **구체성** 추상적인 칭찬보다 구체적인 내용이나 실제 사례를 들어서 하는 칭찬은 훨씬 더 의미 있고, 상대방의 반응도 끌어내기 쉽다. 칭찬을 할 때, 그냥 잘했거나 좋다고 말하기보다는 특정한 성과나 노력에 대해 구체적으로 언급하는 것이 중요하다.

3. **개인화** 개인에게 맞는 칭찬이라면 더욱 효과적이다. 개인의 성향, 장점, 기여에 대해 정확하게 파악하고, 그에 맞는 칭찬을 전달하는 것이 좋은 성과로 연결된다.

4. **공개** 칭찬을 공개적으로 표현하면 다른 사람들의 동기부여와 열정을 키울 수 있다. 칭찬을 받은 사람을 주목받게 해준다는 점에서 칭찬에 진정성이 들어가게 된다.

5. **꾸준한 피드백** 칭찬은 일시적으로 빛을 발할 수 있지만, 꾸준한 피드백을 통해 칭찬의 내용을 더욱 발전시켜서 또 다른 칭찬으로 연결되도록 하는 것이 필요하다. 주기적으로 성과를 인정하고, 발전을 도모하는 칭찬을 제공하면 더욱 좋은 결과로 이어질 것이다.

6. **팀의 성공 강조** 칭찬을 통해 개인의 성과뿐만 아니라 팀의 성공을 강

조해야 한다. 개인의 기여가 팀의 성과에 어떤 영향을 미쳤는지 강조하면, 상대방의 호응을 더 끌어낼 수 있다.

7. **비판과 균형**   칭찬과 함께 비판적인 피드백도 제공해야 한다. 성장과 개선의 가능성을 보여주면서도 칭찬을 통해 동기부여를 이끌어내는 것이 바람직하다.

8. **감정적인 인정**   순전히 업무 성과뿐만 아니라 감정적인 측면에도 칭찬을 해주는 것이 좋다. 노력에 대한 인정이나 상호 간의 신뢰 구축에 효과적이기 때문이다.

9. **적절한 시기와 장소**   칭찬을 전달하는 시기와 장소 역시 매우 중요한 요소다. 알맞은 순간과 접근법을 선택하여 상황에 맞게 칭찬을 전달하는 것이 좋다.

10. **폭넓은 범위**   다양한 분야와 역할에서 칭찬을 전달하는 것이 좋다. 특정 분야에 치우치지 않고 각자의 장점을 인정하면 전체 직원들에게 골고루 다양한 동기부여를 줄 수 있다.

이러한 관점들을 고려하여 칭찬과 격려를 전달하면, 지도자는 성공적인 소통과 함께 동료들의 동기부여에 큰 역할을 할 수 있다. 하지만 칭찬을 잘못 사용할 경우 역효과가 생길 수도 있으므로 신중히 사용해야 한다.

주어진 시간 내에 내 생각을 정확하게 전개한다

지도자는 발언을 할 때 정해진 시간 내에 자신의 생각과 정책을 정확하게 전달하는 것이 매우 중요하다. 시간제한이 있는 방송이나 공식무대에서 발언 시간이 초과될 경우, 내가 생각한 결론을 마무리 지을 수 없고 쫓기듯 무대에서 내려와야 한다. 시청자들에게도 시간을 지키지 못하는 예의 없고 가벼운 사람으로 여겨지고, 소통에 실패한 결과가 된다.

실제 우리가 일상생활을 하면서 사용할 수 있는 가장 귀중한 자원은 시간이다. 시간은 시간, 분, 초 단위로 측정되지만, 실제로 우리가 가진 시간이라는 자원은 무척 빠르게 소비된다. 시간은 낭비하면 다시는 되돌릴 수 없는 속성을 갖고 있다. 따라서 가능한 한 책임감 있게 시간을 사용하는 것은 우리의 일상적인 우선순위 중 하나이며, 시간 관리 기술은 우리 일생을 알차게 보내고 주어진 과업을 수행하는 데 큰 도움이 될 것이다.

시간 관리를 잘 하면, 더 열심히 일하는 대신 더 똑똑하고 지혜롭게 일할 수 있다. 시간관리가 잘 되면, 짧은 시간에 더 많은 것을 성취할 수 있다. 경쟁이 치열한 현대사회에서 갈수록 좁아지는 기회의 창이 서서히 닫힌다는 압박감 속에서 일할 때도 효율성을 유지하고 성과를 높일 수 있다. 적절한 시간 관리를 하지 못하면 스트레스를 받고 효율성이 떨어질 수 있다. 방송에서도 자신에게 주어진 시간을 제대로 관리하지 못한 채 장황하고 어수선하게 이야기를 늘어놓다가 논리 전개에 실패하는 출연자들을 자주 볼 수 있다.

시간 관리 중 가장 중요한 요소는 시간 엄수다. 일상생활에서는 정시에 출근하여 업무를 수행하거나 공식적으로 정해진 시간에 사람들을 만나는 것을 말하며, 토론이나 말하기에서는 주어진 시간 내에 자신의 논리를 빠짐없이 꼼꼼하게 전개하는 것을 의미한다. 시간을 지키고 효율적으로 관리함으로써 일상에서 생산성을 높일 수 있으며, 시간 관리와 시간 엄수에 대한 지속적인 훈련을 통해 시간을 내 편으로 만들어보자.

커뮤니케이션 측면에서 시간을 지키고 그 안에 나의 발언을 효과적으로 하는 것이 왜 중요한지 살펴보자.

1. **명확성** 시간 내에 명확하게 전달되는 발언은 혼동과 오해를 방지할 수 있다.

2. **효율성** 시간 내에 정확하게 내용을 전달하면 보다 효과적인 의사소통이 가능해진다.

3. **신뢰 구축** 시간 내에 일관되게 전달되는 발언은 지도자의 신뢰를 구축하는 데 도움을 준다.

4. **목표 달성** 시간을 지키면 명확한 목표 설정과 행동 계획 수립을 가능하게 한다.

5. **의사 결정** 시간을 지키면 의사 결정에 필요한 정보를 여유 있게 제공하고 팀 멤버들을 함께 의사 결정에 참여시킬 수 있다.

6. **피드백 수렴** 시간을 지키면 피드백을 수렴하고 이를 통해 조직의 수정이나 개선을 진행할 수 있게 된다.

7. **동기 부여** 정해진 시간 내에 전달된 정확한 발언은 팀 멤버들에게 동

기를 부여하는 데 도움을 준다.

8. **직원 참여** 정해진 시간 내에 전달된 정확한 발언은 직원들이 활발하게 참여하고 의견을 제시할 수 있는 환경을 조성할 수 있다.

9. **문제 해결** 정해진 시간 내에 전달된 정확한 발언은 문제 상황에 대한 해결책 제시를 원활하게 할 수 있다.

10. **커뮤니케이션 효과성** 시간 내에 하고 싶은 이야기가 모두 전달되면 커뮤니케이션의 전반적인 효율성을 높여준다.

이러한 관점들을 고려하여 지도자가 발언을 할 때 정해진 시간 내에 자신의 생각과 정책을 정확하게 전달하는 것은 조직 내에서 효과적인 커뮤니케이션과 성과 달성을 촉진하는 중요한 요소다.

8부

현장에서 말하기의
성공법칙

스피치와 연설은 어떻게 다른가

스피치와 연설은 둘 다 말하기 형식이지만, 실제 목적, 양식, 형식, 배포 방법 등에서 차이가 있다.

웅변과 스피치는 자신의 철학과 사상, 가치관과 현안에 대한 입장을 대중에게 발표한다는 점에서는 같지만, 소통의 방법은 큰 차이가 있다. 웅변은 '무대에서 말하는 강력한 발언'에 초점을 맞추는 반면 스피치는 일상적인 대화를 위한 '소통의 소박한 언어'를 배우고 사용한다는 것이 다르다. 웅변은 무대에서 주어진 원고로 자신감 있게 하는 연설인 반면, 스피치는 자신의 주장이나 의견을 논리적으로 말하는 일을 가리킨다. 강력하고 극적인 목소리와 제스처로 대중과 격정적인 소통을 하는 웅변과 달리 스피치는 조곤조곤 편안한 톤으로 자신의 생각을 전달한다.

1. 목적 스피치는 주로 대중 앞에서 말하거나 발표할 때 사용된다. 강의, 프레젠테이션, 기념사, 연설 등 다양한 상황에서 사용되며, 감정적인 격정이나 큰 사회적 대의를 외치기보다는 담담하게 대중과 소통하는 말하기로 진행된다. 스피치는 대부분 생각이나 아이디어를 전달하거나 설명하는 것을 목적으로 한다. 반면 연설은 주로 특정한 사회적, 정치적, 역사적 이벤트나 행사에서 사용된다. 정부 리더, 예술가, 사회운동가 등이 사회 문제에 대해 의견을 제시하고 정당의 정책이나 목표를 제시하는 데 사용된다.

유엔, 국제회의, 선거 때 유권자를 향한 대중 연설 등에서 자주 나타난다.

2. 양식 스피치는 일반적으로 대화 형식을 따르며, 비교적 짧은 시간 동안 발표된다. 발언자는 주로 청중과 소통하고, 대화를 이끌어 나갈 수 있다. 연설은 비교적 긴 시간 동안 발표되며, 발언자가 중심이 되어 말하고, 청중은 주로 청취하는 방식으로 소통한다. 연설은 종종 주제에 대해 상세히 분석하고 설득력 있는 주장을 제시하는 데 초점을 맞춘다.

3. 형식 스피치는 자유로운 형식을 취할 수 있다. 발언자는 주로 간단한 스피치 노트나 스크립트를 사용하여 발표한다. 그러나 비공식적인 자리에서는 스크립트 없이 말하기도 한다. 연설은 일반적으로 잘 구성된 비즈니스 스타일의 문서로 작성된다. 발언자는 사전에 준비된 원고를 보거나 외워서 자신이 생각한 사회적 가치와 주장에 대해 강력하게 전달하는 방식으로 진행된다.

4. 배포 방법 스피치는 실시간으로 진행되며, 대중 앞에서 직접 발표된다. 스피치는 피드백을 받을 수 있으며, 청중과의 상호작용이 가능하다. 연설은 주로 녹음된 비디오나 오디오 형태로 사용된다. 종종 방송이나 인터넷을 통해 광범위한 청중에게 전달된다. 연설은 자주 인용되며, 역사적인 장면으로 중요한 계기에 함께 사용될 때가 많다.

요약하면, 스피치는 비교적 짧고 소통 중심의 발표 형식이고, 연설은 비교적 긴 시간 동안 청중에게 말하는 데 초점을 맞춘 발표 형식이다. 스피치는 더 자유로운 양식을 따르며, 연설은 대부분 잘 구성된 문서로 발표된다.

스피치를 세련되고 우아하게 하는 방법

스피치를 세련되고 우아하게 하며 강력한 메시지와 호소력을 전달하려면 어떻게 해야 할까? 이왕 하는 스피치라면 청중들의 가슴에 진한 감동을 전해서 그들이 모두 내 편이 되도록 해야 할 것이다. 어설프거나 거칠고 맥락 없는 스피치라면 차라리 안하는 것이 나을 것이다. 형식과 내용에서 세련되고 우아하게 전달하는 한편 강력한 메시지와 호소력을 갖는 스피치를 어떻게 해야 할까?

1. **목표 설정** 스피치는 명확한 목표가 있어야 내용에 힘과 탄력이 생긴다. 발표하고자 하는 주제와 목적을 정확히 이해하고, 그 목표에 맞게 내용을 구성해야 한다.

2. **청중 이해** 청중의 관심과 필요에 맞춰 내용을 준비해야 한다. 청중의 배경, 관심사, 경험 등을 철저하게 분석한 뒤, 그들의 생각과 취향을 고려해 메시지를 전달하는 것이 중요하다.

3. **간결성** 명확하고 간결한 언어를 사용하여 중요한 내용을 강조해야 한다. 핵심 메시지를 빠르게 전달하기 위해 문장을 간단하고 명료하게 구성해야 한다.

4. **구조화** 스피치는 명확한 구조를 가져야 한다. 소개, 본론, 결론의 흐름을 잘 구성하여 청중의 이해를 돕고 구성적인 인상을 남겨야 한다.

5. 예시와 이야기 활용 강력한 스피치는 일상 예시나 이야기를 활용하여 메시지를 생생하게 전달해야 한다. 청중과 공감할 수 있는 사례를 사용하여 내용을 풍부하게 표현해야 한다.

6. 인용문 사용 유명 인용구나 명언 등을 사용하여 메시지를 강조하는 것은 스피치를 효과적으로 만드는 유용한 방법이다. 인용문을 통해 전문성을 보여줄 수 있고, 청중의 관심을 끌 수 있다.

7. 반대의견 반박 준비 청중을 설득하기 위해 반대 의견을 예상하고, 이를 감안하여 그에 대한 반박을 준비해야 한다. 대안과 대응책을 제시함으로써 청중의 의문과 반대 의견을 해소할 수 있어야 한다. 이를 통해 청중들에게 준비되고 실력 있는 강연자의 모습을 보이는 한편 주도적이고 적극적인 면모도 함께 과시하면 신뢰도가 더욱 높아질 것이다.

8. 목소리와 몸짓 스피치는 목소리와 몸짓을 통해 호소력을 높일 수 있다. 목소리의 톤, 강도, 리듬, 강세 등을 조절하여 메시지를 강조하고, 자신감과 열정을 전달해야 한다. 몸짓을 통해 표정, 제스처, 자세 등을 활용하여 스피치에 생동감을 더할 수 있다.

9. 연습과 자신감 스피치를 자신감 있게 전달하기 위해서는 반복적인 연습이 필요하다. 발음, 강세, 흐름 등을 감독하는 것은 필수적이다. 연습을 통해 자신감을 높이고, 실제 발표 시에도 부담 없이 말할 수 있도록 준비해야 한다.

10. 피드백과 개선 발표 이후에는 피드백을 받아 자기 성장의 기회로 삼아야 한다. 청중의 반응, 리더의 조언 또는 여론을 고려하여 스피치를 개선하고 발전하는 것이 중요하다. 지속적인 개선을 통해 스피치 기술을 향상시키고 초점을 맞출 수 있다.

정치와 음악을 통해 본 연설의 중요성

　연설과 음악, 정치는 같은 속성을 지닌다. 이 세 장르는 말로 나를 표현하는 스피치와 연설, 목소리를 이용한 성악으로 나를 표현하는 음악, 대중연설과 기자회견을 통해 정치현상을 설명하고 전달하면서 발음과 발성을 잘 이용하고 성과를 내야 한다는 점에서 공통점을 지닌다. 현대음악사와 정치사, 연설사를 통해 연설과 스피치, 발음과 발성이 왜 중요하고 잘해야 하는지 살펴볼 수 있다.

　1. 산업과 회의에서의 의사소통　음악은 문화의 중요한 요소로 자리 잡았으며, 음악 산업은 현대 사회에서 큰 영향력을 갖고 있다. 연설과 스피치는 회의나 의사소통에 필수적이며, 정치에서도 가장 중요한 커뮤니케이션 기능을 하고 있다. 음악 프로듀서, 아티스트, 음악 감독 등은 자신의 아이디어와 비전을 명확하게 전달하고 타인들과 원활하게 협업하기 위해 탁월한 연설과 스피치 기술이 필요하다. 정치인도 자신의 정치철학과 가치관, 정책 및 시각을 전달하기 위해 다양한 스피치, 기자회견, 간담회, 정책설명회 등을 통해 대중과 만난다. 연설과 스피치는 우리 삶 곳곳에서 긴요하고 중요하게 사용된다.

　2. 인터뷰 및 기자회견　현대사회에서는 인터뷰와 기자회견이 수시로 이루어진다. 아티스트는 자신과 자신의 음악을 세계적으로 알리기 위해 많은

언론의 주목을 받으며 다양한 기자회견과 인터뷰를 수시로 한다. 이러한 상황에서 잘 준비된 연설과 스피치 기술은 아티스트가 자신의 의견을 효과적으로 전달하고 매체와 대중과의 관계를 강화하는 데 도움이 된다. 정치도 마찬가지다. 정치인은 자신과 자신의 정치활동 및 정책에 대해 국내외적으로 널리 알리기 위해 많은 언론과 소통하고 설명회를 갖는다. 이러한 상황에서 잘 준비된 연설과 스피치 기술은 정치인이 자신의 의견을 효과적으로 전달하고 매체와 대중과의 관계를 강화하는 데 도움이 된다.

3. 라이브 퍼포먼스 및 공연 현대 음악은 주로 라이브 공연을 통해 대중과 소통한다. 아티스트는 라이브 퍼포먼스 중에 관객과 소통하고, 자신의 음악에 대해 설명하는 스피치를 할 수 있어야 한다. 이를 통해 관객은 아티스트의 음악을 이해하고 공감할 수 있게 되며, 연설과 스피치 기술은 공연의 품질과 효과를 높이는 데 도움을 준다. 정치인도 마찬가지다. 매일 최고위원회, 원내대책회의, 기자회견, 전당대회 등이 열리고, 여기서 정치인들은 자신이 가진 정치철학과 정책, 비전을 설명하면서 대중의 지지를 획득한다. 청년 김대중도 사자후와 같은 연설로 40대 기수론을 이끌었고, 무명의 정치인이었던 버락 오바마도 전당대회 연설로 일약 스타로 떠오른 뒤 미국의 첫 흑인 대통령이 됐다.

4. 팬과의 상호 작용 현대 음악 아티스트들은 소셜 미디어를 통해 자주 팬들과 상호작용을 한다. 연설과 스피치 능력은 아티스트가 팬들과의 상호작용을 하고, 팬들에게 감사와 지지를 표현하는 데 도움을 준다. 이러한 상호작용은 아티스트의 팬들과의 관계를 강화하고, 긍정적인 이미지를 형성하는 데에 중요하다. 정치인들도 마찬가지다. 자신의 정책과 의정활동을 널리 알리기 위해 SNS 계정을 활용해 널리 홍보하고, 개인 유튜브 계정을

만들어 다양한 홍보영상을 올린다. 이를 통해 국민들의 지지를 확보하고, 핵심 지지층과 소통을 함으로써 정치인으로서의 위상과 인지도를 넓혀나가고 있다.

5. 리더십 및 영향력   현대사회에서 대중적 성공을 거두기 위해서는 리더십과 영향력이 필요하다. 뛰어난 연설 및 스피치 기술은 언어적인 창의성과 표현력을 강화시키면서, 아티스트나 정치인들이 인생의 의미를 전파하고 다른 사람들에게 영향력을 끼칠 수 있게 해준다.

요약하자면, 현대 음악사와 정치사에서 연설과 스피치는 의사소통, 인터뷰 및 기자회견, 라이브 퍼포먼스 및 공연, 정치적 이벤트, 전당대회와 투표, 팬과의 상호작용, 리더십 및 영향력을 강화하는 데 매우 중요하다. 잘 준비된 연설과 스피치는 아티스트와 정치인들이 자신의 음악과 정치 이야기를 더욱 효과적으로 전달할 수 있게 도와준다.

정치에서 연설과 스피치가 왜 중요하고 잘해야 하는지는 두말할 필요도 없을 것이다. 말과 연설을 못하는 사람이 정치인이 된다는 것은 생각할 수도 없기 때문이다. 유권자와 만나서 대화하고, 유세장에서 대중연설을 하고, 국회 본회의와 상임위 회의에서 발언하고, 소통관에서 기자회견을 하는 것이 정치의 일상이기 때문이다. 정치인이 되기 위해서는 동서양을 불문하고 연설과 스피치 능력을 갖추어야 한다. 정치에서 가장 중요한 필수요소인 셈이다.

정치에서 연설과 스피치는 다음과 같은 이유와 관점에서 중요하고 잘해야 한다.

1. 유권자와의 연결 정치인은 유권자들에게 자신의 정책과 비전을 명확하게 전달해야 한다. 잘 구성된 연설과 스피치는 유권자들과의 연결을 강화하고, 자신의 의견을 전달하는 데에 도움을 준다.

2. 정책 제안과 설득 정치인은 정책을 제안하고 사람들을 설득해야 한다. 효과적인 연설과 스피치는 정책에 대한 이해도를 높이고, 듣는 이들에게 설득력 있는 논거를 제시함으로써 정책의 성공적인 구현을 도모할 수 있다.

3. 대중감성 형성 대중의 감정과 의식을 형성하는 것은 정치 활동의 중요한 부분이다. 연설과 스피치는 힘 있는 이야기 구성과 감정적인 연결을 통해 대중에게 감동을 주고, 자신의 가치와 목표에 대한 신뢰를 구축한다.

4. 정치적 대화와 협상 정치는 다양한 이해관계자들 간의 대화와 협상의 과정이다. 연설과 스피치는 다른 정치인 및 이해관계자들과의 대화와 협상에서의 효과적인 의사소통을 돕는다. 이를 통해 협상력을 향상시키고, 필요한 지지와 협력을 얻을 수 있다.

5. 연설을 통한 이미지 관리 국민들의 인지도와 유명세로 먹고 살아야 하는 정치인의 이미지는 매우 중요하다. 연설과 스피치는 인식 개선과 이미지 관리에 도움을 준다. 강조하는 키워드와 언어 선택, 톤 및 목소리의 사용은 정치인의 이미지를 형성하고 강화할 수 있는 강력한 수단이다.

6. 진보적인 변화 연설과 스피치는 사회적 변화를 이끄는 데에도 중요한 역할을 한다. 비판과 갈등을 통해 문제를 제기하고, 진보적인 변화와 개혁을 위한 힘을 발휘할 수 있다.

7. 정치적 리더십 대중의 지지와 신뢰를 얻으려면, 정치인은 리더십을 보여주어야 한다. 강력하고 타격적인 연설과 스피치는 리더십의 징표로 인식

되며, 사회적 변화 및 문제 해결을 위한 방향을 제시할 수 있다.

8. 역사적 가치 전달   연설과 스피치는 정치인이 사회와 국가의 역사와 가치를 전달하는 강력한 수단이다. 올바른 방식으로 사용하면 역사적 장면에서의 리더십을 발휘하고, 큰 지도자로서 국민들에게 강력한 영감을 심어줄 수 있다.

9. 함께 일하는 능력 강화   연설과 스피치는 다른 정치인과의 협력과 팀워크를 강화하는 데에도 도움을 준다. 효과적인 의사소통과 토론 기술은 팀워크를 강화하고, 다양한 관점을 존중하면서도 공동의 목표를 달성하는 데에 도움을 줄 수 있다.

10. 유권자 참여 유도   대중들에게 유권자로서 참여하는 중요성을 이해시키는 것은 민주주의의 핵심이다. 정치인은 연설과 스피치를 통해 유권자들에게 참여의 중요성을 강조하고, 정치 과정에 더 많은 관심과 참여를 유도할 수 있다.

정치에서 잘 준비된 연설과 스피치는 유권자와의 연결, 정책 제안과 설득, 대중 감성 형성, 정치적 대화와 협상, 인식 조작과 이미지 관리, 진보적인 변화를 이끄는 역할, 정치적 리더십, 역사적 가치 전달, 함께 일하는 능력 강화, 유권자 참여 유도 등 다양한 측면에서 중요하다. 이를 통해 정치인은 자신의 이념과 목표를 효과적으로 전달하고, 사회적 변화와 진보를 위한 리더십을 발휘할 수 있다. 연설과 스피치를 잘 활용하는 정치인은 현실정치에서 큰 성과를 거둘 수 있을 것이다.

실전 연설에서 주의할 점

선거가 다가오면 실전 연설과 스피치를 하는 경우가 많다. 예민하고 민감한 현안이 많은 실전 연설에서 주의할 점과 피해야 할 점은 어떤 것이 있을까?

유세 현장이나 현장 회견, 언론인들의 돌발질문에 따른 현장 기자회견 등에서 답변하다 보면 실수하는 경우를 자주 보게 된다. 실전 연설과 스피치를 할 때 주의할 점과 피해야 할 사항을 염두에 두고 성공적인 연설과 스피치를 어떻게 하면 좋을까?

1. 명확한 목표 설정　연설이나 스피치를 할 때, 사전에 명확한 목표를 철두철미하게 검토하고 설정해야 한다. 목표를 설정하면 개념이나 메시지 전달이 명확해지고, 청중들에게 효과적으로 호소하면서도 나만의 페이스로 연설장의 분위기를 이끌어갈 수 있다.

2. 청중 분석　청중의 관심사, 배경, 지식수준 등을 철저하게 분석해야 한다. 이를 통해 연설의 내용과 스피치의 스타일을 최적화한 뒤 나만의 스타일로 말하기에 나서야 한다. 예를 들면, 학생들을 상대로 연설을 할 때는 학업과 진로에 관련된 사례와 해결책에 초점을 맞추고, 수해 주민들에게는 위로와 함께 어떤 복구가 이뤄지고, 경제적 지원이 이뤄질지 자신의 권한 내에서 적절하게 답변해야 한다.

3. **강조하는 포인트 설정** 연설이나 스피치에서 강조하고자 하는 메시지나 포인트를 명확히 설정해야 한다. 명확한 강조 포인트를 설정하면 청중이 메시지를 쉽게 이해하고 기억할 수 있다. 애매모호하고 정확한 해법이 보이시 않으면 하나마나한 행사로 치부되기 쉽다.

4. **간결하고 명확한 언어 사용** 간결하고 명확한 언어를 사용해 청중들이 이해하기 쉽도록 해야 한다. 너무 복잡하거나 전문적인 용어는 피해야 한다. 간결하고 쉽고, 명확한 언어를 사용하면 청중의 관심을 끌고 깊은 인상을 남길 수 있다.

5. **청중과의 상호작용** 연설이나 스피치에서는 반드시 청중과의 상호작용을 고려해야 한다. 예를 들어, 현안에 대한 질문을 던져 청중들과 대화 형식으로 진행하거나, 청중들에게 참여를 유도하는 방법, 청중과 눈을 맞추며 그들의 반응에 따라 강약과 속도, 내용을 조절하면 성공적인 행사가 될 수 있다.

6. **목소리 톤과 속도 조절** 목소리의 톤과 속도는 연설이나 스피치의 효과를 크게 좌우한다. 목소리를 적절히 조절하여 억양과 강도, 속도를 변화시키면 청중들의 관심을 끌 수 있다.

7. **신체 언어 활용** 신체 언어는 연설이나 스피치에서 매우 중요한 역할을 한다. 자세, 제스처, 눈빛 등을 활용하여 청중들과의 강한 연대의식을 형성하고, 메시지를 강조하는 효과를 내야 한다. 손동작을 적극 활용하고, 가끔은 장소를 이동해 청중 속으로 들어가거나 박수 등을 유도하면 좋다.

8. **연습과 준비** 실전 연설이나 스피치에서는 충분한 연습과 준비가 필요하다. 연습을 통해 내용에 대한 자신감을 키우고, 피드백을 받아 개선할 수 있다. 너무 인위적인 느낌이 나지 않으면서도, 사전 리허설과 연습을 통

해 매끄럽게 진행되도록 철저하게 준비해야 한다.

9. 시간 관리   연설이나 스피치에서 시간을 효과적으로 사용하기 위해 목차를 준비하고 연습하는 것이 필요하다. 시간을 잘 관리하면 청중들의 집중도를 높일 수 있다. 키워드를 적절하게 준비하면, 혹시 생기는 돌발상황에서도 자신이 의도한 내용과 형식을 모두 소화할 수 있다.

10. **자신의 개성과 특성, 진면목 드러내기**   연설이나 스피치에서 자신의 진면목, 즉 개성과 특성을 드러내는 것도 중요하다. 너무 과장되거나 너무 인위적이고 가짜 냄새가 나는 느낌의 연설보다는 자연스럽고 솔직한 말투로 대화하는 것이 좋다. 대신 철저하게 준비되고 기획됐으며, 리허설을 통해 받은 피드백을 반영해 최고의 성과를 내아 한나.

돌발사고가 나기 쉽고 진부해지기 쉬운 게 실전에서의 연설이다. 따라서 스피치를 철저하게 재미있게 준비하고 진행해야 나에 대한 지지와 신뢰를 높일 수 있다. 각각의 상황에 맞게 적절한 전략을 선택하여 청중들과 더 강한 연대의식과 연결고리를 형성하면 소기의 성과를 거둘 수 있을 것이다.

정치의 최종병기 '연설'

　정치인들에게 연설과 스피치, 대중과의 소통은 가장 중요한 성공요소다. 수많은 기자회견, 본회의 대정부질문, 상임위 현안질의, 언론 인터뷰, 현장대담 등에서 이야기를 해야 한다. 수많은 정치인이 말을 통해 큰 인물이 된 반면, 설화를 입고 오명 속에 역사 바깥으로 사라진 정치인도 많다. 정치인은 성공적인 말하기를 해야 자신의 직무와 소임을 다할 수 있다.

　정치인은 자주 국회 정론관 기자회견, 성명 발표, 정당 입장 설명, 백그라운드 브리핑, 지역구 연설과 스피치, 각종 축사와 건배사 등 수많은 연설을 해야 한다. 이들의 연설과 스피치는 다음과 같은 특징을 갖는다.

　1. 정책안 및 비전 전달　정치인들은 연설과 스피치를 통해 자신의 정책안과 비전을 청중들에게 전달한다. 이를 통해 투표자들에게 자신의 정체성과 목표, 철학과 가치를 명확하게 보여줘야 한다. 말을 통해 나라를 운영하고 정책을 실현하고, 국민과 소통하는 것이다.

　2. 설득과 감동　정치인들은 연설과 스피치를 통해 투표자들을 설득하고 감동시켜야 한다. 그래야 정치인을 따르는 국민과 지지그룹이 생기고, 이들의 열렬한 성원과 지지를 바탕으로 정치력을 키운다. 흔히 말하는 팬덤이 없는 정치인은 중요한 인물로 성장할 수 없다. 강력한 논리와 감정을 이용하여 청중들의 마음을 움직여야 지지를 얻을 수 있다. 김대중, 김영삼, 노

무현, 이재명 등 시대를 이끈 정치인들은 핵심 지지그룹이 강력했다.

3. 대중 커뮤니케이션   정치인들의 연설과 스피치는 대중 커뮤니케이션의 핵심이다. 이를 통해 정치인들은 광고나 인터뷰 등으로 전달하기 어려운 메시지를 직접 투표자들에게 전달할 수 있다. 특히 SNS와 유튜브 등 다양한 소통창구가 열리면서, 과거 신문과 방송으로 대표되던 커뮤니케이션 창구가 다변화되고 있다. 이를 적극 활용하면, 성공의 길을 훨씬 빨리 열 수 있다.

4. 비판과 반론에 대한 적극 대응   상대 정당이나 정치인이 음해하거나 허위 선동 소식을 흘리면 언론은 그대로 받아쓰는 경우가 많다. 검찰이 잘하는 수법이다. 정치인들은 긴급 기자회견, 유튜브와 SNS 등을 활용한 연설과 스피치를 통해 자신을 비판하거나 반론하는 의견에 대해 대응하는 길이 있다. 과거에는 속수무책으로 당하던 일이 이제는 달라진 정치 환경에서 나를 대변할 수 있다. 이를 통해 정치인들은 자신의 입장을 더욱 효과적으로 주장하고, 반론하거나 해소할 수 있다. 문명의 이기를 활용함으로써 큰 도움을 얻을 수 있게 된 것이다.

5. 리더십 강조 및 부각   정치인들은 연설과 스피치를 통해 자신의 리더십을 강조하고 부각할 수 있다. 정치인은 유권자들에게 자신이 국가나 지역을 이끌어나갈 자격과 능력을 보여줌으로써 신뢰를 얻어야 한다. 자신의 철학과 비전, 가치와 정책, 실제 활동을 가감 없이 보여주고 국민의 신뢰를 얻어야 한다.

6. 대중이 쉽게 이해하는 언어 사용   정치인들은 연설과 스피치에서 대중이 쉽게 이해할 수 있도록, 쉽고 편안한 언어를 사용해야 한다. 전문 용어보다는 일반 대중들이 쉽게 이해할 수 있는 언어를 통해 메시지를 내놓아야 전

달력이 높아진다. 짧고 단순하고 편한 메시지를 유권자의 뇌리에 심어줄 수 있어야 한다.

7. 신뢰 구축 정치인들은 연설과 스피치를 통해 유권자 및 지역구민들과의 신뢰를 구축해야 한다. 이들은 일관된 메시지와 성실한 태도를 보이며, 신뢰를 통해 지지를 얻으려고 노력해야 한다. 유권자들에게 군림하거나 거들먹거리는 순간, 그 정치인의 인생은 마감된 것과 다름없다.

8. 현안에 대한 적극 대처 정치인들은 연설과 스피치를 통해 현재의 이슈나 문제에 대한 대처 방안을 제시해야 한다. 정치인은 유권자들에게 자신이 문제를 심각하고 중요하게 인식하고 있으며, 이를 해결하기 위해 노력하고 있음을 자주 보여줘야 한다. 내 편이 되어주지 않는 정치는 죽은 정치다. 159명의 사망자가 난 용산 이태원 헬로윈참사에 대한 정치권의 대응이 이를 잘 보여준다.

9. 강력한 표현력이 담긴 메시지 정치인들은 연설과 스피치에서 강력한 표현력을 발휘해야 한다. 이들은 감정을 자극하는 단어나 표현, 비유 등을 사용하여 청중들의 관심을 끌고, 메시지를 강조한다. 평범하면 관심을 끌 수 없고, 해결책이 없는 극단적인 비난은 도리어 자신에게 화살이 되어 돌아온다.

10. 마케팅 요소 적극 활용 정치인들은 연설과 스피치에서 마케팅 요소를 적극 활용해야 한다. 이들은 청중들의 관심을 끌기 위해 스토리텔링과 스토리두잉, 스토리리빙 기법을 활용하는 한편 강조 포인트, 메시지 반복 등을 사용하여 자신의 메시지를 적극 강화해야 한다.

정치인들은 연설과 스피치를 통해 자신의 정치적 목표를 이루고, 유권자들의 지지를 획득해야 한다. 이 같은 요소를 적극 활용해 효과적인 연설과 스피치를 준비하고 구사함으로써 대중의 지지를 지속적으로 획득해 나가야 한다.

극적인 효과와 긴장감을 높이는 법

연설과 스피치를 할 때 어떻게 하면 극적인 긴장감과 감동의 효과를 낼 수 있을까? 이왕 연단에 서는 김에 극적인 긴장감과 효과를 내면서 국민들의 사랑을 받을 수 있다면 얼마나 좋겠는가? 감동 가득한 연설을 하는 방법을 예시와 함께 살펴보자.

1. 개인적 경험 공유   청중들과 근접한 경험을 공유하여 감정적인 공감을 유도할 수 있다. 예를 들어, "저도 어려움을 겪었던 적이 있습니다. 그리고 그 어려움을 극복하기 위해……"와 같은 말로 시작해 개인적인 이야기를 전달하는 것이 큰 효과로 이어질 가능성이 크다.

2. 강렬한 비유와 메타포 사용   강렬하고 생생한 비유와 메타포를 사용하여 청중의 상상력을 자극하는 동시에 강한 이미지를 전달할 수 있다. "우리는 자유의 날개로 높이 날아가며, 꿈들을 현실로 만들어야 합니다."

3. 목표에 대한 명확한 설명   청중이 왜 그 목표를 달성해야 하는지를 명확하게 설명하는 것이 중요하다. 추상적인 목표보다는 구체적인 사례와 결과를 제시하여 청중들의 흥미를 유발하는 것이 좋다.

4. 감정적인 강조   연설과 스피치에서는 감정을 자극하여 청중들이 강한 공감을 느낄 수 있도록 하는 것이 중요하다. 예를 들어, "우리 앞에는 엄청난 기회가 있습니다. 그 기회를 놓칠 순 없습니다. 우리는 한 몸으로 싸워

야 합니다!"

5. 스토리텔링 이야기와 스토리는 청중의 관심을 끌고 기억에 오래 남게 할 수 있는 강력한 도구이다. 생동감 있는 스토리를 통해 메시지를 전달하고 청중들의 마음을 움직일 수 있다.

6. 강인한 자세와 목소리 연설과 스피치에서 자신감과 경쾌한 에너지를 전달하기 위해 강인하고 자신 있는 자세와 강한 목소리를 사용하는 것이 좋다. 청중들에게 자신의 열정과 역동성을 전달할 수 있다.

7. 강조 포인트 청중의 관심을 집중시킬 수 있는 강조 포인트를 사용하는 것이 좋다. 예를 들어, "가장 중요한 것은 성공을 향한 열정입니다. 그 열정을 잃으면 우리는 앞으로 나아갈 수 없습니다."와 같은 열정에 대한 강조는 연설에 에너지와 힘을 실어준다.

8. 리듬과 반복 반복은 청중들이 메시지를 기억할 수 있도록 돕는 중요한 요소다. 강조하고자 하는 핵심 메시지를 여러 번 반복하여 청중들의 기억에 남도록 해야 한다.

9. 강력한 시작과 마무리 연설과 스피치의 시작과 마무리는 매우 중요하며, 청중들의 주의를 최대한 집중시키는 데 도움이 된다. 힘이 실린 강력한 첫 문장과 강조 포인트를 마무리로 활용해 인상 깊게 마무리하면 좋다.

10. 명확하고 직설적인 언어 간결하고 직설적인 언어를 사용하여 청중들이 메시지를 쉽게 이해할 수 있도록 해야 한다. 복잡한 용어나 길고 복잡한 문장 대신 명료하고 간결한 문장으로 메시지를 전달하는 것이 바람직하다.

이러한 방법들을 적절히 조합하여 힘 있고 효과적인 연설과 스피치를 실현할 수 있다.

마지막에 관객의 환호를 이끌어내는 법

대중 연설에는 다른 형태의 의사소통과 마찬가지로 '누가 무엇을 누구에게 어떤 방법으로 어떤 효과를 가지고 말하는가'라는 다섯 가지 요소가 있다. 연설의 목적은 단순한 정보를 전달하는 것부터 사람들로 하여금 행동을 하게 동기를 유발하거나, 단순히 이야기를 들려주는 것까지 다양하다.

훌륭한 연설자는 단순히 정보를 알려주는 것이 아니라, 청중의 감정을 바꿀 수 있는 능력이 있어야 한다. 연설은 공동체의 대화라고 여겨진다. 개인 간 의사전달과 연설은 몇 가지의 부분을 가지고 있는데, 그것은 유기유발 연설, 리더십/개인 개발, 업무, 고객 서비스, 대규모 그룹 의사소통, 대중 의사소통이다.

연설은 효율적으로 전달되기 위해 다양한 방법과 기법을 사용하며, 성공적인 연설은 대개 아래와 같은 5가지 중요한 요소를 갖추어야 한다. 연설의 5대 요소를 자세하게 예시와 함께 알아보자.

1. 주제   연설의 주제는 명확하게 정의되어야 한다. 대중이 이해하기 쉽고, 연설자가 전달하고자 하는 메시지를 잘 나타내는 주제가 좋다. 연설의 주제는 연설자가 다루고자 하는 중심 아이디어 또는 메시지라는 점을 고려해야 한다. 예를 들어, "환경보호의 중요성"이라는 주제로 연설을 할 수 있다.

2. 목적 연설의 목적은 주제와 연관되어 있다. 연설자가 대중에게 전달하고자 하는 메시지나 목표가 명확해야 한다. 연설의 목적은 연설자가 원하는 결과 또는 효과라는 점을 명심하자. 예를 들어, "환경보호 의식을 확산시키기 위해 사람들에게 올바른 정보와 동기부여를 제공하고자 한다."라는 목적을 가질 수 있다.

3. 청중 연설의 중심에는 늘 청중이 있다. 연설자는 청중의 특성과 관심사를 잘 파악하여, 그들이 이해하고 수용할 수 있는 내용으로 연설을 구성해야 한다. 연설의 청중은 연설을 듣고 이를 세상에 전파하는 역할을 하는 사람들이라는 점에서, 연설자는 청중을 고려하여 연설을 준비해야 한다. 예를 들어, "대학생들을 위한 환경보호 연설"이라면 청중은 대학생들이 될 수도 있다.

4. 구성 연설은 구성이 치밀하고 꼼꼼하게 잘 정리되어야 한다. 시작, 본론, 결론 등의 구성이 명확하게 나뉘어져 있어야 하며, 각 부분이 서로 일관성 있게 이어져야 한다.

시작: 연설을 시작할 때에는 연설의 목적을 명확하게 전달해야 한다.

본론: 주제를 잘 다루고 논리적으로 전개하며, 예시와 증거를 활용하여 주장을 뒷받침해야 한다.

결론: 요약과 결론을 제시하고, 청중에게 강한 인상을 남겨야 한다.

5. 언어와 스타일 연설에서 사용되는 언어는 이해하기 쉽고, 대중이 공감할 수 있는 언어여야 한다. 또한, 연설 자체의 목적과 대중을 고려하여, 언어의 톤과 스타일을 조절할 필요가 있다. 연설자는 목적과 청중을 고려하여 적절한 언어와 스타일을 사용해야 한다. 예를 들어, 일반인을 대상으로 하는 연설이라면 너무 어려운 어휘보다는 쉽고 명료한 언어를 사용해

야 한다.

이러한 5대 요소를 고려하여 연설을 준비하면 청중에게 효과적으로 메시지를 전달할 수 있다.

훌륭한 연설가, 소위 명연설가는 연설의 특징과 장점을 극대화하는 다양한 특징을 대중이나 청중에게 성공적으로 전달했으며, 역사적 사례를 통해 이를 살펴볼 수 있다.

1. 자신감   명연설가는 자신감이 넘치며, 대중의 눈을 바라보며 소통하는 성공적인 연설을 한다. 예를 들어, 윈스턴 처칠Winston Churchill은 자신감과 통제력 있는 목소리로 대중에게 메시지를 전달했다.

2. 감정을 자극하는 언어   명연설가는 감정을 자극하는 언어를 사용한다. 예를 들어, 마틴 루터 킹Martin Luther King Jr. 목사는 "나는 꿈을 꾼다"라는 명대사로 대중의 감정을 자극했다.

3. 상징적인 언어   명연설가는 상징적인 언어를 사용한다. 예를 들어, 존 F. 케네디John F. Kennedy는 "우리가 무엇을 할 수 있는가 묻는 것이 아니라, 우리가 무엇을 할 것인가 묻는 것이 중요하다"라는 대목으로 대중에게 메시지를 성공적으로 전달했고, 국가정책에 대한 국민들의 신뢰와 지지를 이끌어냈다.

4. 좋은 구성   명연설가는 좋은 구성으로 짜임새 있게 구축된 연설을 한다. 예를 들어, 에이브러햄 링컨Abraham Lincoln은 게티스버그 연설에서 시작, 본론, 결론을 명확하게 구분하며, 대중의 마음을 움직였다.

5. **대중과의 상호작용**　명연설가는 대중과 상호작용하는 능력이 뛰어나다. 예를 들어, 마틴 루터 킹 목사는 워싱턴 집회에서 참석한 대중에게 질문을 하고, 큰 소리로 답변을 하도록 유도하는 등 대중과 상호작용을 하며 성공적인 세기의 명연설을 했다.

6. **전달력**　명연설가는 전달력이 뛰어나다. 예를 들어, 윈스턴 처칠[Winston Churchill]은 대중에게 강렬한 이미지를 전달하며, 대중의 마음을 움직였다.

7. **창의성**　명연설가는 창의적인 방법을 사용하여 메시지를 전달한다. 예를 들어, 스티브 잡스[Steve Jobs]는 애플 제품을 소개할 때, 최고경영자인 CEO가 대중에게 혁신을 이끈다는 이미지를 위해 패션과 함께 직접 프레젠테이션을 하는 창의적인 방법으로 제품의 특징을 설명했다.

8. **인간성**　명연설가는 서로 공감하는 휴머니즘이 있는 인간성을 보여주며, 대중과의 감정적인 연결을 이룬다. 예를 들어, 나디아 무라드[Nadia Murad]는 이슬람 국가[ISIS]에게 납치되어 성노예로 살아가던 경험을 공유하며, 대중의 이해와 공감을 얻었다.

9. **지식과 경험**　명연설가는 지식과 경험이 풍부하다. 예를 들어, 테드 케네디[Ted Kennedy]는 미국의 정치, 사회, 경제 등에 대한 지식과 경험을 바탕으로 대중에게 메시지를 전달했다.

10. **열정**　명연설가는 열정을 대중에게 전달하는 데 성공한다. 예를 들어, 윈스턴 처칠[Winston Churchill]은 대중 앞에서 열정적으로 연설을 하고 당시 국민들의 원하는 국가에 대한 자존심과 사랑을 자극함으로써, 대중의 마음을 움직였고 결국 제2차 세계대전을 승리로 이끄는 데 크게 기여했다.

말 잘하는 사람들의 특징

국내외 지도자 중 국민과의 소통, 연설, 스피치, 기자회견 등에서 탁월했던 루스벨트, 만델라, 김대중, 이재명의 말하기 특성과 기법, 효과를 10가지 관점으로 구체적인 사례와 함께 자세하게 설명하자면 아래와 같다.

1. **소통 능력** 루스벨트는 '노변담화'Fire-Side Chat라는 라디오 프로그램을 통해 국민들과 소통했다. 이 프로그램에서 그는 정책 결정과 국가 상황에 대한 설명과 함께 국민들의 의견을 듣고 공감하는 모습을 보였다. 그는 유일무이의 4선 대통령이자 소통에 뛰어난 세계적인 지도자로 위상을 공고하게 했다.

2. **에너지와 열정** 만델라는 기자회견 및 스피치에서 그의 높은 에너지와 열정을 발휘했다. 그는 자신의 열정을 통해 국민들을 감동시키고 긍정적인 영향을 끼쳤다. 27년 동안의 수감생활에서 풀려난 후 처음으로 가진 기자회견에서 그는 자신의 이념과 목표에 대한 열정을 느낄 수 있도록 열변을 토했다.

3. **에피소드 공유** 김대중은 자신의 경험들을 통해 사람들과 공감을 형성하는 데에 많은 노력을 기울였다. 그는 남북 정상회담 이후 국회에서 경험을 공유하고, 대국민 보고 연설을 하면서 많은 국민들과 세계인의 공감을 얻었다.

4. **감정적 연결** 이재명은 강력한 감정적 메시지를 통해 국민들과 연결되는 능력을 보여줬다. 그는 기본소득과 고리 사채 문제 등을 설명하면서, 자신의 정책과 목표를 국민의 일상적인 문제와 연결하여 문제 해결에 대한 열망을 공유했다.

5. **비유와 애니메이션** 루스벨트는 말하기 기술로 유명했다. 그는 주제를 이해하기 쉽도록 비유와 애니메이션을 사용하여 대중들을 흥미롭게 유도했다. 예를 들어, 그는 뉴딜New Deal 정책을 소개할 때 "정부는 아무 일 하지 않는 지붕 위의 퍼즐 조각 같아서 어디로든 이동 가능해요!"라는 비유를 사용했다.

6. **강력한 비전 제시** 만델라는 국민을 상대로 한 기자회견이나 방송 출연을 통해 국가의 비전과 목표를 국민들에게 제시했다. 그는 민주주의, 평화, 인종 평등을 강조하며 희망과 변화를 암시하는 메시지를 전달했고, 여러 인종이 화합하는 무지개국가라는 화두를 제시해 국민들을 단결시켰다.

7. **동화와 이야기** 김대중은 이야기나 동화를 통해 복잡한 문제를 단순하게 전달하는 능력을 잘 보여줬다. 그는 경험적인 이야기를 공유하며 사람들이 쉽게 이해하고 공감할 수 있는 메시지를 전달했다.

8. **강조와 반복** 이재명은 중요한 메시지를 강조하고 반복하여 임팩트를 주었다. 그는 간결하고 명확한 발언을 통해 중요한 메시지를 국민들에게 인식시키고 강조하는 데에 성공했다.

9. **영감과 동기부여** 루스벨트와 만델라는 자신의 말과 행동을 통해 국민들에게 영감과 동기부여를 하는 데 성공했다. 그들은 포용적이고 단결력 있는 리더십을 보여줌으로써 국민들에게 희망과 변화에 대한 믿음을 심어주었다.

10. 신뢰와 일관성 김대중과 이재명은 일관성 있고 정직한 메시지를 전달하여 신뢰를 구축하는 데에 성공했다. 그들은 말과 행동 사이의 일관성을 유지하고, 국민들과의 소통에서 거짓과 모순을 피했다.

이러한 말하기 특성과 기법들은 루스벨트, 만델라, 김대중, 이재명의 리더십과 말하기 스타일에서 잘 드러난다. 자신들의 조국을 위해 헌신하고 특히 국민과의 소통에 노력했던 지도자들이기에 그들의 정치철학과 실제 사례들은 효과적인 커뮤니케이션과 국민과의 소통을 촉진하는 정치를 살펴보는 데 큰 도움이 된다.

멋지게 말하는 기본은
독서와 글쓰기다

좋은 책을 읽어야 삶이 풍성해진다

인문학적인 감성은 좋은 책을 읽고 받은 감동과 다양한 학습의 결과가 자신이 살아온 삶과 결합되어 나타난다. 좋은 책은 그만큼 인간의 인생에 큰 영향을 미친다. 그렇다면 좋은 책을 어떻게 선정하고 효과적으로 읽을 수 있을까?

조선 후기의 문장가로 유명한 연암 박지원은 "많으면 많을수록 유익하고, 오래되어도 폐단이 없는 것은 독서뿐"이라며 독서의 중요성을 강조하곤 했다. 50이 넘어서야 첫 벼슬을 지낸 비주류 실학자였던 연암은 격식에서 벗어난 자유로운 행동을 즐겼고, 엄청난 애주가였다. 그는 사뭇 자유로웠던 책읽기 방식의 독서법을 견지했다. 그는 사람마다 개성이 다르니 끌리는 책부터 읽을 것, 혼자보다는 친구들과 함께 모여 읽을 것, 철이 들면 읽을 테니 조급해하지 말 것 등을 언급하며, 자유롭고 편하며 기분 좋은 독서를 권장했다.

1. 주제 선정 자신이 관심을 가지거나 배우고 싶은 분야의 주제를 선택하는 것이 중요하다. 주제에 대한 관심과 열정이 있을 때, 책을 읽는 동안 흥미를 잃지 않고 더욱 정성을 기울여 책을 읽을 수 있게 한다. 자신의 관심주제와 맞지 않고, 지루하거나 읽는 속도가 느려지면 중간에 포기하는 경우가 생긴다. 관심이 가는 적합한 주제의 책을 골라야 한다.

2. **평가 및 리뷰** 책을 선택하기 전에 독자들의 평가와 리뷰를 참고하는 것이 도움이 된다. 온라인 서점이나 도서관 웹사이트에서 다른 독자들의 생각과 평가를 확인해보면 좋다.

3. **작가의 신뢰성** 작가의 신뢰성과 전문성을 고려해야 한다. 작가의 경력, 학력, 연구를 조사해보거나 이미 알고 있는 작가의 다른 작품들을 읽어보는 것도 좋은 방법이다.

4. **책의 내용과 목표** 책의 목표와 내용을 파악할 필요가 있다. 책의 목적과 내용이 자신의 목표와 관련이 있는지 살펴보고, 자신이 얻고자 하는 정보와 방향성에 맞는지 확인해야 한다. 목표와 방향성이 일치하면, 자신에게 유용하고 도움이 된다는 생각에 책에 몰입힐 수 있다.

5. **독서 환경 조성** 독서 환경을 조성해 집중력을 높일 수 있다. 조용한 장소에 앉아 휴대폰이나 기타 다른 소리들이 나지 않도록 하고 독서에 집중해보라. 편안한 자세와 밝은 조명, 좋은 공기 흐름이 있는 곳에서 독서하는 것은 인생에서 가장 큰 즐거움이 될 것이다.

6. **독서 스케줄** 독서 시간을 일정하게 계획해 독서 습관을 형성하면 좋다. 일정한 독서 시간을 가져야 책 읽기가 일상적인 습관이 되어 효과적으로 읽을 수 있다.

7. **기록과 메모는 독서의 힘** 책을 읽으면서 중요한 내용을 강조하거나 메모를 하면 도움이 된다. 중요한 아이디어와 표현, 인용문 등을 찾아 기록해두면, 나중에 참고할 수 있다.

8. **독서그룹 참여** 동료 독서그룹에 참여하거나 동일한 책을 읽고 토론할 수 있는 독서 파트너를 만들면 좋다. 읽은 내용을 함께 나누고 소통하며, 다른 사람의 의견을 듣는 것은 책을 더 깊이 이해하는 데 도움이 된다. 독

서모임에 참여하면 사회적 활동과 인간관계 네트워크도 확장할 수 있다.

9. 독서 속도 관리 자신의 독서 속도를 관리하고 조절하는 것도 중요하다. 너무 빠르게 읽으면 내용을 이해하지 못할 수 있고, 너무 느리게 읽으면 흥미를 잃을 수 있다. 자신에게 편안한 속도를 찾아가며 읽기를 즐기면, 책 내용을 모두 내 것으로 만들 수 있다.

10. 적극적인 읽기 태도 책을 읽을 때 책을 사랑하는 마음으로 적극적인 자세를 갖고 읽어야 한다. 책의 내용에 대해 의문을 갖고 질문을 던지며 생각하는 것이 인문학적 책읽기다. 저자의 관점에 동의하거나 반대하는 의견을 갖고, 자신만의 세계를 만들어간다면 성공적인 독서가 될 수 있다. 책과의 관계를 상호작용으로 바라보면서, 스스로 논쟁하고 토론하는 자세로 책을 읽으면 더욱 알차고 즐거운 독서 경험을 할 수 있다.

인문학적 책읽기는 비판적 독서를 의미한다. 저자의 관점을 이해하면서도, 내가 갖는 철학과 가치관에 따라 또 다른 해석과 해법이 가능하기 때문이다. 좋은 책을 선택하고 읽을 때 더욱 효과적으로 이해하고 내 삶을 더욱 풍요롭고 알차게 채워갈 수 있을 것이다.

왜 우리 인생에 독서가 필요한가?

독서는 우리 인생을 풍요롭게 한다. 책을 통해 직접 경험하지 못한 다른 세상을 알 수 있고, 쉽게 체험하기 어려운 다양한 세상의 지식과 지혜를 배울 수 있기 때문이다. 또한 독서는 우리 인생의 다양한 변화와 위기 상황에 지혜롭고 현명하게 대처할 수 있는 힘을 준다. 독서를 열심히 해야 하는 이유다.

조선조 개혁군주로서 반대파들의 끊임없는 음모에 시달리던 정조에게 유일한 위안은 독서였다. 정조는 "독서가 가슴의 막힘과 답답함을 사라지고 흩어지게 해준다"고 말하곤 했다. 실제 그는 많은 책을 읽었고, 다독을 바탕으로 다양한 책을 저술했다. 정조는 평소 자신의 독서론에 대해 양보다는 정밀하고 치밀하게 읽는 것이 중요하고, 신기한 것을 보려고 애쓰기보다는 평상적인 것을 보아야 한다고 말하곤 했다. 정밀하고 치밀하게 읽다 보면 절로 환히 깨닫는 것이 중요하다고 했다. 평상적인 내용 중에 오묘한 이치가 들어 있다고 생각했기 때문이다. 이처럼 열정적이고 치열한 독서 사랑 덕분에 정조는 조선의 마지막 성군이자 개혁군주로 많은 존경을 받고 있다.

1. **지식 획득** 독서는 다양한 주제와 분야에 대한 지식을 습득하는 가장 효과적인 방법이다. 책을 읽으며 새로운 사실과 정보를 알게 되고, 자신의

지적 호기심을 충족시킬 수 있다.

2. **언어 발달** 독서는 언어 능력을 향상시키는 데 큰 도움을 준다. 다양한 장르와 작가의 글을 읽으면서, 어휘력·문법·문장 구조 등 언어적 요소들을 향상시킬 수 있다.

3. **상상력 확장** 책을 통해 상상력을 자극하고 확장시킬 수 있다. 작가들의 표현력과 스토리텔링 능력을 통해 다양한 상상의 세계를 탐험하고 경험할 수 있다.

4. **감수성 향상** 문학 작품들은 다양한 인간 감정과 사람들의 심리를 깊이 있게 다룬다. 독서를 통해 여러 상황과 인물들의 감정을 체험하고 이해하는 데 도움을 줄 수 있다.

5. **창의력 향상** 독서는 창의력을 키워주는 데 중요한 역할을 한다. 새로운 아이디어와 관점을 발견하고, 다양한 사고방식을 경험하여 창의적 문제해결 능력을 키울 수 있다.

6. **스트레스 해소** 독서는 스트레스를 해소하는 데 도움을 준다. 책을 읽으면서 현실에서 벗어나 여유 있고 편안한 시간을 보낼 수 있다. 또 마음을 안정시키고 긴장을 풀어주는 효과가 있다.

7. **일상으로부터의 휴식** 독서는 일상에서 벗어나 새로운 세계와 이야기에 몰입할 수 있는 기회를 제공한다. 힘들거나 지루한 일상에서 잠깐의 휴식을 취하며 현실을 잊고 충전할 수 있다.

8. **자아 발견** 독서를 통해 자신과의 대화를 나눌 수 있다. 다양한 이야기와 인물들을 통해 자기 자신을 알아가고, 자아를 발견하고 성장하는 계기가 된다.

9. **문화 이해** 독서는 다른 문화와 사회에 대한 이해를 넓히는 데 도움

을 준다. 다양한 문명권의 작가들의 작품을 통해 다른 문화들의 가치·역사·전통 등을 알아볼 수 있다.

10. 삶의 지혜 습득   독서는 삶에 대한 지혜를 습득하는 데 도움이 된다. 성공과 실패, 사랑과 우정, 도덕과 윤리 등 다양한 주제를 다루는 책들을 읽으면서 더 나은 삶을 살아가는 영감을 얻을 수 있다.

지혜롭고 알찬 독서 방법은 무엇인가

우리 인생을 알차고 풍요롭게 하는 독서를 지혜롭고 현명하게 하면 더욱 좋은 성과를 거둘 수 있다. 특히 책을 읽을 때 효과적이고 효율적인 나만의 독서법을 가진다면, 훨씬 더 의미 있고 성과 있는 책읽기를 할 수 있을 것이다.

가장 먼저 다산 정약용의 독서법을 참고하면 어떨까? 다산은 당대의 손꼽히는 수재이자 독서로 익힌 방대한 지식으로 각종 경제서·의학서·지리서·형법이론서·국어연구서·아동용 교재 등을 저술했다. 청년기에 접했던 서학西學으로 인해 장기간 유배생활을 한 그는 유배기간 동안 자신의 학문을 더욱 연마해 육경사서六經四書에 대한 연구를 비롯해 일표이서一表二書, 경세유표經世遺表, 목민심서牧民心書, 흠흠신서欽欽新書 등 모두 500여 권에 이르는 방대한 저술을 남겼고, 이 저술을 통해서 조선 후기 실학사상을 집대성한 위대한 업적을 남겼다.

다산은 척박한 귀양지에서 편지를 띄워 자식들에게 "독서, 이것이야말로 인간 세상의 가장 맑은 일이다"라고 하며 독서를 권하곤 했다. '과골삼천'이라는 말은 다산이 유배를 간 기간 동안 책을 읽고, 공부하고 또 공부하다가 복사뼈에 세 번이나 구멍이 났다는 고사에서 유래했다. 다산의 끔찍하고 열정적인 독서사랑을 잘 보여준다.

다산은 책 읽기에 있어 '정독'精讀과 '질서'疾書와 '초서'抄書를 강조한 독서법을 제시했다. '정독'이란 책 한 장을 읽더라도 깊이 생각하면서 내용을 정밀하게 따져서 읽는 것이다. '질서'란 책을 읽다가 깨달음이나 의문이 있으면 잊지 않기 위해 빨리 기록하며 읽는 것을 뜻한다. 마지막으로 '초서'란 책을 읽다가 중요한 구절이 나오면 그대로 필사하는 것을 말한다.

미국인 모티머 J. 애들러가 쓴 〈독서의 기술〉How to Read a Book은 독서의 범위와 방법론에 대해 비소설 서적에 대한 독서 방법으로 이해를 얻기 위한 것이 중요하다고 설명한다. 그는 독서란 책 안에 있는 내용을 가급적 많이 취득하기 위한 것이고, 이에 대해 3단계로 나누어 이해해야 한다고 설명한다.

첫째, 구조적 단계로 책이 구조와 목적을 이해하는 것으로 기본 주제와 형식을 결정하는 것이다. 둘째, 번역 단계로 저자의 논증을 구조화시키는 것이다. 저자가 사용하는 특정 어휘와 용어를 찾아내어 그가 주장하는 전제조건을 파악하는 단계이다. 셋째, 분석하는 단계로 책을 비평하는 것으로 저자 수준의 이해를 요구한다. 책 전체가 가진 장점과 정확성을 따지고, 저자의 논증이 과연 옳은지 판단한다.

1. **독서 목표 설정** 독서 목표를 설정하고 읽고자 하는 주제나 장르에 집중하는 것은 읽기를 더욱 몰입도 있게 만들어 준다. 목표를 세우고 계획적으로 읽어나가는 것이 독서의 집중력을 높여준다.

2. **독서 시간 확보** 일정한 독서 시간을 확보하여 일상 속 독서 습관을 길러보자. 매일 조금이라도 독서 시간을 가지는 것이 중요하다. 새벽 2시간, 점심식사 후 1시간, 저녁 취침 전 2시간 등 사각지대의 시간을 활용해 효율도 높아지고, 삶도 짜임새가 커진다.

3. **관심 있는 주제 선택** 자신이 흥미와 관심을 갖는 주제나 장르의 책을 선택하는 것이 좋다. 현재의 지식과 관심사를 넓혀줄 수 있으며, 독서의 지속성도 높여준다.

4. **독서록 작성** 읽은 책에 대한 독서록을 작성하면, 독서 경험을 기록하고 되돌아보는 기회를 가질 수 있다. 이를 통해 자신의 생각과 인상을 정리하고 기억에 남는 내용들을 되새길 수 있다.

5. **독서 모임 참여** 독서 모임에 참여하면 책에 대한 감상을 나누고 토론할 수 있는 기회를 갖게 된다. 다양한 관점을 들을 수 있으며, 책을 더 깊이 있게 이해할 수 있다. 인간관계의 폭도 넓어지고, 중도에 포기하지 않고 계속해서 읽을 가능성이 커진다.

6. **다양한 장르 읽기** 다양한 장르와 스타일의 책을 읽어보자. 소설, 에세이, 역사, 과학, 자기계발 등 다양한 장르들을 접하면서 새로운 지식과 시각을 얻을 수 있다.

7. **독서 동기 부여** 자신에게 책을 읽는 동기를 부여하기 위해 독서와 관련된 명언, 인용구, 글귀 등을 읽어보면 더욱 독서에 몰입할 수 있다. 독서의 중요성이나 독서로 얻을 수 있는 이점들에 대한 생각을 공유하는 인용구 등은 독서의 동기를 부여해 줄 수 있다.

8. **적극적인 독서 습관 만들기** 책을 읽는 것을 적극적인 활동으로 생각하면 내 삶의 지평이 넓어진다. 읽으면서 생각하고, 메모하고, 질문하고, 정보를 찾는 등 독서를 더욱 활동적으로 즐기는 방법을 찾아보자.

9. **독서 관련 사이트, 블로그, 유튜브 등 활용** 독서 관련 사이트, 블로그, 유튜브 등을 활용하여 다양한 책 소개, 리뷰, 작가 인터뷰 등을 접하며 새로운 책을 찾을 수 있다.

10. **비판적인 사고 기르기** 독서를 하면서 조금만 집중력을 키우면, 비판적인 사고력을 기를 수 있다. 작가의 의견을 분석하고 질문해보며 자신의 생각과 비교하고 토론해보자. 이를 통해 자신의 사고력과 분석력을 향상시킬 수 있다.

인문학 도서 읽기

　　인문학 관점에서 독서를 하는 것이 독서에는 가장 효과적이다. 독서는 수많은 철학과 가치, 세상을 사는 지혜를 주는 것이기에, 인간의 삶을 규정하고 분석하고 제시하는 인문학과의 결합은 성공적인 독서로 이어진다.

　　그렇다면 어떻게 하는 것이 인문학 관점의 독서일까? 인문학적 서사와 스토리텔링, 방법론을 통해 독서를 효과적으로 하는 방법을 살펴보자.

　　1. **문맥 이해**　작품을 읽을 때, 작가와 작품이 어떤 시대와 문화적 문맥에서 만들어졌는지 이해하려고 노력하면 도움이 된다. 작품이 어떤 역사적, 사회적 배경에서 쓰였는지 이해하면 작품의 의미와 가치를 더 잘 이해할 수 있다.

　　2. **상징 해석**　작품에서 사용된 상징을 해석하려고 노력하면 작품과 작가의 의도와 전개과정이 더 잘 파악된다. 작가가 어떤 의도로 상징을 사용했는지 생각해보고, 작품에 내포된 깊은 의미를 파악하면 큰 도움이 된다.

　　3. **자아와 아이덴티티 탐구**　작품을 통해 자아와 아이덴티티에 대해 탐구하는 것이 독서를 성공으로 이끈다. 작품의 주인공이나 다른 캐릭터들의 성격, 행동, 감정에 공감하며 자신과 관련 짓는 부분을 찾아보면 좋다. 더불어 나라면 어떻게 이런 캐릭터를 설정하고, 성격 행동 감정에 공감하게 할 것인지 상상력을 발휘한 뒤 스스로 글을 써보면 더 좋다. 나도 작가가

될 수 있다.

4. 비판적인 사고로 책읽기 자기 주도적인 사고를 끌어내기 위해 작품을 분석하고 비판적으로 사고하면 책이 더욱 분석적으로 정확하게 읽힌다. 작품의 강점과 약점을 찾아내며, 작가의 선택이나 의도에 대해 의문을 제기해보면 좋다. 물론 감성적인 인문학적 상상력에 지나치게 비판적 잣대를 들이대는 것은 작품을 이해하는 데 방해가 되기도 한다. 적절하게 그런 작품을 선정하고, 작품의 종류와 유형에 따라 감성적인 파토스, 이성적인 로고스를 달리 적용해야 한다.

5. 인간적인 감정 투사 작품을 통해 인간적인 감정을 느껴보면서, 작품의 주인공에 대해 감정이입을 해보라. 작품에 담긴 감정과 경험들은 독사의 공감과 이해를 이끌어내곤 한다. 작품이나 주인공의 생각과 행동, 결말을 통해 자신의 감정을 더 깊이 있게 이해하고 생각해 볼 수 있다.

6. 문학적 기법 이해 작품 속에 사용된 문학적 기법을 이해하고 분석하면, 글을 읽고 쓰는 힘이 생긴다. 예를 들어, 이야기의 구조, 서술 방식, 화자의 음성, 세상에 영향을 준 말과 문장 구조 등을 고려하면서 분석적으로 읽다보면, 자신의 인문학적 상상력과 해석력이 커진다.

7. 작가와의 대화 작가의 생각과 의도를 추론하며 작품과 작가와의 대화를 시도하면 독서에 힘이 생긴다. 작가가 작품에서 다루고자 하는 주제, 사회적 이슈, 인간의 본성 등에 대해 생각해보며 작가의 의도를 추측하고 분석하다보면, 세상을 관통하는 자신만의 세계관과 가치관이 절로 형성된다.

8. 다양한 해석 시도 작품에 대해 다양한 해석을 시도하면서 읽는 것이 좋다. 여러 관점에서 작품을 읽고, 서로 다른 해석을 비교하며 더 넓은 시선으로 작품을 이해할 수 있다면, 이미 성공적인 독서가 된 것이다.

9. 역사와 연계 작품이 어떤 역사적인 사건이나 시대적 변동과 연관되는지 연구하며 독서하면, 역사적 진실과 상상력을 함께 감상할 수 있다. 작품이 담고 있는 역사적 맥락을 파악하면 작품의 의미를 더욱 깊이 이해할 수 있다. 지혜롭고 실용적인 독서법이다.

10. 창작과 연계 작품을 읽을 때, 자신의 창작과 연결시키면 일거양득이다. 작품에서 얻은 영감을 자신의 글이나 예술에 적용해보면, 작품에 대한 이해도와 창의력을 함께 키울 수 있다. 이렇게 독서를 하다보면 어느새 저자나 필자가 되어있는 자신을 발견할 수 있을 것이다.

이처럼 지혜롭고 현명하게 실용적으로 작품을 읽으면, 인문학적인 독서 경험을 더욱 풍부하게 만들 수 있다.

어떻게 글을 써야 하나

글을 어떻게 잘 쓸 것인가? 일단 글의 구성방법을 이해하고, 어떻게 글을 전개할지 머릿속에서 완벽하게 정리가 되어 있어야 한다. 그럼에도 어려운 것이 글쓰기다. 붓방아만 찧는다는 표현이 그럴 때 나온다. 어떻게 하면 멋진 글을 효과적으로 쓸 수 있을까?

글의 완벽한 구성과 효과적인 글쓰기를 위해서는 한 편의 밋진 스토리텔링을 해야 한다. 구성과 기획, 집필과 퇴고 등 뼈를 깎는 고통 속에서 만들어낸 한 편의 작품은 다음과 같은 내용을 담아내야 한다.

1. 목적 설정 글을 쓰기 전에 목적을 명확히 설정해야 한다. 글의 목적은 무엇이든 될 수 있으며, 글을 통해 전달하고자 하는 메시지를 명확하게 정리해야 한다.

2. 독자 분석 글을 쓸 때는 독자를 고려해야 한다. 독자의 관심사, 배경지식, 문체 선호도 등을 고려하여 어떻게 내용을 전달할지 생각해야 한다. 독자가 글을 쉽게 이해하고 공감할 수 있도록 작성해야 한다.

3. 구조 계획 글의 구조를 미리 계획한다. 서론, 본론, 결론, 또는 기승전결과 같은 전통적인 구조를 따르거나, 다른 구조를 사용할 수도 있다. 하지만 어떤 구조를 사용하든 글이 일관성 있고 읽기 쉽도록 구성해야 한다.

4. 명확한 문장 명확하고 간결한 문장을 사용해야 한다. 복잡한 문장이

나 어려운 어휘보다는 평이하고 간단한 어휘로 쉽게 써야 한다.

5. **효과적인 단락** 글을 단락별로 구성하여 내용을 체계적으로 정리해야 한다. 각 단락은 개별 아이디어나 주제를 담고 있어야 하며, 서로 관련된 내용끼리 묶어야 한다. 또한, 각 단락은 첫 문장으로 주제를 소개하고, 나머지 문장들로 주제를 지지하거나 설명해야 한다.

6. **글의 흐름** 글을 쓸 때는 일관된 흐름을 유지해야 한다. 문단 사이와 문장 사이의 논리적인 연결고리를 작성해야 글 전체의 논리가 흐트러지지 않는다. 전환어나 과도한 반복을 피하며, 글이 일관성 있고 읽기 편하도록 매끄럽게 연결해야 한다.

7. **효과적인 예시와 이유** 주장하거나 설명할 때는 구체적인 예시와 이유를 제시해야 한다. 이를 통해 독자가 더욱 이해하기 쉽고 공감할 수 있다. 또한, 예시와 이유를 논리적으로 연결하여 글의 타당성을 높여야 한다.

8. **문체와 어투** 글의 문체와 어투는 독자와의 소통에 큰 영향을 미친다. 글의 목적과 독자를 고려하여 적절한 문체와 어투를 선택해야 한다. 공식적인 글이라면 격식 있고 직관적인 표현을 사용하고, 비공식적인 글이라면 대화체와 편안한 어투를 사용해야 한다.

9. **수정과 교정** 글을 완성한 후에는 반드시 수정과 교정을 거쳐야 한다. 문법적인 오류, 논리적인 오류, 표현의 부자연스러움 등을 찾아내고 수정하여 글의 품질을 향상시켜야 한다. 또한, 다른 사람의 피드백을 받거나 시간을 두고 다시 읽어보는 것도 글의 수준을 향상시키는 좋은 퇴고 방법이다.

10. **명료성과 간결성** 글을 작성할 때는 명료하고 간결하게 작성해야 한다. 어려운 어휘나 복잡한 구문보다는 간단한 언어와 직관적인 표현을 사용해야 한다. 필요한 정보는 최소한의 단어로 전달하고, 문장을 단순하게

구성하여 글이 효과적으로 전달될 수 있도록 해야 한다.

이 같은 글쓰기 요소를 잘 고려해 글을 구성하고 쓰면, 더욱 효과적이고 읽기 쉬운 글을 작성할 수 있다.

글의 구성법

글을 쓸 때는 어떻게 구상하고 구성할지 유형별, 특성별, 핵심요소별 등 다양한 내용으로 고민하고 써나가야 한다. 글의 구성법은 다양한 요소들을 조합하여 목적에 맞는 효과적인 글을 작성하는 것이다. 유형별, 특성별, 핵심요소별로 글의 구성법을 생각해본다.

1. 유형별 구성법

- 설명글: 주제를 명확하게 정의하고, 핵심 내용을 체계적으로 설명한다. 일반적으로 서론, 본론, 결론의 구조를 따르며, 각 파트마다 목차를 포함시키는 것이 좋다.
- 논증글: 명확한 테제(주장)를 세우고, 여러 사실과 증거를 제시하여 주장을 논리적으로 뒷받침한다. 서론에서는 주제를 제시하고, 본론에서는 주장을 설명하고 증거를 제시하며, 결론에서는 주장을 강조한다.

2. 특성별 구성법

- 서술적 글: 일련의 사건이나 경험, 관찰 등을 순서대로 서술한다. 시간적인 순서나 과정적인 순서에 유의하여 글을 작성하는 것이 중요하다. 서론에서는 배경 정보를 제공하고 목적을 제시하며, 본론에서는 핵심 사건이나 경험을 서술한다. 결론에서는 작성자의 의견이나

감정을 나타낼 수 있다.

- 비교/대조적 글: 두 개 이상의 대상을 비교하거나 대조하여 차이점이나 유사점을 분석한다. 서론에서는 대상을 소개하고 목적을 제시하며, 본론에서는 대상의 특징을 비교/대조하고, 결론에서는 비교/대조 결과를 요약한다.
- 원인/결과적 글: 어떤 원인에 따라 발생한 결과를 설명하는 글로, 원인과 결과를 명확하게 구분하여 작성해야 한다. 서론에서는 주된 원인과 결과를 제시하고 목적을 제시하며, 본론에서는 원인과 결과를 상세하게 설명하고, 결론에서는 원인과 결과의 관계를 간결하게 요약한다.

3. 핵심요소별 구성법

- 서론: 전체 글의 초점과 목적을 독자에게 알린다. 흥미를 유발할 수 있는 배경 정보, 중요한 개념 정의, 작성자의 주장 등을 포함할 수 있다.
- 본론: 주제를 세부적으로 탐구하고 분석하는 부분이다. 각각의 단락에서는 명확한 주제 문장을 세우고, 이후에는 관련 정보, 증거, 예시 등을 제시하여 주장을 뒷받침한다.
- 결론: 작성자의 의견을 강조하고, 핵심 요약을 제공한다. 주요 결과 또는 결론을 서술하여 독자에게 글의 마무리를 잘 지어준다.

이 같은 원칙과 글쓰기 방법을 생각하면서, 다양한 글쓰기 문장 기법을 염두에 두면서, 독자나 시청자들이 감동받을 효과적인 글을 작성하다 보면 큰 성취를 이룰 수 있을 것이다.

그렇다면, 글을 쓸 때 어떻게 구상하고 내용을 구성하는 것이 좋을지 예시와 함께 자세하게 살펴보자.

1. 주제 선정 여행지 추천
- 관련 키워드: 여행, 관광, 추천
2. 목적 설정 독자들에게 흥미로운 여행지를 소개하고, 관광지 선택에 도움을 주기 위함
3. 대상 독자 정하기 20~30대 여행객, 가족 여행을 준비 중인 사람들
4. 구성 기획
- 서론–여행의 중요성과 본 글의 목적 설명
- 본론–다양한 여행지 추천과 그 이유 설명
- 결론–독자들에게 가장 알맞은 여행지 선택을 도와주는 요약 제공
5. 정보 수집 여행 잡지, 여행사 웹사이트, 여행자 후기 및 평가 등 다양한 출처에서 정보 수집
6. 내용 정리 추천할 여행지 선정, 각 여행지에 대한 간략한 소개 및 특징 정리
7. 구조화
- 서론–여행의 중요성과 본 글의 목적 설명
- 본론 1–지역별 추천 여행지 소개(ex: 서울, 부산, 제주도)
- 본론 2–다양한 여행 스타일별 추천 여행지(ex: 자연 속 여행, 문화 체험 여행)
- 결론–독자들에게 가장 알맞은 여행지 선택을 도와주는 요약 제공
8. 문장 구성과 문법 확인 명확하고 간결한 문장 사용, 철자와 문법 오류

9부_ 멋지게 말하는 기본은 독서와 글쓰기다

확인

9. 매끄럽게 연결 각 섹션과 단락 사이에 매끄럽게 이어지도록 전환 문장 사용

10. 마무리 요약적이면서도 강조할 포인트를 담은 문장을 통해 글을 마무리

위의 예시들을 적용하여 글을 작성하면 독자들에게 유익하고 흥미로운 글을 제공할 수 있을 것이다. 좋은 글은 탄탄한 기획과 구성, 문장기법과 시대정신을 담은 콘텐츠 등을 통해 만들어지게 된다.

아리스토텔레스의 논증

대개 글의 구성을 '서론-본론-결론'의 3단 구성으로 생각하지만, 실제로는 아리스토텔레스 배열법인 '머릿말-진술부-논증부-맺음말' 중 논증부가 생략된 형태이다.

1. 머리말 머리말은 일명 '유혹하기' 단계다. 아무리 논리적이고 설득력 있는 글이라 할지라도 사람들이 읽지 않으면 쓸모가 없다. 그래서 서두에는 사람의 관심, 호기심을 이끌어내도록 해야 한다. 이를 위해 격언, 속담, 사자성어, 예화, 관심 있는 화제, 개념 정의, 질문 등을 이용하여 짧고 힘 있게 작성해야 한다.

2. 진술부 진술부는 논제나 논제와 관련된 사실에 대한 이야기를 하는 단계다. 현재 어떤 점이 문제가 되고 있는지, 왜 내가 이 문제를 다루고 있는지 등을 미사여구를 빼고 사실적으로 언급하고 논증부와의 연결성이 강하도록 해야 한다.

3. 논술부 논술부는 논제에 대한 자신의 견해, 즉 주장과 주장을 뒷받침하는 근거를 제시하는 단계다. 여기서는 논증법을 사용하여 설득력을 높이는 것이 중요한데, 논증법은 앞에서 다루었던 연역법, 귀납법 같은 것을 가리킨다. 논설문에서 주로 사용하는 논증법은 삼단논법의 변형 중 하나였던 '대증식'이다.

대중식은 판결문이나 외교 문서에서 모범적인 모델로, 기본 구조는 [전제1]-[전제1 증거]-[전제2]-[전제2 증거]-[결론]과 같다. 실제 사례로 들어보면 다음과 같다.

[전제1]: A강 개발은 저수용 댐을 만들려는 목적을 달성하기 어려움. 증명1: 지층이 석회암으로 구성되어 있어 저수 능력이 빈약함.

[전제2]: A강 개발로 인한 피해가 막대함. 증명2: 효과 대비 과도한 개발비에 관한 자료, 자연 환경 파괴 사례 등을 제시.

[결론]: A강 개발 계획은 철폐되어야 함.

생략삼단논법은 전제1, 전제2, 결론의 일반적인 논증 구조 중 일부를 생략하는 법칙을 말한다. 아리스토텔레스는 1.확실한 증기 2.사실일 만한 것 3. 증거가 될 만한 지표인 경우가 아닌 전제를 생략할 것을 주장했다. 이때 확실한 증거란, 보편적인 사실을 의미한다.

실례로, '한 여인이 아이를 낳았다는 것'은 '남자와의 성관계를 가졌다는 것'에 대한 확실한 증거이므로, 이것을 전제로 삼고 '남자와의 성관계를 가졌다는 것'은 생략 가능하게 된다.

사실일 만한 것이란, 일반적인 것을 의미한다. 실례로, 가택침입 없이 도난 사건이 일어난 경우 '집안사람이 범인이라는 것'은 사실일 만한 것이고, 고로 '가택침입 없이 도난 사건이 일어난 것'은 생략 가능하다.

한편 증거가 될 만한 지표란 보다 더 모호하고 확실치 않은 단서나 그것을 통해 다른 것을 이해할 수 있는 것이다. 실례로, '그는 열이 있다'라는 지표는 '그는 호흡이 빠르다'라는 것을 이해하게 해주며, '그는 호흡이 빠르다'는 생략 가능하다. 근데 실용례에서는 무엇을 생략해도 상관없다.

연쇄삼단논법은 둘 이상의 삼단논법을 모아 하나의 연결체로 만듦으로써 자신의 주장을 더욱 강조하는 논증법이다. 기본 구조는 [전제1]-[전제2]-[결론1]-[전제3]-[결론2]. [결론1]이 [결론2]의 전제 가운데 하나로 사용된 것과 같다. 실례로, 자석의 코일에 전기저항이 없으면 에너지가 열로 소모되는 일도 없으며, 초전도자석 코일에는 전기저항이 전혀 없기 때문에 에너지가 열로 소모되는 일이 없다. 이것은 에너지를 적게 들이고도 강력한 자장을 유지할 수 있다는 것을 말하며, 따라서 초전도자석의 코일은 에너지를 적게 들이고도 강력한 자장을 유지할 수 있다.

4. **맺음말** 마지막으로 맺음말은 '감동시키기' 단계로 앞에서 다루었던 내용을 다시 언급하고 요약하는 단계다. 이때 속담이나 격언을 사용하여 앞으로의 전망이나 방향을 제시하며 여운이 남도록 한다.

여기서 실수해서는 안 되는 점은 앞에서 다루었던 내용을 다시 언급하되, 그대로 반복해서는 안 되고 앞에서 다루지 않았던 새로운 문제를 제시해서는 안 된다는 것이다. 앞의 내용을 그대로 반복하면 지루함을 줄 수 있고, 새로운 문제를 제시하면 글이 끝났다는 느낌이 들지 않고 '그래서 어쩌라고?'와 같은 생각을 가지게 되기 때문이다.

그러나 이 같은 배열법으로 논리를 전개하는 것에 로마의 변론가였던 퀸틸리아누스는 다소 부족하다고 생각하고, 4단 구성을 5단 구성으로 변화시켰다. 퀸틸리아누스의 5단 구성 배열법은 기본적으로 아리스토텔레스의 배열법을 따르고 진술부와 논증부 사이에 반증부를 첨가한 형식이다. 또는 반증부를 논증부와 맺음말 사이에 넣어도 괜찮다. 전체적인 구성 단계는 '머릿말-진술부-반증부-논증부-맺음말'로 이뤄진다.

5. **반증부** 반증부는 자신의 주장과 반대되는 주장을 소개하는 단계다. 상대편의 일반적인 견해를 가볍게 인정하되, 곧바로 그것이 가진 더 큰 부

정적인 면을 언급한다. 이렇게 상대방의 주장을 소개하는 것은 두 가지 이점이 있다.

첫 번째는 설득력이 증가한다는 것이다. 반대되는 주장을 언급하면 설득력이 떨어질 것이라 생각하는 사람이 많지만 실제로는 상대방의 주장을 제시하고 이 주장의 부정적인 면을 곧바로 제시하기 때문에 처음에 나와 반대되는 생각을 가진 사람들도 '아 나의 이런 생각에는 이런 부정적인 면이 있구나.'라고 여기며 자신의 생각을 고치게 된다.

두 번째는 마음이 넓은 사람이라는 느낌을 준다. 아무리 설득력이 있더라도 자신의 주장만 내세우면 고집 세고 자신의 의견만 늘어놓는 사람이라 여기게 되어 설득력이 떨어질 수 있다. 하지만 상대방의 의견을 언급하면 '아, 이 사람은 상대방의 의견까지 고려하는 마음 넓은 사람이구나.'라는 인상을 줄 수 있다.

수사학, 말을 제대로 잘하는 리더의 학문

수사학修辭學, 즉 '레토릭'Rhetoric은 다른 사람을 설득하고 영향을 끼치기 위한 언어기법으로, 수사학修辭學으로 일컬어진다. 사전적으로는 '언어의 사용법을 연구하는 학문'으로 정의되며, 의미를 전달할 때 효과적인 문장과 어휘를 사용해서 설득의 효과를 높이기 위한 표현방법을 연구하는 학문이다. 닦을 수, 말씀 사, 학문 학, 즉 직역하면 '말씀을 닦는 학문'으로, 지도자나 정치인들은 대중 앞에서 국정이나 사회 현안에 대한 이야기를 통해 정치를 이끄는 역할을 했다. 이와 달리 미사학美辭學은 말을 아름답게 쓰는 방법을 연구하는 학문을 가리킨다.

레토릭은 '웅변의, 웅변가'라는 그리스어에서 나온 말이다. 고대 그리스의 소피스트들은 설득의 기술을 가르치기 위해 문법, 논리와 함께 수사학을 3대 학문으로 정립했다. 그러나 소크라테스와 플라톤은 수사학이 나쁜 목적으로 사용될 수 있고 진실성이 없다고 하여 이를 배격했다.

모든 수사학적 비유는 문맥 속에서 '언어적 긴장'을 불러일으키며, 그 발언은 많은 사람들의 생각에 영향을 주었다. 중세에는 인문학으로 수사학, 논리학, 기하학, 음악, 천문학 등을 배웠고, 가장 중요한 학문으로 수사학이 꼽혔다.

레토릭은 현대사회에서 긍정적인 의미로만 사용되지는 않는다. 실체 없이 껍데기만 현란한 말을 지칭할 때가 많으며, 제대로 실천이나 실행하지 않은 채 말로만 구두선에 그칠 때를 비꼬는 언어로도 사용되고 있다.

수사학을 10가지 관점에서 파악해보자.

1. 언어적 관점 수사학은 언어의 사용과 효과에 초점을 둔다. 어휘, 문법, 문맥 등 언어 요소와 언어의 특정 효과에 대해 연구한다.

2. 화자-청취자 관점 수사학은 화자와 청취자 간의 관계를 고려한다. 화자는 자신의 의견을 효과적으로 전달하고, 청취자는 메시지를 올바로 이해하고 받아들이기 위해 노력한다.

3. 주변환경 관점 수사학은 커뮤니케이션 환경의 영향에 주목한다. 시간, 장소, 문화적 배경 등이 메시지의 이해와 해석에 영향을 줄 수 있다.

4. 대중매체와 기술 관점 수사학은 매체와 기술의 사용이 커뮤니케이션에 미치는 영향을 연구한다. 대중매체의 발전과 정보통신 기술의 도입으로 커뮤니케이션 방식이 크게 변화하고 있는데, 이는 메시지의 효과에도 변화를 가져올 수 있다는 점에서 수사학은 갈수록 주목을 받고 있다.

5. 사회정치적 관점 수사학은 사회와 정치에 대한 이해와 관련된다. 커뮤니케이션은 사회적 영향력과 권력 구조를 형성하고 유지하는 데에 중요한 역할을 한다.

6. 문화적 관점 수사학은 문화적 차이와 다양성을 고려한다. 언어와 문화는 깊은 연관성이 있으며, 서로 다른 문화 간의 커뮤니케이션에서도 중요한 요소로 작용한다.

7. 윤리적 관점 수사학은 커뮤니케이션의 윤리적 측면도 다룬다. 메시지의 효과, 미디어의 사용, 화자의 도덕적 책임 등에 관심을 갖는다.

8. 감성과 감정의 관점 수사학은 감성과 감정이 커뮤니케이션에 미치는

영향을 연구한다. 어떻게 감정이 메시지의 해석과 효과에 영향을 주는지를 이해하려고 노력한다.

9. 효과와 영향력 관점　수사학은 커뮤니케이션의 목표는 어떻게 메시지를 전달하고, 어떤 영향력을 행사하는지에 주목한다. 화자의 의도에 맞게 메시지가 전달되고 목적을 달성하는지를 연구한다.

10. 비언어적 요소의 관점　수사학은 비언어적 커뮤니케이션 요소의 역할을 강조한다. 신체 언어, 표정, 제스처 등은 언어 외적인 수단으로 메시지를 보완하거나 강조하는 역할을 한다.

키케로의 수사학, 로마를 이끌다

키케로^{Marcus Tullius Cicero}(BC 106년~BC 43년)는 가장 위대한 로마의 웅변가이자 수사학의 혁신자로 불린다. 키케로는 정계와 법정에서 웅변가로 뛰어난 명성을 떨쳤고, 실제로 탁월한 웅변실력으로 유명했다. 그는 피고를 변호하러 법정에 나가는 것을 좋아했고, 그의 연설이 갖는 감동적인 호소력 때문에 재판이 시시하게 끝나버리는 경우가 많아 인기가 매우 높았다. 그러나 불행히도 그가 맡은 사건이 모두 도덕적으로 건전하지는 않았다는 점에서, 도덕적 또는 법률적인 내용과는 무관하게 오로지 승소를 위한 연설이라는 평가를 받기도 했다.

그는 로마 공화국을 파괴한 마지막 내전 때 공화정의 원칙을 지키려고 애썼지만 실패했다. 저술로는 수사법 및 웅변에 관한 책, 철학과 정치에 관한 논문 및 편지 등을 통해 세계 웅변술을 주도한 인물로 역사에 기록된다.

로마의 유명한 수사학자이며, 훌륭한 연설가였던 그의 연설의 기법과 특징을 살펴보자.

1. 예리하고 명쾌한 논증 키케로는 논리적인 사고를 바탕으로 논증을 구성하여 청중을 설득했다. "불의와 싸우는 것은 귀하시고, 공의를 위해 사는 것은 명예롭습니다."

2. 감정에 대한 호소 키케로는 감정적인 면을 다루어 청중에게 공감을 유

도했다. "우리가 어떻게 노예의 몸으로 태어난 사람들처럼 모두 마음의 노예가 될 수 있을까요?"

3. 비유와 원근법 키케로는 비유와 원근법을 사용하여 주장을 강화했다. "진실은 태양과 같아서 어둠을 무너뜨립니다."

4. 예사롭지 않은 문체 그의 연설은 아름다운 문체를 가졌으며, 문학적인 표현을 사용하여 청중의 관심을 끌었다. "자유는 바다와 같습니다. 우리는 그것을 아껴야만 합니다."

5. 청중의 에티켓 인식 키케로는 청중의 기대와 가치관을 고려하여 연설을 구성했다. "한숨 쉬며 나의 과거에 대해 생각해보십시오."

6. 적절한 예시와 역사적 사례 역사적 사례와 실제 사례를 사용하여 주장을 뒷받침했다. "많은 위인들은 어려움을 이겨내고 성공을 거두었습니다. 당신도 그들과 같은 운명을 가질 수 있습니다."

7. 대중에 대한 인식 키케로는 대중의 이익을 최우선으로 생각하고 대중의 지지를 얻기 위해 노력했다. "대중의 지지를 받지 못한 채로 어떻게 성공할 수 있을까요?"

8. 강한 윤리적 가치 그의 연설은 윤리적인 가치와 도덕적인 원칙을 강조했다. "도덕적으로 옳은 선택을 하지 않는다면, 우리는 어떻게 진정으로 행복한 삶을 살 수 있을까요?"

9. 효과적인 레토릭 기술 레토릭 기술을 사용하여 명확하고 강력하게 메시지를 전달했다. "당신이 추구하는 꿈이 완성되기를, 우리 모두의 꿈이 완성되기를 기원합니다."

10. 청중과의 소통 그의 연설은 청중에게 직접적으로 호소하고 상호작용하는 형식을 취했다. "그렇지 않습니까? 바로 우리 모두가 원하는 것이지

요?"

이들 항목은 주요한 키케로의 연설 특징과 기법 중 일부에 해당된다. 그의 연설은 그 시대의 로마 사회에 큰 영향을 미쳤으며, 지금까지도 연설의 전략과 기법을 공부하는 사람들에게 영감을 준다.

그렇다면, 키케로의 수사학과 연설론의 특징은 무엇일까? 그의 연설론은 논리적이면서 동시에 그의 한마디 한마디에 귀를 기울이는 청중들을 열정적으로 휘어잡는 감성적 측면까지 담아내고 있다.

1. 이성에 호소하기 키케로는 연설에서 자신의 신뢰성과 전문성을 강소하여 청중을 설득한다. "나는 10년간 연구를 하고 실제로 경험한 전문가입니다."

2. 논리적으로 주장하기 키케로는 논리와 사실에 기반한 주장을 통해 청중을 설득한다. "과학적 연구 결과에 따르면 이렇게 진행하는 것이 가장 효과적입니다."

3. 감정적인 호소하기 키케로는 청중의 감정에 호소해 그들의 관심과 동조를 얻어낸다. "이 문제는 모두의 삶과 안전에 직접적인 영향을 미칩니다."

4. 중요한 아이디어 강조하기 키케로는 연설에서 핵심 아이디어를 강조하여 청중의 관심을 끌고 기억에 남게 한다. "우리는 함께 협력하여 더 나은 미래를 만들 수 있습니다."

5. 이론과 실제 사례 활용하기 키케로는 이론적인 개념을 설명한 뒤, 실제 사례를 들어 청중에게 이해를 돕고 설득력을 향상시킨다. "과학적 연구에 따르면 규칙적인 운동은 건강에 많은 이점을 가져옵니다. 이전 환자들의

사례를 보면……."

6. 청중의 기대와 관심에 부응하기　키케로는 청중의 기대와 관심을 파악하고 그에 맞춰 연설을 구성하여 청중의 관심을 끌면서 설득력을 강화한다. "오늘은 여러분이 가장 관심을 두고 있는 문제를 다루겠습니다."

7. 강력한 비유와 상징 사용하기　키케로는 복잡한 개념을 이해하기 쉽게 전달하기 위해 강력한 비유와 상징을 사용한다. "시장은 풍선처럼 팽팽하게 부풀어 오르고, 상황에 따라 터지기도 합니다."

8. 청중과의 상호작용　키케로는 청중과의 상호작용을 통해 대화형 연설을 진행하고 청중의 반응에 따라 대응한다. "이 주제에 대해 여러분의 생각을 들려주세요. 어떻게 생각하시나요?"

9. 이야기와 예시 활용하기　키케로는 이야기와 예시를 사용하여 청중의 관심을 독려하고 추상적인 개념을 구체적으로 이해시킨다. "한 소녀가 열심히 공부하여 꿈을 이루었습니다. 여러분도 꿈을 향해 노력하세요."

10. 감동적인 표현과 언어 사용　키케로는 힘 있는 언어와 감동적인 표현을 사용하여 청중의 감정을 자극하고 인상을 남긴다. "저는 여러분의 변화와 성공을 위해 함께 전진하겠습니다. 함께 우리의 꿈을 실현합시다!"

이러한 특징으로 키케로는 청중을 설득하고 감동시켰다. 그는 이론과 실전을 두루 겸비하고, 당시 시대적 상황 속에서 시민들의 지지를 얻어낸 가장 위대한 로마의 웅변가이자 수사학의 혁신자로 평가받고 있다. 로마와 그리스에서 훌륭한 교육을 받은 그는 법조계에서 명성을 떨쳤고, 철학사 측면에서는 그리스 사상의 전달자로서 중요한 인물이다.

페리클레스의 연설, 로마의 운명을 바꾸다

페리클레스는 고대 아테네의 정치인으로, 기원전 495년경에 콜라르고스 데모스에서 태어나 429년에 아테네에서 사망했다. 혼란스러운 고대 민주주의 사회에서 탁월한 연설 능력으로 대중들에게 사랑과 존경을 받았고, 그가 통치하는 30년 동안 아테네는 정치, 철학, 예술 분야에서 비약적인 발전을 이룩했다.

그는 명연설가로 유명했다. 페리클레스는 펠로폰네소스 전쟁 전몰자 추도 연설에서 다음과 같이 말했다.

"여러분들은 이 나라의 힘을 하루하루 [말이 아닌] 행동으로^{ergô} 기리고, 그것을 사랑하는 사람이 되어야 합니다^{kai erastas gignomenous autēs}. 그리고 이 나라가 위대하다고 생각하게 되었을 때 여러분은 이것을 명심해야 합니다. 즉, 이것들을 획득한 사람들은 용감했고, 소임을 알고 있었으며 행동에 있어 수치[가 무엇인지]를 아는 사람들이었음을 말입니다. 또 자신들이 뜻한 바가 실패로 돌아가도, 나라가 자신들의 덕을 빼앗아 갔다고 여기지 않고 오히려 최선의 헌신을 나라에 바친 것이라고 여겼던 사람들이었음을."(페리클레스의 펠로폰네소스 전쟁 전몰자 추도 연설 중, 투퀴디데스 지음, 『펠로폰네소스 전쟁사』, 제2권 43.1)

그는 또 "제국을 참주정으로 장악하고 있고 그러한 제국을 획득한 것이 부정의한 것으로 생각될지라도 결코 아테네의 패권을 놓아서는 안된다."라며 아테네의 강력한 권력과 국정 추진력을 강조했다.(페리클레스, 투퀴디데스,『펠로폰네소스 전쟁사』제2권 63.2)

페리클레스의 열정적인 연설은 고대 그리스 아테네의 단결과 단합을 이끌었고, 그의 연설은 당시 아테네 시민들에게 거칠고 풍파 많은 세상을 이끄는 나침반이자 등대와 같은 역할을 했다. 그의 연설의 특징을 살펴보자.

1. 화려하고 웅장한 언어　페리클레스는 말을 잘하고 효과적으로 자신의 주장을 전달하기 위해 웅장하고 화려한 언어를 사용했다. 그의 말은 듣는 이들에게 살기 좋은 세상을 위해 아테네의 번영과 함께하자는 동기를 부여했고, 당시 시민들에게 큰 영향을 주었다.

2. 강력한 비유와 상징　페리클레스는 자신의 주장을 강화하기 위해 다양한 비유와 상징을 사용했고, 이를 통해 이해하기 쉽고 직관적인 메시지를 전달했다.

3. 설득력 있는 주장　페리클레스는 연설을 할 때마다 자신의 주장을 뒷받침하기 위해 신뢰할 만한 근거와 논리를 제시했다. 그는 강력한 주장을 통해 듣는 이들을 설득하고자 노력했고, 늘 성공을 거두곤 했다.

4. 감정에 다가가는 방식　페리클레스는 듣는 이들의 감정에 다가가고, 그들의 감정을 고양시켜 하나가 되도록 함으로써 결국 자신의 의도를 관철시켰다. 그는 직접적인 언어로 듣는 이들의 감정을 자극하고 그들을 동원했다.

5. 직선적이고 명확한 표현　페리클레스는 어려운 개념을 쉽고 명확한 언어로 표현하는 데 능숙했다. 그의 연설은 듣는 이들에게 혼란을 줄이고 메

시지를 명확하게 전달했다.

6. 통찰력 있는 이해　페리클레스는 사회와 정치에 대한 깊은 통찰력을 지니고 있었다. 그는 사회 문제와 정치적 이슈에 대한 이해를 바탕으로 그의 연설을 구성하고 아테네의 미래로 가는 해법을 주장했다.

7. 인내심과 냉철함　페리클레스는 강한 인내심과 냉철함을 가지고 있었다. 그는 어려운 시대의 도전과 직면한 문제에 대해 자신의 목표를 달성하기 위해 노력했다.

8. 인상적인 목표　페리클레스의 연설은 명확한 목표를 가지고 있었다. 그는 청중을 향해 특정한 목표를 설정하고 이를 달성하기 위해 합리적으로 여겨지는 여러 방안을 제시했다.

9. 시적인 요소　페리클레스의 연설은 종종 시적인 요소를 포함했다. 그는 수사의 가치를 담은 매혹적인 언어를 사용하여 연설을 아름답게 만들었다. 그래서 그의 연설은 때로는 한 편의 아름다운 예술작품과 같은 진한 감동을 전했다.

10. 효과적인 청중 조작　페리클레스는 청중을 조종하는 데 능숙했다. 그는 자신의 연설을 통해 주제에 대한 청중의 경험과 가치관과 연결하고 그들의 지지를 얻으려는 노력을 기울였다. 청중들은 그의 연설에 감동했고, 전쟁에 승리하기 위해 목숨을 걸고 싸웠다.

그렇다면 이토록 감동적이었던 페리클레스 연설의 기법은 어떻게 구성됐을까? 페리클레스의 연설은 그의 독특한 기술과 훌륭한 구성력으로 유명하다. 페리클레스가 사용한 연설 기법을 살펴보자.

1. **비유와 상징**   페리클레스는 복잡한 개념을 이해하기 쉽게 전달하기 위해 비유와 상징을 사용했다. 이를 통해 듣는 이들에게 직관적인 이미지를 제시함으로써 자신의 주장을 강화하는 효과를 만들어냈다.

2. **반복**   페리클레스는 중요한 주장이나 구절을 반복하여 강조했다. 이는 듣는 이들에게 메시지를 강화하고 오랜 시간 동안 기억할 수 있도록 했다.

3. **질문과 대답**   페리클레스는 질문을 제기하고 스스로 대답하는 방식으로 주장을 효과적으로 전달했다. 이는 듣는 이들의 참여와 주의를 유도하는 효과로 이어졌다.

4. **강조를 통한 강력한 언어 효과**   페리클레스는 강조를 통한 강력한 언어 효과 기법을 사용해 자신의 주장을 강조했다. 이를 통해 듣는 이들의 감정에 다가가고, 이는 그가 펼친 주장의 중요성을 강조하는 효과로 이어졌다.

5. **예시와 사례**   페리클레스는 실생활에서의 예시와 사례를 사용하여 자신의 주장을 뒷받침했다. 이는 듣는 이들에게 구체적인 이해와 공감을 일으키는 데 도움이 되었다.

6. **대립과 대비**   페리클레스는 대립되는 두 가지 요소나 대비되는 상황을 비교하며 자신의 주장을 강화하는 효과를 시도했다. 이는 듣는 이들에게 전체적인 시각을 제시하고 주장을 더 명확히 이해하게 했다.

7. **경청과 대화**   페리클레스는 듣는 이들의 대화와 질문을 적극적으로 수용하고 경청하는 자세를 보였다. 이를 통해 듣는 이들과의 실질적인 소통과 상호작용을 가능케 했다.

8. **통계**   페리클레스는 통계 자료를 사용하여 주장을 뒷받침하고, 이를 통해 논리적인 설득력을 갖추었다.

9. 역설 페리클레스는 때로는 역설을 사용하여 주장을 강화하고, 강한 인상을 심어줬다. 이는 듣는 이들의 주의를 끌고, 생각을 깊이 하게끔 유도했다.

10. 목표 지향적 구성 페리클레스는 연설을 통해 명확한 목표를 설정하고 그 목표를 달성하기 위한 내용과 주장을 구성하도록 했다. 이는 연설 구조를 효과적으로 이끌어내어 듣는 이들이 주제에 집중할 수 있도록 했다.

탁월한 웅변가 데모스테네스 연설의 특징

    데모스테네스는 고대 그리스에서 가장 뛰어난 웅변가로 불린다. 그는 아테네 시민을 설득하고 선동해 마케도니아 왕 필리포스와 그의 아들 알렉산드로스 대왕에게 대항하도록 만들었다.

    그의 연설문은 기원전 4세기 아테네의 정치, 사회, 경제생활에 관한 귀중한 자료로 평가받는다. 그는 플라톤, 아리스토텔레스와 동시대 인물로 후견인들에게 횡령당한 유산을 되찾기 위해 웅변술을 익히고 법률과 수사학을 공부했다. 그의 웅변술이 주목을 끌면서 연설문 작가로 활동했고, 당시 그리스를 위협하던 신흥강국 마케도니아에 맞서기 위해 아테네인들을 설득했던 명연설은 그를 세계적으로 가장 위대한 웅변 정치가로 기억하게 했다.

    데모스테네스가 처음부터 뛰어난 웅변가는 아니었다. 말을 잘 못하고 심지어 더듬기까지 하는 웅변의 둔재였다. 그러나 당시 사회에서 성공하기 위해서는 웅변의 필요성이 너무나 컸다. 그는 사람들이 모여 있는 곳에 가지 않도록 스스로 머리카락을 절반이나 밀어버렸다. 그리고 지하에 서재를 만들어 그곳에서 쉼 없이 발성연습에 몰두했다.

    그는 자신에 대해 '발음이 정확하지 못하고 말을 더듬거려' 웅변가로서 결함이 있음을 잘 알고 있었다. 이를 극복하기 위해 입에 재갈을 문 채 말을 하고 달리기를 할 때나 숨이 찰 때 시를 암송해 자신의 결점을 하나씩 이겨냈다. 그는 큰 거울 앞에서 자신의 모습을 보면서 발성과 제스처를 통한 연설 연습을 하기도 했다. 이렇게 열심히 훈련을 쌓았으나, 성공의 길은 쉽지 않았다. 그가 청년시절 민회에서 대중들 앞에서 행한 최초의 연설은 청중들로부터 비웃음을 샀다. 이후 부단한 노력 끝에 마침내 위대한 웅변가가 되었다. 언어 구사력을 높이고 충분한 이해를 하기 위해 투키디데스의 〈펠로폰네소스 전쟁사〉^{Historiai}를 8번이나 되풀이해 베껴 쓰는 등 끊임없이 노력한 덕분에 그는 아테네의 대표적인 정치 지도자가 되어, 아테네의 역사를 새로 써나갔다.

데모스테네스의 연설은 그의 열정과 강력한 주장의 힘으로 유명하다. 데모스테네스의 연설 특징을 살펴보자.

1. 직설적인 언어   데모스테네스는 복잡한 어구나 문장보다 명료하고 직설적인 언어를 사용하여 그 뜻이 듣는 이들에게 쉽게 전달되도록 했다.

2. 비유와 상징   데모스테네스는 복잡한 개념을 이해하기 쉽게 하기 위해 비유와 상징을 자주 사용했다. 이를 통해 듣는 이들의 상상력을 자극하여 자신이 주장하는 바를 강력하게 전달했다.

3. 강조와 반복   데모스테네스는 핵심적인 주장이나 구절을 강조하고 반복하여 듣는 이들의 주의를 집중시켰다. 이를 통해 메시지를 강화하고 기억에 남게 했다.

4. 사실과 통계   데모스테네스는 주장을 뒷받침하기 위해 현실의 사례와 통계적 자료를 제시했다. 이는 듣는 이들에게 설득력을 부여하고 논리적인 주장을 증명하는 효과를 나타냈다.

5. 역설과 반대   데모스테네스는 때로는 역설적인 주장이나 반대 의견을

제기하여 듣는 이들의 호기심과 사고를 자극했다. 이를 통해 주장의 중요성과 타당성을 강조했다.

6. **간결성과 명료성** 데모스테네스는 불필요한 어구와 장황한 표현을 피하고, 간결하고 명료한 문장구조를 사용했다. 이는 주장의 전달력을 높이고 듣는 이들의 이해를 도왔다.

7. **열정과 감정** 데모스테네스는 강렬한 감정과 열정을 표현하며 듣는 이들의 감정에 다가갔다. 이를 통해 주장에 공감을 일으키고 감정적인 인상을 남겼다.

8. **목표 지향적 구성** 데모스테네스는 연설을 명확한 목표를 가지고 구성했다. 주제에 집중하고 목적을 달성하기 위해 논리적인 흐름과 구조를 제시했다.

9. **대중을 위한 연설** 데모스테네스는 당시 대중의 관심과 이해를 고려하여 현안의 정곡을 찌르는 연설을 구성했다. 일상 언어와 예시를 사용하여 듣는 이들이 연설을 접근하기 쉽고 이해하기 쉽도록 했다.

10. **경청과 상호작용** 데모스테네스는 듣는 이들의 의견과 반응에 주의를 기울이고 상호작용을 적극적으로 추구했다. 이를 통해 듣는 이들의 참여와 관심을 유도하는 데 기여했다.

웅변과 교육의 힘: 철학자 이소크라테스의 연설

이소크라테스(기원전 436년~기원전 338년)는 고대 그리스의 웅변가이다. 아테네에서 태어나 유명한 소피스트인 프로타고라스와 시칠리아 출신의 변론가 고르기아스에 사사했고, 기원전 390년경 아테네에서 변론술 학교를 개설했다. 같은 무렵 창설된 플라톤의 아카데메이아에 대항해서 변론술을 지주로 하는 폭 넓은 인간교육을 이상으로 했으며, 그 문하에서 허다한 수재를 배출하여 후세에 인문주의적 교육의 아버지로 불리고 있다.

이소크라테스의 연설은 그의 효과적인 비판과 독특한 표현력으로 유명하다. 이소크라테스의 연설 특징을 살펴보자.

1. 비판과 논리   이소크라테스는 비판적이고 논리적인 주장을 강조했다. 독자적인 사고와 분석을 통해 타당한 이유를 제시하고, 상대방의 결점과 오류를 지적했다.

2. 정교한 구성과 웅변   이소크라테스는 주장을 명확하게 전달하기 위해 특히 구성에 신경을 썼다. 문장 구조와 흐름을 정교하게 조율하여 듣는 이들의 이해를 돕고, 웅변을 통해 엄숙하고 감동적인 분위기를 조성했다.

3. 유머와 아이러니   이소크라테스는 때로는 유머와 아이러니를 사용하여 듣는 이들의 관심과 웃음을 유발했다. 이를 통해 듣는 이들과의 공감과 상호작용을 촉진했다.

4. 표현력과 언어　이소크라테스는 탁월한 표현력과 다양한 언어수단을 사용하여 주장을 강화했다. 이미지, 비유, 상징, 과장 등 다양한 수단을 통해 주장의 효과를 극대화했다.

5. 사례와 예시　이소크라테스는 현실의 사례와 실제 사건을 제시하여 주장을 뒷받침했다. 현실적인 예시와 사례를 들어 타당성을 증명하고, 듣는 이들의 경험과 연결하여 공감을 유도했다.

6. 도덕적 가치와 철학　이소크라테스는 인간의 도덕적 가치와 철학적 문제를 강조했다. 도덕적인 선택과 의식, 참된 지혜에 대한 열망을 얘기함으로써 듣는 이들에게 인간 존재의 의미와 가치에 대한 고찰을 유도했다.

7. 진실과 안목　이소크라테스는 진실과 안목을 추구했다. 그의 주장은 정직하고 충실하며, 넓은 시야로 주어진 문제를 다각도로 바라보고 해석했다.

8. 대중성과 포용성　이소크라테스는 대중의 눈높이에 맞는 연설을 구성했다. 복잡한 개념을 이해하기 쉽게 설명하고, 대중의 관심사와 문화에 맞춰 연결하여 듣는 이들과 공감하고 이해받을 수 있도록 했다.

9. 경청과 대화　이소크라테스는 듣는 이들의 의견을 존중하고, 상호작용과 대화를 추구했다. 듣는 이들과의 활발한 토론과 공동참여를 통해 연설을 상호작용적인 경험으로 만들었다.

10. 주의를 집중시키는 기술　이소크라테스는 주의를 집중시킬 수 있는 기술을 사용했다. 목소리, 제스처, 표현 등을 통해 주의를 확보하고, 듣는 이들의 이해와 관심을 유도했다.

퀸틸리아누스의 연설학과 원칙

　로마의 대표적인 수사학자, 웅변가, 변론가로 활약한 퀸틸리아누스는 설득적이고 효과적인 말하기 기술인 변론술辯論術을 가르쳤으며 그리스와 로마의 고전을 비평하는 등 문학가로서도 뛰어난 활동을 펼쳤다.

　그가 수사학에 대해 쓴 책 〈웅변교수론〉Institutio oratoria, Institutes of Oratory 12권은 교육이론과 문학평론에 중대한 공헌을 했다는 평기를 빈다. 그는 1권과 2권에서는 교육원리·교육방법·교과목 관리·훈련을, 3권에서 7권까지는 문장의 창작과 구상, 8권에서 12권까지는 웅변술, 교육의 이상과 웅변가의 이상 등을 논함으로써 로마의 대표적 교육사상가로서의 면모를 보여주고 있다. 그 후세의 교육사상가들은 퀸틸리아누스의 〈웅변교수론〉이 교육을 과학적으로 취급한 최초의 것이라고까지 평하고 있다. 그는 이상적 웅변가의 양성에 교육의 목적을 두고, 성실하고 선한 웅변가를 이상적으로 교육된 사람으로 보았다.

　그는 웅변가에 대해 단지 변론상의 특수한 재능 면에서 우수할 뿐만 아니라, 인간으로서 사적 생활이나 공적 생활에 있어서 모두 모범적이어야 한다고 주장했다. 또한, 웅변가는 선한 도덕적 품성을 소유하고, 자유인의 교양을 충분히 습득해야 하며, 언어 표현력이 능숙해야 한다고 말하고 있다. 그는 훌륭한 변론가가 되려면 어릴 때부터 학문적 기초가 확고하게 구축되어야 한다고 주장하여 소년기 교육의 중요성을 논하였다. 그는 이 책을 통해 훈련을 완전히 받은 후 활동 중인 이상적인 웅변가라면 갖춰야 할 사질들, 법정에서 변론할 때 지켜야 할 규칙, 웅변가가 갖추어야 할 성격, 웅변 스타일, 은퇴해야 할 때 등을 설명하고 있다.

퀸틸리아누스는 5단 논법으로도 유명하다. 5단 배열법으로도 불리는 5단 논법은 머리말-통념부-반론부-논증부-결론부로 구성된다. 퀸틸리아누스 5단 배열법은 아리스토텔레스의 3단 논법을 넘어서 오랜 세월 동안 글쓰기의 정석을 이뤄왔다.

연설학을 수립한 퀸틸리아누스의 연설 기법의 특징을 살펴보자.

1. 말속의 예술 퀸틸리아누스는 연설에서 예술적인 표현과 문장 구조를 사용하여 청중의 관심을 끌고 설득력을 높인다. "바다의 파도처럼 인간의 감정은 고요하지 못하고, 그토록 변화무쌍합니다."

2. 대중의 기대에 부응하기 퀸틸리아누스는 청중의 기대에 맞춰 연설 내용과 스타일을 조정하여 청중의 호응을 얻어야 한다고 말한다. "오늘은 여러분이 주목하는 중요한 문제에 대해 이야기해보겠습니다."

3. 에토스 활용하기 퀸틸리아누스는 자신의 신뢰성을 강조하고 청중의 신뢰를 높이기 위해 에토스를 활용한다. "나는 오랜 경험을 가진 숙련된 전문가로서 여러분에게 솔직하게 말하고자 합니다."

4. 상대방의 논리적 오류 포착하기 퀸틸리아누스는 상대방의 논리적 오류를 찾아내고 그것을 공개적으로 지적하여 자신의 주장을 강화하고, 발언의 주도권을 쥔다. "상대방의 주장은 근거 없이 강력한 주장일 뿐이며, 그에 대해 응답해보도록 하죠."

5. 감정적인 호소하기 퀸틸리아누스는 감정적인 호소를 통해 청중의 감

정을 자극하고 공감을 얻어야 한다고 말한다. "이 문제는 우리의 가족과 지역사회에 직접적인 영향을 미칩니다."

6. 청중의 관심을 확보하기 퀸틸리아누스는 청중의 관심을 확보하기 위해 유머, 짧은 이야기, 사례 등을 사용한다. "이전에 다른 지역에서 일어난 비슷한 사례를 생각해 보면……."

7. 시각적 표현 사용하기 퀸틸리아누스는 시각적인 표현을 사용하여 청중의 상상력을 자극하고 더 생생한 경험을 제공한다. "한 폭의 그림처럼 사회는 우리 모두의 협력으로 만들어져야 합니다."

8. 반복과 강조 퀸틸리아누스는 반복과 강조를 사용하여 핵심 아이디어를 청중에게 명확하게 전달한다. "우리는 함께 어려움을 극복하고 함께 성공을 이룰 수 있습니다."

9. 청중과의 상호작용 퀸틸리아누스는 청중과의 상호작용을 통해 연설을 진행하고 청중의 의견을 통합하며, 그에 따라 연설의 방향을 조정한다. "이 주제에 대한 여러분의 생각을 듣고 싶습니다. 어떻게 생각하시나요?"

10. 담화의 구조화 퀸틸리아누스는 청중의 이해를 돕고 기억에 남도록 담화를 구조화하여 발표하고 명확하게 전달한다. 예를 들어, "첫째로, 우리가 직면한 문제를 이해해보겠습니다. 둘째로, 그 문제의 원인을 파악해봅시다. 마지막으로, 해결 방안을 제시하도록 하겠습니다."

퀸틸리아누스의 이와 같은 연설 기법은 청중을 효과적으로 설득하고 감동을 준다. 실제 연설을 해야 할 경우 이 같은 요소들은 성공적인 말하기의 도입부, 전개부, 절정부와 함께 결론을 유도해 청중의 박수를 받는 데 매우 유용하다.

그렇다면 퀸틸리아누스의 수사학과 연설론의 특징을 당시 사회의 모습에서 그가 한 연설과 함께 살펴보자.

1. **발견법** 퀸틸리아누스는 연설의 목적에 맞게 주제를 선택하고, 적절한 주장과 논거를 찾아내는 것을 중요시한다. "평등은 모든 사람이 국가에서 동등한 기회를 가지는 것을 의미합니다."

2. **배열법** 퀸틸리아누스는 연설을 명확하고 효과적으로 전달하기 위해 내용을 구조화한다. "처음으로 문제에 대해 이해하고, 그 다음으로 원인을 분석하고, 마지막으로 해결책을 제시하겠습니다."

3. **표현법** 퀸틸리아누스는 연설에서 정확하고 강력한 언어를 사용하여 청중의 이해를 돕고 감동을 주기 위해 노력한다. "우리는 지금 대단히 중요한 문제에 직면해 있습니다."

4. **기억법** 퀸틸리아누스는 연설을 외워서 효과적으로 전달하며, 필요한 설명과 예시를 기억하고 청중의 관심을 확보한다. "이 문제는 우리가 지난 달에 다룬 이슈와 관련이 있습니다."

5. **연기법** 퀸틸리아누스는 목소리, 제스처, 표정 등을 사용하여 연설의 효과를 극대화하고 청중의 감정을 자극한다. "이것은 우리의 모두에게 큰 영감을 줄 것입니다."

6. **청중 분석** 퀸틸리아누스는 청중의 특성과 관심사를 파악하여 연설 내용과 스타일을 조정한다. "우리는 젊은 세대와의 대화 방식을 찾아야 합니다."

7. **대사와 대화** 퀸틸리아누스는 연설을 대화 형식으로 진행하고, 청중과 상호작용하여 연설의 흐름을 조절한다. "이 문제에 대해 여러분의 의견을

9부_ 멋지게 말하는 기본은 독서와 글쓰기다

들고 싶습니다. 어떻게 생각하시나요?"

8. 예술적인 표현 퀸틸리아누스는 예술적인 표현과 문장 구조를 사용하여 연설을 장식하고 청중의 관심을 끌어낸다. "이 문제는 마치 어둠 속에서 빛을 찾는 것과 같습니다."

9. 칭찬과 비난 퀸틸리아누스는 연설에서 청중을 칭찬하거나 비난함으로써 감정적인 호응과 공감을 이끌어낸다. "여러분의 노력과 헌신은 칭찬할 만합니다."

10. 예시와 비유 퀸틸리아누스는 실생활 예시와 비유를 사용하여 연설 내용을 명확하게 설명하고 청중의 이해를 돕는다. 예를 들어, "이 일은 우리가 정말로 함께 해야 하는 이유를 보여주는 좋은 예입니다."

퀸틸리아누스의 수사학과 연설론은 청중을 효과적으로 설득하고 감동시키는 데에 도움을 주며, 연설의 품질을 높여 주는 다양한 기법을 제공한다. 그는 자신의 저서 〈웅변교수론〉을 통해 고도의 지적훈련을 완전히 받은 후 활동하는 이상적인 웅변가에 대해 다루면서, 법정에서 변론할 때 지켜야 할 규칙, 웅변가가 갖추어야 할 성격, 웅변 스타일, 은퇴해야 할 때 등 웅변술에 대한 최고의 작품을 집대성했다는 평가를 받는다. 그는 훌륭한 웅변가란 훌륭한 시민이어야 한다고 봤고, 웅변은 공익에 부합해야 하고 이로 인해 덕이 있는 실제 생활과 접목되어야 한다고 주장했다. 그는 동시에 전문적이고 실력 있는 대중 웅변가가 양성되기를 바랐고, 대웅변가였던 키케로가 주장한 엄격한 표준형식과 옛 전통들로 되돌아갈 것을 강조했다.

성공을 이끌어낸 카네기의 연설과 스피치

〈성공대화론〉을 쓴 카네기는 현대사회에서 연설론을 펼친 대표적인 인물로 꼽힌다. 데일 카네기Dale Breckenridge Carnegie(1888년~1955년)는 미국의 작가, 강사로 뛰어난 현대의 명연설가로 명성을 떨쳤다. 미주리주 매리빌의 농장 출생인 카네기는 네브래스카에서 교사, 세일즈맨 등으로 사회생활을 시작했고, 24세 때인 1912년 YMCA에서 성인을 대상으로 하는 대화 및 연설 기술을 강연하면서 연설가로 명성을 획득했다. 이는 '데일카네기코스'라는 정식명칭을 가진 강좌가 되었고, 교육은 참가자의 실천 사례를 중심으로 진행되면서 선풍적인 인기를 끌었다. 데일 카네기는 이후 '데일 카네기 트레이닝'Dale Carnegie Training을 설립했고, 현재는 전 세계 90개국에 데일카네기 프랜차이즈 네트워크가 구축되어 있다.

그는 데일카네기는 세상에는 많은 능력이 존재하지만 '사람을 사귀고 친구로 만드는 능력'이야말로 가장 위대한 능력이라면서 교육에 힘을 쏟았다.《How To Win Friends and Influence People 인간관계론》,《How To Stop Worrying and Start Living 행복론》,《The Quick and Easy Way to Effective Speaking 스피치&커뮤니케이션》등이 있으며, 국내에는 이에 대한 다양한 번역본인《데일카네기의 1% 성공습관》,《데일카네기 나의 멘토 링컨》,《화술 123의 법칙》등이 번역 출간됐다.

성공대화론, 또는 성공연설론으로 미국의 대표적인 연설가인 데일 카네기가 제시한 연설 기법의 특징과 기법을 살펴보자.

1. **간결성** "불편한 진실을 말해야 합니다." _John F. Kennedy
   - 요점을 간결하고 명확하게 전달하며, 복잡한 어구나 긴 문장을 피하기 위해 노력해야 한다.
2. **직관성** "게임이 시작되었습니다." _Steve Jobs
   - 혼란스럽거나 어려운 언어를 사용하지 않고, 듣는 이들이 쉽게 이해할 수 있는 단순하고 명확한 문장을 사용해야 한다.
3. **몰입도** "여러분이 원하는 변화를 만들어낼 수 있습니다!"
   _Barack Obama
   - 청중들을 참여시키고, 감정을 자극하여 열정과 동기부여를 유발해야 한다.
4. **이해관계** "우리는 함께 살아가야 합니다." _Nelson Mandela
   - 청중들의 관점과 감정을 이해하고, 그들에게 공감과 배려를 표현함으로써 공감과 신뢰를 형성해야 한다.
5. **일관성** "예술은 가장 진실된 것을 말합니다." _Pablo Picasso
   - 주장과 메시지를 일관되게 전달하며, 모순되는 행동이나 언어를 피해야 한다.
6. **신뢰성** "약속을 지키는 업체입니다." _현대자동차 광고
   - 신뢰할 수 있는 정보와 사실에 근거해서 자신의 주장을 뒷받침하도록 한다.
7. **예증** "과학자들의 연구에 따르면……." _TED 강연
   - 통계, 연구결과, 전문가의 의견 등을 이용해 자신의 주장을 논리적

으로 뒷받침한다.

8. **감성** "지구 온난화로 인해 동물들이 멸종할 것입니다."

_David Attenborough

- 감정적으로 청중들에게 호소하고, 그들의 염려나 욕구를 자극한다.

9. **이야기** "옛날 어느 작은 마을에……."_Aesop의 우화

- 이야기나 예시를 사용하여 논리를 구성하고, 듣는 이들의 이해를 돕고 기억에 남도록 한다.

10. **언어의 힘** "나에게는 꿈이 있습니다(I have a dream)……."

_마틴 루터 킹 목사

- 풍부하고 강렬한 언어를 사용하여 청중들의 동의, 동조, 혹은 행동을 유도한다.

이러한 특징과 기법들을 정확하게 활용하면, 카네기 연설은 청중을 설득하고 감동시킬 수 있는 효과적인 수단이 될 수 있다는 점에서 많은 시사점을 얻을 수 있을 것이다.

그렇다면 카네기의 스피치가 가진 장점과 기법의 특성은 무엇일까? 성공대화론과 인간관계론은 데일 카네기가 저술한 책들에서 소개한 연설 기법으로, 세계인들의 사랑을 받으며 곳곳에서 교육과 훈련이 진행되고 있다. 카네기 스피치의 장점과 기법을 구체적으로 살펴보자.

1. **친근감과 접근성** "안녕하세요! 저는 데일 카네기입니다. 오늘 저희 토론회에 참여해주셔서 감사합니다."

- 청중들과 친근한 분위기를 형성하여 상호작용과 소통을 원활히 진

행한다.

2. 관심과 존중 "여러분의 의견은 중요합니다. 저희는 신중히 듣고 고려하겠습니다."

 ‒ 청중의 의견과 감정을 존중하며, 적극적으로 관찰하고 듣는 것에 주목한다.

3. 청중의 니즈에 대한 반응성 "여러분께서 가장 걱정되는 문제에 대해 이야기해보고자 합니다."

 ‒ 청중들의 관심사와 욕구를 고려하여 내용을 구성하고, 그들에게 가치 있는 정보와 해결책을 제시한다.

4. 공동체 의식 "저희는 모두 이 문제를 함께 해결해야 합니다. 협력하고 지지하며 단결하여 성공을 이룹시다."

 ‒ 이야기나 예시를 통해 공동체 의식을 강조하고, 청중들을 통합하는 메시지를 전달한다.

5. 피드백과 대화 "질문이 있으시면 언제든지 공유해주시면 됩니다."

 ‒ 청중과의 상호작용을 장려하고, 질문이나 의견에 대해 적극적으로 응답하며 대화를 이어간다.

6. 신뢰와 신념 "저는 여러분들을 믿습니다. 우리는 함께 이어진 약속과 목표를 달성할 수 있을 것입니다."

 ‒ 청중들에게 신뢰와 신념을 불러일으켜 협조를 유도하고, 그들의 지지와 협력을 얻는다.

7. 비판적 사고와 논리 "과학적 연구에 따르면, 이 문제에 대한 가장 효과적인 방법은……."

 ‒ 논리적 사고와 근거를 기반으로 주장을 전개하고, 청중의 비판적 사

고를 자극하는 내용을 제시한다.

8. **실제 사례와 체험** "예전에 저도 비슷한 상황을 겪었는데, 그때 저는 이렇게 행동했습니다."

– 실제 경험이나 사례를 이용하여 청중들에게 공감을 일으키고, 이해를 돕는 내용을 제시한다.

9. **강조와 반복** "이것이 가장 중요한 포인트입니다. 명심해주세요……."

– 핵심 메시지를 강조하고, 반복함으로써 청중들이 이를 기억하고 이해할 수 있도록 돕는다.

10. **긍정적 에너지와 감정** "우리는 함께 성공할 수 있습니다! 힘을 내요!"

– 긍정적인 에너지와 감정으로 청중들을 감동시키고, 협력과 동기부여를 유발한다.

이러한 장점과 기법들을 효과적으로 활용하는 것은 카네기 스피치의 특징이자 강점이다. 청중과의 관계 형성, 상호작용, 신뢰 구축 등을 고려하여 연설을 준비하면, 좀 더 효과적으로 설득하고 감동시킬 수 있다.

발음·발성이
좋은 말하기

말하기 필수 요소

　말하기를 잘할 수 있는 필수적인 요소는 무엇이고, 말하기를 잘하는 방법은 어떤 것들이 있는가? 말하기를 잘할 수 있는 필수적인 요소를 살펴보자.

　1. **명확한 발성**　정확하고 명료하게 말하는 것이 필요하다. 발음과 발성이 제대로 되지 않으면, 잘 들리지 않고 이해하기도 어려워 상대의 반응을 이끌어내기 어렵다. 명확하고 명료하게 발성하는 것은 말하기, 즉 연설과 스피치의 가장 중요한 기초요소다.

　2. **목표 설정**　말하고자 하는 목적을 명확하게 설정하고, 그 목표에 집중하는 것이 중요하다. 그래야 목표로 한 일을 착수해 집행할 수 있고, 수시로 목표를 점검함으로써 성과를 만들어낼 수 있다.

　3. **청중 분석**　청중의 수준과 관심사를 파악하여 적합한 언어와 스타일을 선택해야 한다. 청중이 가진 생각과 의도를 파악하고, 어떤 청중이 왔는지를 명확하게 알고 있다면 더 적극적으로 청중과 소통하고 대화할 수 있다.

　4. **자신감**　자신감을 가지고 말하는 것은 청중에게 깊은 인상과 강력한 영향을 줄 가능성이 크다.

　5. **몸짓과 표정**　말하는 동안 몸짓과 표정을 사용하여 의사소통을 보완

하고 강조할 수 있다.

6. 성조와 강세 말하는 동안 성조와 강세를 활용하여 중요한 내용을 강조하고 목소리의 다양성을 보여줄 수 있다.

7. 핵심 포인트 중요한 정보나 주장을 간결하고 명확하게 전달해야 한다. 청중이 듣고 싶어하고 흥미를 갖고 집중할 수 있는 핵심 포인트를 강조하고 이를 바탕으로 강연을 진행해야 한다.

8. 논리적이고 흥미로운 진행 논리적인 순서나 구성을 유지하여 청중이 쉽게 따라갈 수 있도록 해야 한다. 더불어 그 프로그램의 내용과 콘텐츠, 전개과정이 흥미롭고 다양해야 청중의 집중력이 커질 수 있다.

9. 예시와 이야기 예시와 이야기를 사용하여 추상적인 개념을 구체화하고 청중과의 연결고리를 형성할 수 있다.

10. 연습과 피드백 자주 연습하고 다른 사람으로부터 피드백을 받아 개선할 수 있는 시간을 가지는 것은 매우 중요하다.

이러한 관점을 고려하여 말하기를 할 때 청중과 소통하는 진정한 연설과 스피치를 잘할 수 있을 것이다. 말하기 실력을 향상시키고 싶다면 이러한 요소를 각각 고려하여 연습과 경험을 쌓는 것이 매우 중요하다.

발음법 기초

발음을 명확하게 하면 언어의 전달력이 높아진다. 발음이 명확하지 않으면, 우물거리고 소리가 전혀 들리지 않거나 분별이 되지 않는다. 어떻게 해야 발음을 명확하게 할 수 있을까? 발음 잘하는 방법을 살펴보자.

1. **정확한 발음 학습**   올바른 발음 규칙을 배우고 학습하는 것이 중요하다. 발음 규칙을 이해하고 실제로 연습을 자주 해야 한다.

2. **일상 대화 속 정확한 발음 습관화**   자주 대화하는 상황에서도 명확하게 발음하려고 노력해야 한다. 말할 때 성의를 가지고 정확히 발음하려고 하면 습관적으로 좋은 발음을 할 수 있다.

3. **느린 속도로 말하기**   너무 빠르게 말하면 정확한 발음을 제대로 하지 못할 수 있다. 천천히 말하고 발음에 집중하는 것이 바람직하다.

4. **거울을 사용한 점검**   거울을 사용하여 입 모양과 혀의 위치를 확인하면 큰 도움이 된다. 올바른 발음을 위해 입 모양과 혀를 조절해야 한다.

5. **녹음 및 청취**   발음을 녹음한 후 재생하여 자신의 발음을 들어보자. 어떤 부분이 개선되어야 하는지 쉽게 파악할 수 있다.

6. **발음 연습**   특히 발음이 어려운 소리를 연습하는 훈련과정이 매우 큰 성과를 낼 수 있다. 발음할 때 자주 꼬이거나 어색한 소리를 반복적으로 연습하여 익숙해지도록 노력해야 한다.

7. 발음 트레이닝 앱 또는 온라인 자료 사용 발음 트레이닝 앱이나 온라인 자료를 활용하여 자기학습을 하면 큰 도움이 된다. 다양한 연습 과제와 음성 판별 기능을 활용하는 것이 좋다.

8. 모델링 명확한 발음을 가진 모범 사례를 모방하는 것도 도움이 된다. 좋은 발음을 하는 사람들을 듣고 따라 하면 내 발음이 조금씩 개선되는 것을 느낄 수 있을 것이다.

9. 발음 훈련 클래스 참가 발음 훈련 클래스에 참가하여 전문가의 지도를 받으며 발음을 개선할 수 있다.

10. 자기 평가 자기 평가를 통해 발음을 개선하는 노력을 의도적으로 기울여야 한다. 말할 때 자신의 발음을 주의 깊게 듣고 어떻게 개선할 수 있는지 파악해보자.

이러한 방법들을 사용하여 발음을 개선하면 또렷하고 자신 있게 발음할 수 있을 것이다. 계속해서 연습하고 발전해 나갈 수 있도록 노력하자.

발성법 기초

어떻게 해야 발성을 잘 할 수 있을까? 더듬거나 발음이 자주 꼬이는 사람은 고민이 깊을 수밖에 없다. 발성을 잘하기 위한 치열한 노력을 예시와 함께 훈련해보자.

1. **호흡** 깊게 숨을 들이마시고 천천히 내쉬면서 발성을 해야 한다. 정말 중요한 발표 전에는 깊게 숨을 들이마실 수 있는 시간을 가지면 도움이 된다.

2. **목 음성 근육** 목을 긴장시키지 않고 여유 있게 발성하는 것이 중요하다. 여러 가지 목 운동을 통해 목 음성 근육을 유지하자.

3. **발음** 각 소리와 음절을 명확하고 정확하게 발성해야 한다. 발음이 모호한 단어를 찾아서 반복적으로 연습해본다.

4. **음조** 감정이나 내용에 맞는 적절한 음조를 사용하여 발성한다. 안정적인 음조로 설득력 있는 주장을 할 때 자신감이 있다는 인상을 주게 된다.

5. **초점** 발성 시 목소리를 내는 곳에 집중하고, 목소리를 목과 가슴에 느끼면서 발성한다. 거울을 보면서 입과 목의 움직임을 살펴보면 많은 도움이 된다.

6. **억양** 강세, 템포, 강도 등을 다양하게 사용하여 흥미를 유발하고 강

조하며 발성한다. 강조하고자 하는 단어에 억양을 더해 중요성을 강조한
다.

7. 속도 적절한 속도로 말하는 것이 중요하며, 너무 빠르거나 느린 발성
은 이해하기 어렵다. 연습할 때 녹음하고 재생하면서 발음의 속도를 조정
해보자.

8. 범위 음성의 범위를 넓혀 다양한 감정과 톤을 표현할 수 있다. 다양
한 발성범위를 갖춘 노래나 문장을 연습해보자.

9. 감정표현 대화나 발표에 감정을 담아 목소리로 표현한다. 어떤 상황
에서도 감정에 맞는 발성을 유지하려 노력해보자.

10. 연습과 피드백 반복적위 발성 연습을 통해 빌싱 기술을 향상시키고,
타인의 피드백을 받아 개선한다. 전문가의 조언이나 친구의 의견을 듣고
개선점을 찾아내는 등 꾸준히 노력해야 발성이 개선된다.

이러한 관점을 고려하여 발성을 연습하고 향상시키면 말하기의 명확성
과 자신감이 증가할 수 있다. 꾸준한 관심과 노력, 전문가의 도움과 조언을
통해 개선해 나간다면 좋은 성과를 낼 수 있을 것이다.

발음·발성 개발과 심화과정

연설은 말하기이고, 말하기는 발음과 발성 능력에 좌우된다. 어떻게 해야 발음과 발성 능력을 향상시키고 늘려나갈 수 있을까? 발음과 발성 능력을 향상시키기 위한 훈련을 해보자.

1. **녹음 장치 사용하기** 일상 대화를 녹음하고 재생하여 자신의 발음을 듣고 분석해보면 도움이 된다. 문제가 있는 부분을 발견하면 반복적으로 연습하는 것이 다른 실수를 줄이고, 자신의 발음·발성 능력을 최대한 키워줄 수 있다.

2. **외국어 발음 규칙과 실전 학습하기** 영어를 포함한 외국어의 발음 규칙을 학습하여 올바른 발음을 할 수 있도록 해보면, 발음을 하는 조음기관의 활용도가 높아지고 발음·발성이 저절로 크게 늘어난다. 발음 규칙 책이나 영어 발음 강의 등 다양한 자료와 해당 언어 교사와의 교습을 활용하면 실력을 획기적으로 늘릴 수 있다.

3. **듣고 따라 하기** 발음 연습을 위한 오디오 자료를 찾아 들으며 따라 해보면 도움이 된다. 커뮤니티 사이트나 어플리케이션에서 발음과 대화 능력에 도움이 되는 자료를 찾을 수 있다. 특히 유튜브나 실제 라디오, TV에서 아나운서나 말 잘하는 성우 등의 발음과 발성을 따라하면 좋고, 운전할 때 훈련이 잘 된 라디오 아나운서나 진행자의 발음과 발성을 따라하면 실력

이 빠르게 늘어난다.

4. **문장 반복 연습하기** 잘못된 발음이 있는 문장을 선택하고 반복적으로 발음해보자. 짧은 문장부터 시작하여 점점 어려운 문장으로 넘어갈 수 있도록 하면 큰 도움이 된다.

5. **발음 연습 앱 이용하기** 스마트폰에 설치된 발음 향상을 위한 앱을 이용해보자. 이런 앱은 선호하는 발음을 반복적으로 연습할 수 있는 기능을 제공해주는 훌륭한 연습 도구이다. 이를 녹음해 다시 들어보고, 자신의 발음이 어색하거나 틀린 부분을 반복해서 연습해보자. 금세 실력이 늘 것이다.

6. **어휘 발음 연습하기** 새로운 어휘를 배울 때 발음도 함께 **연습**하는 습관을 들이자. 발음을 반복하는 동안 자신의 발음을 듣고 비교해보는 것이 도움이 된다.

7. **모국어 사용자와 대화하기** 모국어 사용자와 영어 등 외국어로 대화해볼 수 있는 기회를 찾아보자. 발음 교정과 피드백을 받을 수 있는 좋은 기회가 될 것이다.

8. **발음 연습 동영상 시청하기** 유튜브나 외국어 교육 사이트에서 발음 연습 동영상을 찾아 시청하면서 해보자. 특히 우리말과 함께 외국어 발음에 초점을 맞춘 동영상을 통해 효과적인 발음 연습을 할 수 있을 것이다.

9. **정형화된 각종 문장 발음 연습하기** 외국어 문장이나 자신이 독자적으로 만든 문장을 사용하여 다양한 문장에 대한 발음 연습에 도전해보자. 명확한 발음과 발성을 성공적으로 속도감 있게 하는 데 초점을 두고 발음을 정확하게 하는 것이 중요하다.

10. **발음을 함께 고려한 문장 구조 연습하기** 단어의 발음을 고려하여 문장

을 구성해보자. 다양한 형태의 어려운 발음이 있는 문장을 계속해서 연습하면, 자신의 발음을 지속적으로 향상시킬 수 있다.

이처럼 다양한 연습 방법을 일관되게 실천하면서 꾸준한 노력을 기울이면 발음과 발성 능력을 향상시킬 수 있을 것이다.

듣기 좋은 목소리가 성공을 좌우한다

단전으로부터 올라와 성대를 통해 나오는 울림 있는 소리는 듣기에 매우 좋고, 우리의 귀와 뇌를 편안하게 해준다. 어떻게 해야 울림이 있는 듣기 좋은 소리를 낼 수 있을까?

울림이 있는 듣기 좋은 소리를 낼 수 있는 방법을 살펴보자.

1. **복식호흡을 통한 울림 만들기** 목과 성대만을 사용해 말하거나 노래하거나 소리를 높이면 목이 금방 쉬게 된다. 단전에서부터 울림을 통해 나오는 소리는 촘촘하고 단단하며 멀리 가고, 오랜 시간 말하거나 노래해도 좀체 목이 쉬지 않고, 울림이 좋은 소리를 오랜 시간 말하고 노래할 수 있다.

2. **명확한 발음** 명확하고 정확한 발음을 할 수 있도록 신경을 써야 한다. 각 단어와 음절을 분명하게 발음하면 듣는 이에게 이해하기 쉬운 소리가 된다.

3. **좋은 마이크 사용과 적절한 거리 조정** 좋은 마이크를 사용하여 음질이 좋고 깨끗한 소리를 녹음하고 전해줄 수 있다. 마이크와 소리 사이의 거리를 조절하여 적절한 음량과 균형을 유지한다.

4. **감정 표현** 자연스럽고 진정성 있는 감정 표현을 노력해보자. 음성에서 감정이 느껴지면 듣는 이에게 더 큰 울림을 줄 수 있다.

5. **적절한 톤 및 강도** 상황에 맞는 톤과 강도로 말하는 것이 중요하다.

음성의 변화를 통해 메시지의 중요성이나 감정을 전달할 수 있다.

6. **적절한 테크닉 사용** 호흡, 강세, 강조 등 음성 기술을 사용하여 소리에 다양한 효과를 줄 수 있다. 이를 통해 듣는 이에게 더욱 흥미로운 경험을 제공할 수 있다.

7. **시간 관리** 적절한 속도와 일정한 리듬으로 말하는 것이 중요하다. 급한 속도나 너무 느린 속도는 듣는 이에게 혼란을 줄 수 있으므로 주의해야 한다.

8. **배경 소음 최소화** 가능한 조용한 환경에서 녹음하고 말한다. 배경 소음이 적으면 듣는 이의 집중도를 높일 수 있다.

9. **청취자에 대한 이해** 청취자의 특성과 선호도에 맞게 음성을 조절해보자. 청각적인 요구와 의도를 고려하면 듣기 좋은 소리를 더욱 쉽게 전달할 수 있다.

10. **연습과 피드백** 소리를 향상시키기 위해 지속적으로 연습하고 피드백을 받으면 도움이 된다. 전문가의 조언이나 듣는 이의 의견을 도움으로 소리를 개선할 수 있다.

원고를 잘 읽는 방법

말을 하는 것도 어렵지만, 책이나 원고를 또박또박 명료하게 잘 읽는 것 역시 쉽지 않다. 책이나 원고를 정확하고 명료하게 읽고 내 의사를 전달하기 위한 방법을 생각해보자.

1. **강세와 강조** 문장의 주요 내용이나 키워드에 강세를 누고 명확하게 발음한다.

2. **표현력** 억양, 템포, 감정 등을 다양하게 사용하여 내용을 흥미롭게 전달한다.

3. **숙지** 원고를 미리 충분히 읽고 이해하며, 내용을 숙지한다.

4. **발음** 발음에 신경을 써 각 단어와 문장을 명료하게 발음한다.

5. **약어 및 약칭** 필요한 경우 약어 및 약칭을 사용하지만, 듣는 이가 이해할 수 있도록 명확하게 발음한다.

6. **피칭** 발성의 높낮이를 변화시켜서 강조하거나 주의를 준다.

7. **템포** 발성의 속도를 조절하며, 너무 빠르거나 느린 속도는 이해하기 어렵다는 점에서 자신에게 적절하면서도 대중에게 귀에 쏙쏙 들어오는 수준의 속도를 익혀나간다.

8. **빗나가거나 엇나가는 발음 피하기** "우", "으"와 같은 모음과 다른 자음을 결합해 발음할 때 빗나가거나 엇나가서 거친 소리가 나는 경우가 많다. 이

를 피해 명료한 발성을 유지한다.

9. **끊임없는 연습** 원고를 반복적으로 연습하고 녹음하여 발성의 품질과 명료성을 개선한다.

10. **자신감** 발언에 자신감을 갖고, 긴장을 풀며 천천히, 명확하게 발음한다.

이러한 방법으로 원고를 또박또박 잘 읽고 명료하게 전달할 수 있다. 오랜 연습과 자신감을 갖추면 발표나 읽기 활동에서 효과적으로 전달할 수 있을 것이다.

클래식을 노래하면 발음·발성이 좋아진다

　감정을 폭발시키는 대중가요와 달리, 가곡과 아리아 등 클래식 노래를 연습하면 발음과 발성이 좋아진다. 클래식 노래를 연습하는 과정에서 발음과 발성이 개선되는 현상에는 여러 이유가 있을 수 있다.

　서양 고전 음악으로 풀이되는 클래식 음악^{classical music}의 개념은 19세기 유럽에서 확립되기 시작한 음악장르다. 유럽에서는 18세기에 계몽주의가 중심사조로 자리 잡았고 이에 따라 근대과학으로서의 인문학이 점차 발전함에 따라 음악사학도 옛 음악들에 대한 근대적 연구 성과를 내놓기 시작했다. 이후 19세기에는 시민계급의 지위가 신장되면서 이들 또한 문화향유의 일종으로서 옛 음악에 대한 관심을 갖기 시작했고 이에 따라 이러한 음악들을 연주하는 공공연주회가 성행하게 되면서 이들 음악이 대중화됐다. 공공연주회는 점차 서양음악의 주요 장르에 있어서 탁월한 가치를 지니고, 다른 작곡가에게 그 모범적 기준을 제시하였으며 또한 공공연주회에서 청중들에게 인기가 있는 작품들을 통용하는 '규범적' 의미의 '고전'^{Classic} 음악 작품이 확립되기 시작했다. 이후 현대에 이 전통의 기준은 '공통관습시대'^{Common practice period}로 불리는 1550년부터 1900년까지로 규정되며, 이 300여 년 동안의 음악의 특징은 대위법과 화성학 등 근대적 음악이론이 확립된 후 작곡된 조성음악이다. 한국의 현대음악도 마찬가지의 과정을 겪었고, 서양고전음악의 유입으로 한국의 음악은 동양과 서양의 상호영향을 통해 발전하고 있다.

필자가 클래식이 우리의 말하기나 발성에 도움이 된다는 평가를 했다고 해서, 클래식이 대중가요보다 우월하거나 더 뛰어난 문화장르라는 평가는 아니다. 이들은 각각의 예술로서의 독자성과 특성을 갖고 있어 상호 조응하고 소통하며 발전의 길을 가고 있다. 그러나 클래식이 대부분 고급예술을 향유하는 상류 문화예술층과 오피니언 리더를 중심으로 한 음악회에서 불리고, 감정정화 작용을 일으키는 역할을 한다는 점에서 많은 이들의 사랑을 받고 있는 점도 매우 중요하다. 그렇다면 그 이유를 구체적으로 분석해보자.

1. **호흡 제어** 클래식 노래는 긴 구절과 복잡한 음악적 구조를 가지고 있어 호흡 흐름을 제어하고 조절해야 한다. 이를 통해 호흡이 고르고 안정적으로 이루어지며 발성에 도움이 된다.

2. **음역 확장** 클래식 노래에는 다양한 음역이 사용되기 때문에, 연습을 통해 음역을 넓히고 발성력을 향상시킬 수 있다. 점진적으로 높은 음과 낮은 음에 대해 안정적으로 발성할 수 있게 된다.

3. **발성 기술** 클래식 노래에서는 다양한 발성 기술이 요구된다. 연습을 통해 각 기술을 습득하고 완벽하게 구사할 수 있도록 발전시킬 수 있다. 예를 들어, 견고한 가슴 음성을 사용하여 강하고 풍부한 소리를 만들어내는 등의 기술이 있다. 특히 벨칸토 창법을 비롯해 성악을 하는 발성기술은 음악학자와 현장 작곡가 및 성악가들에 의해 꾸준히 발전해, 더욱 풍요롭고 감동적인 예술장르로 승화시키고 있다.

4. **발음 정확성** 클래식 노래는 다양한 언어로 구성되었기 때문에 발음

의 정확성이 중요하다. 연습을 통해 언어의 발음 규칙을 익히고 정확하게 발음할 수 있게 된다. 올바른 발음은 가사의 의미를 명확히 전달할 수 있도록 도와준다.

5. **억양과 강세**　클래식 노래에서는 억양과 강세가 중요한 역할을 한다. 연습과 철저한 음악적 해석을 통해 적절한 억양과 강세를 사용하고 음악의 의미와 감정을 표현할 수 있다.

6. **음악적 해석**　클래식 노래는 음악적 해석과 감정 표현이 필요하다. 리듬, 박자, 음악적 마디 등을 이해하고 해석하여 발성하면 음악에 대한 이해와 표현력이 향상된다.

7. **근육 제어**　발성은 입, 혀, 목, 흉곽 등의 근육을 조절하여 이루어진다. 클래식 노래 연습은 이러한 근육들을 강화시키고 제어할 수 있는 능력을 향상시켜 발성의 정확성과 안정성을 개선시킨다.

8. **자기 감독**　클래식 노래를 연습하면서 자기 스스로 발성과 음역, 음색 등을 감독하는 능력도 향상된다. 녹음, 비디오 녹화, 라이브 공연 등을 통해 자기 발성을 듣고 분석하여 개선해 나갈 수 있다.

9. **집중력 향상**　클래식 노래는 복잡하고 고난도의 어려움을 갖는 경우가 많다. 이를 연습하는 동안 집중력을 향상시키고 세밀한 발성 기술을 연마하는 데 도움이 된다.

10. **자신감 증진**　클래식 노래를 연습하면서 발성과 발음이 개선되고 음악적 표현력이 향상되면 자신감이 크게 증가한다. 이는 더욱 발전하여 전문적인 수준의 공연을 할 수 있는 자신감의 기반이 된다.

이러한 이유들로 인해 클래식 노래 연습을 통해 발음과 발성이 점차 좋아지는 현상이 나타난다. 피나는 연습과 노력을 통해 발성 기술과 음악적 표현력을 개선할 수 있다.

축사·행사에서 말하는 방법

행사에 내빈으로 참석하면 축사를 하게 된다. 이왕 하는 것 축사를 잘 하는 방법을 숙지하고, 멋지게 축사하면 하객들이나 청중들이 모두 나의 팬이 될 수 있다. 축사를 잘 하는 방법을 10가지 살펴보자.

1. **목적 파악하기** 축사를 할 때, 어떤 메시지를 전달하고 싶은지 명확하게 파악해야 한다. 감동, 위로, 흥미 등 다양한 목적에 맞는 축사가 될 수 있다.

2. **준비를 철저히** 축사를 할 자료나 준비물을 미리 확인하고, 충분히 연습하여 자신감을 가지고 준비하면 좋다.

3. **간결하고 명확하게** 축사를 할 때, 너무 길고 어려운 문장보다는 간결하고 명확한 문장을 사용하는 것이 바람직하다. 듣는 사람들이 이해하기 쉽도록 해야 한다.

4. **감정을 담아서** 축사는 일종의 감정 전달이기 때문에, 당신의 감정을 충분히 담아서 전달하자. 진심이 담긴 축사는 더욱 감동을 주게 된다.

5. **청중에 대한 이해** 축사를 할 때, 청중을 고려해야 한다. 청중의 연령, 문화적 배경 등을 파악하여 적절한 언어와 예를 사용해야 한다.

6. **인용구 사용하기** 유명한 인용구나 문학 작품에서의 명언 등을 축사에 활용하면 좋다. 이를 통해 듣는 사람들에게 감동을 줄 수 있다.

7. **이야기 나누기** 축사에 이야기를 추가하는 것은 듣는 사람들에게 생생한 경험을 전달하는 방법이다. 이야기를 통해 더욱 새롭고 원만한 관계를 형성할 수 있다.

8. **열정적인 표현** 축사는 열정과 감정을 담아야 한다. 목소리에 정확한 강세, 강조, 감정을 담아내는 것이 좋다.

9. **연습, 연습, 연습** 축사는 꾸준한 연습을 통해 개선된다. 자주 연습하고 동료, 가족, 친구들 앞에서 연습해 보자.

10. **피드백 받기** 축사 후 동료나 가족에게 피드백을 받는 것이 중요하다. 그들의 의견을 듣고 반영하여 축사를 개선하는 것이 바람직하다.

한편 청중이 졸거나 지루하지 않도록 연설이나 스피치를 잘하는 방법은 무엇인가? 강연자는 늘 객석과 청중을 보면서, 어떻게 하면 청중이 집중할 수 있는 연설이나 스피치를 할지 고민해야 한다.

1. **간결하고 명확하게 말하기** 문장을 길게 늘여 이야기하지 말고 정확하고 명료하게 말하는 것이 중요하다.

2. **이야기를 풍부하게 꾸미기** 이야기를 생생하게 만들고 듣는 이들의 상상력을 자극할 수 있는 상세한 설명을 해보자.

3. **감정을 전달해 보이기** 감정을 담아 말할 수 있도록 발성과 억양을 잘 조절한다.

4. **관련성을 유지하기** 청중이 흥미를 잃지 않도록 연설의 메시지와 관련된 이야기나 예시를 사용하면 좋다.

5. **토론 또는 질문 포함하기** 청중과 상호작용이 가능하도록 토론이나 질

문을 포함하여 연설을 구성하면 도움이 된다.

6. **예언식 질문 사용하기** "상상해 보세요"또는 "누가 생각하지 않았을까요?"와 같은 예언식 질문을 사용하여 청중의 흥미를 유발해보자.

7. **호기심을 자극하기** 청중에게 반문 또는 호기심을 자극하는 질문을 하여 관심을 끌어보자.

8. **관중 참여 유도하기** 연설 도중 청중을 참여시키도록 독려하는 패널 토론이나 그룹 작업을 이용해보자.

9. **유머를 활용하기** 가벼운 유머 요소를 추가하여 청중들의 웃음을 자아내고 흥미를 유발하는 것이 좋다. 하지만 자연스럽고 적절한 유머를 사용해야 한다.

10. **열정적으로 말하기** 자신의 열정을 보여주고 말할 주제에 대한 관심을 청중과 공유하면 도움이 된다.

이러한 방법들을 사용하여 연설이나 스피치를 할 때 청중의 흥미를 도출하고 상호작용을 유도할 수 있을 것이다.

건배사의 정치학

건배사는 행사나 모임에서 자신을 잘 드러내고 동시에 수많은 사람들의 주목 속에 인기를 끌 수 있는 대표적인 기회다. 자신만의 특유한 스토리텔링, 독특하고 흥미로운 건배사로 많은 사람들의 사랑을 받는 방법을 터득하면, 수많은 팬들을 확보할 수 있다. 바로 건배사의 정치학이다. 건배사를 사람들이 자주 사용하는 대표적인 인기 건배사와 함께 어떻게 자신만의 관점으로 멋지게 건배사를 할지 살펴보자.

1. **정확하고 명확한 멘트** 건배사는 간결하고 분명해야 한다. "모두 건배합니다", "이 자리에 모인 모든 분들을 위해, 모두의 사랑과 미래를 위해 건배합니다"와 같은 간단한 멘트로 시작할 수 있을 것이다.

2. **감사와 감동 표현** 참석한 인원들에게 감사의 마음을 표현하는 것이 중요하다. "참석해주신 모든 분들께 깊은 감사의 말씀을 드립니다"와 같은 표현을 사용할 수 있다.

3. **특별한 이벤트나 성취 기억** 주제와 관련된 특별한 이벤트나 성취에 대해 언급하여 분위기를 고조시킬 수 있다. 예를 들어 "오늘은 우리 회사의 20주년을 축하하는 특별한 자리입니다. 함께 나아갈 또 다른 20년을 위해 건배!"와 같이 발언할 수 있다.

4. **자신과 관련된 이야기** 건배사를 할 때 자신과 관련된 이야기를 공유

하는 것은 유쾌하고 인상적이다. 예를 들어 "제가 첫 출장에서 여러분과 친하게 지내며 많은 경험을 나눌 수 있어서 기쁩니다"와 같이 말할 수 있다.

5. 축하대상 간접 언급 축하하고자 하는 대상을 간접적으로 언급하여 참석자들과 함께 기뻐하는 분위기를 만들어 준다. 예를 들어 "오늘은 우리의 매출 대폭 상승을 축하해야 할 때입니다. 수고해주신 대외협력부와 사장님을 위해 건배!"와 같이 발언할 수 있다.

6. 웃음과 유머 건배사에 유머를 넣어 분위기를 가볍게 만들 수 있다. 그러나 일상적이거나 모욕적인 내용, 다소 썰렁해지는 표현은 피해야 한다. 예를 들어 "지난주에 저는 무언가를 잘못해서 굉장히 어색한 상황에 처했는데, 여러분이 저를 마치 슈퍼히어로처럼 도와주셔서 감사합니다. 여러분은 슈퍼맨이고 원더우먼이며 스파이더맨입니다. 다 같이 거미를 위해 건배!"와 같이 웃음을 줄 수 있는 이야기를 할 수 있다.

7. 공동의 목표 강조 건배사를 통해 함께하고자 하는 목표를 강조하는 것이 좋다. 예를 들어 "오늘 모여주신 여러분과 함께 더욱 더 성장하고 발전하기 위해 건배합니다"와 같이 발언할 수 있다.

8. 포용과 연대감 건배사는 서로 다른 배경을 가진 사람들이 모였을 때 특히 중요하다. 참석한 모든 인원을 포용하고 연대감을 느낄 수 있는 메시지를 전달해야 한다. 예를 들어 "오늘은 우리의 다양성과 상호 호혜적인 관계를 축하하는 자리입니다"와 같이 말할 수 있다.

9. 시선 마주침과 화합된 멘트 준비된 건배사보다는 시선을 마주치며 자연스러운 멘트를 사용하는 것이 좋다. 예를 들어 "오늘은 모두 함께 가슴 높이 키울 때입니다"와 같이 주변 분위기에 맞춰 말하면 좋다.

10. 긍정적 에너지 유지　건배사는 행복과 성공을 축하하는 자리다. 긍정적인 에너지를 유지하고 희망과 기대를 전달하는 메시지를 전달해야 한다. 예를 들어 "오늘 우리의 미래는 굉장히 밝고 기대감이 넘치는 것 같습니다"와 같이 발언할 수 있다.

공식행사, 술자리나 회식자리에서 하는 건배사는 감사와 축복, 예의와 축하, 소통과 유대의 관계를 만들고, 정치권에서는 생략하면 안 되는 중요한 소통과 연대의 장이다. 사회생활이나 직장생활에서 참으로 중요한 역할을 한다. 그러나 익숙하지 않기 때문에 건배사를 부담스러워 하고, 망설이고 도망가려는 사람들도 많다. 그래도 자꾸 해보고, 철저하게 나의 브랜드 가치를 높이도록 준비하면 건배사는 나를 빛나게 하는 좋은 도구가 될 것이다.

건배사의 정치학은 사람들과 함께 건배하며, 사람과의 돈독한 인간관계, 지도자로서의 정치적 위상 제고, 유권자나 주민과의 관계 설정을 하는 중요한 계기가 된다는 점에서 의미가 있다.

건배는 서로 술잔을 들고 특정한 일을 축하하거나, 타인의 건강이나 행운을 비는 행위로, 정치적 사회적 관계를 형성하는 자리다. 건배는 주로 축하하는 의미에서 진행하므로 건배사는 축사로 볼 수도 있으며, 직장이나 각종 모임, 특히 정치 행사에서 주로 사용한다.

건배사는 일반적으로 만찬회에서나 외부에서 온 인사를 환영하기 위해 하는 경우가 많다. 건배사가 다른 축사와 다른 점이 있다면, 축사는 축하의 말을 담은 말이지만, 건배사는 참석자들의 분위기를 고양하고 원팀정신을 이끌어내며, 술자리에서 특정한 집단이나 행위와 연관된 것이라는 점에서 차이를 보인다.

건배를 하기 전에 하게 되는 축하의 말이 바로 건배사이며, 연회에서는 상당히 의례적인 절차에 해당된다. 짧지만 강하게 상대의 뇌리에 인식되는 감각적인 건배사를 통해 상대를 내 편으로 또는 호감을 갖게 할 수 있다.

센스 있는 건배사 10계명

건배사의 사회학적 기능은 사람들이 모여 함께 술을 들며 건배하는 시간에 사용되는 축배의 말이라는 점에서 의의가 있다. 사회적인 모임이나 특별한 행사에서 자주 사용되며, 사회생활에서 매우 중요하다.

먼저, 건배사의 기능은 다음과 같다.

1. **감사와 축복의 표현** 건배사는 함께 시간을 보내고 있는 사람들에게 감사의 마음을 전하며, 그들의 행복과 번영을 기원하는 것이다. 이는 사람들 간의 연결과 교감을 증진시키고, 연대의식을 키우는 역할을 한다.

2. **경의와 예의의 표현** 건배사는 상대방을 존중하고 존경하는 마음을 전달하며, 모임이나 행사의 분위기를 따뜻하고 즐거운 것으로 만든다. 건배사를 통해 사회적인 규칙과 예절을 지키는 것을 나타낼 수 있다.

3. **기쁨과 축하의 의미** 건배사는 특별한 순간이나 성공적인 이벤트를 축하하며, 그 순간을 더욱 특별하고 기억에 남게 만든다. 이는 사회적인 연대와 공감을 나타내는 중요한 역할을 의미한다.

4. **소통과 유대의 수단** 건배사를 사용함으로써 사람들은 서로와 소통하고 유대감을 형성할 수 있다. 공동의 목표나 성공을 기원하며 모두가 하나로 연결되는 느낌을 주어 모임의 분위기를 좋게 만든다.

5. **기억에 남는 추억의 순간** 건배사는 특별한 순간에서 사용되기 때문에,

그 순간을 더욱 의미 있고 기억에 남게 만든다. 사람들은 건배사를 통해 그 순간의 감동과 기쁨을 공유하며 서로의 소중한 추억으로 남게 된다.

이어서 센스 있는 건배사를 하기 위한 10계명을 알아보면, 다음과 같다.

1. 좌중에게 감사 인사와 함께, 객석과 감정을 교감하는 것이 좋다. 좌중의 핵심인사에 대한 찬사와 감사, 생일이나 승진, 포상 등 누군가 좋은 일이 있는 사람을 칭찬하거나 축하하는 말을 건네는 건배사는 모두를 흥겹게 만든다.

2. 재미있는 이야기나 흥미 있는 에피소드를 넣으면 집중력이 높아진다. 또한 짧고 강하게 스토리텔링으로 진행해야 한다.

3. 따라하면 기분이 좋아지는 '선창과 후창'으로 힘 있고 좌중을 압도하는 목소리로 진행하면 도움이 된다.

4. 센스 있는 건배사를 할 때 가장 중요한 건 타이밍이며, 짧고 전달력이 크며 상대의 감정을 끌어들이는 건배사를 외쳐야 한다.

5. 좌중이 집중하고 모두에게 들리도록, 유쾌하며 명확하고 힘찬 음성으로 건배사를 외쳐야 성공할 수 있다.

6. 건배사를 하기 전에 3~5초간 주변을 둘러보며 침묵을 하는 것이 좋다. 잠깐의 침묵은 사람들을 집중시키는 효과가 있다.

7. 딱딱하게 말을 하는 것보다는 노래하듯 강약과 장단을 넣고, 짧은 노래 구절을 부르면서도 해도 좋다.

8. 너무 길면 주의가 산만해지고 집중력이 흐트러지므로 30초 정도 하

는 것이 좋다.

9. 마지막 부분에 힘을 넣어서 강인한 인상과 경쾌한 마무리의 느낌을 주는 것이 좋다.

10. 마무리는 건배사와 건배 후 박수를 같이 침으로써, 모두 함께하는 의미를 담아 건배사가 환영받고 좋았다는 느낌으로 마무리한다.

실제 자주 사용되는 건배사들

- 여기저기 : 여기 계신 여러분의 기쁨이 저의 기쁨입니다.
- 단무지 : 단순 무식하게 지금을 즐기자!
- 통통통 : 의사소통 운수대통 만사형통!!!
- 사우나 : 사랑과 우정을 나누자!!
- 지화자 : 지금부터 화끈한 자리를 위하여!!!
- 중꺾마 : 중요한 건 꺾이지 않는 마음!!
- 진달래 : 진하고 달콤한 내일을 위하여!!
- 청바지 : 청춘은 바로 지금!!
- 새신발 : 새롭게 신나게 발랄하게!!
- 개나리 : 계급장 떼고 나이도 잊고 리프레시하자!!
- 고사리 : 고맙습니다. 사랑합니다. 이해합니다.
- 사이다 : 사랑합니다. 이 술잔에 다 바쳐 원샷!

  사랑합니다. 이만큼 다!
- 뚝배기 : 뚝심 있게 배짱 있게 기운차게!!
- 나가자 : 나라 가정 자신을 위하여!!

- 박보검 : 박수를 보냅니다. 겁나게 수고한 당신께!
- 오바마 : 오래도록 바라는 대로 마음먹은 대로!
- 아이유 : 아름다운 이 세상 유감없이 살다 가자!!
- 진군하라! : 이순신 장군과 함께 진군하라! 둥둥 와!

지인과 친구들과의 모임자리 건배사

- 오징어 : 오래도록 징그럽게 어울리자
- 사우디 : 사나이 우정은 디질 때까지
- 사이다 : 사랑을 이 술잔에 담아 다힘께 원샷
- 아우디 : 아줌마들의 우정은 디질 때까지

회식자리 건배사

- 뚝배기 : 뚝심 있고 배짱 있고 기운차게
- 여기저기 : 여기에 계신 여러분의 기쁨이 저의 기쁨입니다
- 소화제 : 소통과 화합이 제일이다
- 무한도전 : 무조건 도와주고 한없이 도와주고 도와달라고 하기 전에 도와주고 전화걸기 전에 도와주자
- 진달래 : 진하고 달콤한 내일을 위하여
- 마취제 : 마시고 취하는 게 제일이다
- 이멤버 : 이 멤버를 기억하자
- 나가자 : 나라 가정 자신의 발전을 위하여

- 마당발 : 마주 앉은 당신의 발전을 위하여
- 소화제 : 소통하고, 화합하고 재미있게
- 참이슬 : 참 오랜만입니다. 이 순간을 기다렸습니다. 슬슬 마시죠
- 지화자 : 지금부터 화합하자
- 재건축 : 재미있고 건강하게 축복하며 살자
- 재개발 : 재미있고 개성 있게 발전적으로 살자
- 이기자 : 이런 기회를 자주 만들자
- 청바지 : 청춘은 바로 지금부터
- 우아미 : 우아하고 아름다운 미래를 위하여
- 마무리 : 마음 먹은 것은 무엇이든 이루자
- 나가자 : 나도 잘되고 가도 잘되고 자도 잘되고
- 모바일 : 모든 것이 바라는 대로 일어나길
- 너뭐돼 : 너무 고생했다 뭐가 걱정이고 되겠지 일단 마시자
- 마마무 : 마음껏 마시되 무리하지 말자
- 배고파 : 배려는 없다 고주망태 없이 파토는 없다
- 유재석 : 유치해도 재밌잖아 섞어 마셔
- 아이폰 : 아직 괜찮아 이제 시작이지 폰만 잘 챙기자

건배사는 참으로 무궁무진하게 많다. 처음에는 부담스럽고 싫어하는 사람들도 많지만, 자꾸 공식행사나 무대에서 반복해보고, 치밀하고 꼼꼼하게 준비하면 건배사는 나를 빛나게 하는 좋은 도구가 될 것이다.

10부_ 발음·발성이 좋은 말하기

11부

자기소개와 발표,
면접 비법

자기소개 1분 스피치, 5분 스피치

1분 스피치

행사장이나 면접장, 대중 앞에서 1분 스피치를 하게 되는 경우가 있다. 심사위원이나 면접위원들은 1분 스피치로 자신을 소개하라고 요청한다. 갑작스러운 경우도 있고, 준비를 할 시간적 여유가 있는 경우도 있다. 대중 앞에서 1분 스피치를 어떻게 하면 잘 할 수 있을까?

1. 주제 선정 명확하고 구체적인 주제를 선택하여 준비한다. 대중의 관심을 끌 수 있는 주제가 좋다. 특히 이 시대를 살아가는 사람으로서 함께 고민하고 답을 찾아야 하는 문제가 많다. 주제를 어떻게 정하고, 짜임새 있는 전개를 통해 말할지 계획을 잘 세워야 한다.

2. 목표 설정 스피치의 목적을 명확히 정의하고, 대중에게 전하고자 하는 주요 메시지를 결정해야 한다. 목표와 목적이 명확해야, 구체적인 전개와 절정, 결말에 이르는 과정이 선명해진다.

3. 구조화 스피치를 시작, 본론, 결말의 세 부분으로 나누어 구조화한다. 각 부분은 명확하게 정리돼야 한다. 기승전결의 4단계로 해도 되고, 5단 논법으로 전개해도 된다. 단 자신이 생각하는 메시지를 명료하게 전달할 수 있는 내용으로 전개과정을 치밀하게 구상해야 한다.

4. 요약 주제와 목표를 간단히 요약하는 개요를 작성한다. 이는 청중의

주의를 집중시키는 데 도움이 된다. 뼈대를 잘 다듬고 정리하면 된다. 인터 넷에 방대한 분량이 글을 올렸을 때, 게시물 끝 부분에 글 전체의 내용 가운데서 핵심적인 부분만 골라 글의 기승전결에 따라 3~4줄로 요약해 정리해주는 '석 줄 요약' '네 줄 요약'과 같이 핵심을 빨리 파악하고 정리해두면 도움이 된다.

5. **간결성** 스피치는 시간제한이 있으므로, 간결하고 명료하게 구성하는 것이 중요하다. 핵심 아이디어에 집중하는 것이 좋으며, 핵심 주제를 중심으로 속도감 있게 말하는 것이 청중들의 집중력을 높인다.

6. **연습** 스피치를 여러 차례 연습하면 자신감을 키우고 말하는 속도와 흐름을 조절하는 방법을 익힐 수 있다. 반복해서 연습하나 보면, 말이 잘 나오지 않거나 꼬이는 부분을 점검해 집중적으로 반복해 연습해야 한다. 연습이 실수를 줄인다.

7. **몸짓과 표정** 자신의 태도와 감정을 비언어적 스피치 요소인 몸짓과 표정 등 제스처로 전달하는 것이 좋다. 자신감을 보여주는 자세를 유지하면 청중에게 긍정적인 인상을 남길 수 있다. 똑같은 자세로 말을 계속해나가면 청중들이 지루해진다. 적절한 손짓과 몸짓, 표정, 객석으로의 이동 등 다양한 방법으로 청중의 지루함과 졸림을 깨우는 것이 좋다.

8. **청중과 교감** 말할 때 청중과 교감하며 눈을 맞추고, 웃음이나 인사처럼 청중의 반응을 고려하는 것이 좋다. 청중과의 상호작용은 흥미를 유발할 수 있다. 청중 중에서 주목할 만한 사람, 다들 좋아하는 사람을 골라 말을 시키기도 하고, 청중에게 공통의 질문을 던져서 함께 공감하는 시간을 만드는 것도 좋다.

9. **음성 조절** 음성의 크기와 강도, 억양을 조절하여 스피치에 감동과 강

조를 더하는 것이 좋다. 목소리를 활용하여 스피치의 메시지를 더욱 잘 전달할 수 있다.

10. **자신을 위한 칭찬** 스피치를 잘 마친 후에는 자신을 칭찬하고 긍정적인 피드백을 받는 것이 좋다. 자신을 충분히 인정하고 또 인정받으면서 스피치를 하다보면, 스스로 발전해나갈 수 있다.

이와 같은 방법들을 활용하여 대중 앞에서 1분 스피치를 자신 있고 효과적으로 진행하다 보면, 언제 어느 순간이든 멋진 스피치를 할 수 있다.

5분 스피치

청중 앞에서 주제를 갖는 5분 스피치는 대중과의 소통에서 매우 중요한 역할을 한다. 5분이라면 상당히 긴 시간으로 다양한 주제의 이야기를 잘 다루면 청중과의 감동이 있는 소통을 이룰 수 있다.

청중 앞에서 5분 스피치를 잘 하는 방법은 3단 또는 4단이나 5단 구성을 통해 골격을 잡고, 다양한 자료를 활용함으로써 강연의 내용을 풍성하게 할 수 있다. 5분 스피치를 잘하는 방법을 함께 살펴보자.

1. **관심을 끌 수 있는 시작** 주목을 받기 위해 흥미로운 사실, 에피소드, 질문 등으로 스피치를 시작한. 청중의 관심을 끌고 스피치에 집중하도록 만들어야 한다.

2. **강력한 개요 구성** 스피치의 구조를 청중이 쉽게 이해할 수 있도록 구성한다. 목차 혹은 요약을 제공하여 스피치 흐름에 대한 설명을 덧붙일 수 있다. 개요의 구성이 탄탄하고, 관련된 이야기나 에피소드를 스토리텔링

방식으로 연결하면 알찬 내용이 담긴 멋진 강연으로 연결할 수 있다.

3. **청중 맞춤형 언어 사용** 청중의 수준과 배경을 고려하여 분명하고 쉽게 이해될 수 있는 언어를 사용한다. 대중이 이해하기 어려운 전문 용어나 구어체에 대해서는 늘 신중하게 주의해야 한다.

4. **명쾌한 주장과 근거** 스피치의 목표와 메시지를 명확히 제시하고, 이를 뒷받침하기 위해 강력하고 신뢰할 만한 근거와 예시를 제공한.

5. **다양한 감정의 표출** 스피치에 다양한 감정을 담아내면 청중과의 감정적인 연결이 형성되어 더욱 효과적으로 대화를 이끌어 낼 수 있다.

6. **적절한 시각적 자료 활용** 그래프, 차트, 이미지 등의 시각적 자료를 활용하여 스피치를 시각적으로 풍부히 만드는 것이 좋다. 이는 정중의 이해를 돕고 기억에 남게 한다.

7. **목소리와 흐름의 다양성** 목소리의 톤, 속도, 강도를 조절하여 스피치에 다양성을 부여하자. 흐름에 변화를 주어 흥미를 유지할 수 있다.

8. **청중과 상호작용** 청중과의 상호작용을 촉진하기 위해 질문을 하거나 간단한 설문조사를 진행하여 청중을 참여시킬 수 있다.

9. **강력한 결말** 스피치를 감동적으로 마무리하기 위해 간결하고 인상 깊게 마무리지어야 한다.

10. **연습과 자신감** 스피치를 반복적으로 연습하여 자신감을 키운다. 영상 녹화를 통해 피드백을 받거나 가까운 사람들 앞에서 연습할 수도 있다.

위의 방법들을 활용하여 청중 앞에서 5분 스피치를 자신 있고 효과적으로 진행할 수 있다.

강의하기: 20분, 40분, 60분

　대중을 상대로 하는 행사에서 강연에 나서게 될 경우가 종종 있다. 특정한 집단이나 모임을 대상으로 하는 강연도 있고, 불특정 다수를 대상으로 즉석 강연을 하게 되는 경우도 있다. 강의를 어떻게 하면 잘 할 수 있을까? 청중들이 모두 행복하고 즐거운 표정으로 만족스럽게 강연을 듣고 가도록 하려면 어떻게 해야 할까? 각종 행사에서 대중 강연을 잘하는 방법을 살펴보자.

　1. 명확한 목표 설정　강연에서 전달하고자 하는 목표를 명확히 설정하고 구체적으로 계획해야 한다. 청중에게 어떤 메시지를 전하고, 청중이 즐겁게 들을 수 있도록 확실하게 설계해야 한다.

　2. 청중분석　대중의 특성을 고려하여 맞춤형 강연을 준비해야 한다. 청중의 관심사, 고민하는 문제들, 필요로 하는 정보 등을 파악해 청중을 흥미롭게 만들 수 있는 방법을 찾아야 한다.

　3. 이야기 형식을 통한 스토리텔링　사례, 경험, 에피소드 등을 통해 이야기를 구성하고 청중의 감정과 공감을 이끌어 내야 한다. 스토리텔링은 강연을 생동감 있게 만드는 중요한 요소이다.

　4. 비주얼과 청각적 자료 활용　그림, 차트, 도표, 동영상 등의 시각적 자료와 사운드를 활용하여 강연을 풍성하고 재미있게 만들면 강연의 성공률이

높아진다. 청중의 시각과 청각을 모두 활용하는 것이 좋다. 그냥 말로만 하는 것보다는 파워포인트와 유튜브 등 다양한 시청각 기능을 가진 기기를 이용한 강연이 도움이 된다. 여기에 세계적인 테너나 소프라노를 초청해 축하공연을 갖고, 강의에도 함께하도록 하면 성공 가능성은 더욱 커진다.

5. **자신감을 갖고 발표** 자신감을 가지고 강연에 임해야 한다. 그래야 객석의 청중이 강연자를 믿고 열심히 경청하고 따라오게 된다. 강연자의 목소리, 자세, 표정, 청중과 눈을 마주치는 아이컨택 등을 통해 자신의 말을 확실하게 전달하면 좋다.

6. **인터랙션과 질의응답** 청중과의 상호작용을 통해 참여율을 높이고 흥미를 유발하는 것이 좋다. 질문을 던지거나 참여를 유도하는 방법을 활용하면 청중은 적극적으로 강연에 참여한다.

7. **유머와 웃음 활용** 적절한 유머를 활용하여 강연을 재미있게 만드는 것이 좋다. 웃음은 대중과의 연결고리를 만들어 주는 중요한 도구이다. 말이나 글을 즐겁고 재치 있게 구사하는 유머나 위트를 적절하게 사용하면, 강연은 즐겁고 웃음이 넘치는 축제의 장이 될 수 있다.

8. **장애물을 대처하는 방법** 예상치 못한 문제나 실수에 직면했을 때, 냉정하게 상황을 대처하고 피드백을 받아 개선해야 한다. 당황하거나 말을 우물거리거나 더듬는 행동은 강연에 대한 신뢰도를 떨어뜨리는 매우 위험한 행동이다. 늘 자신에게 자비롭고 당당하며, 유연하고 탄력성 있게 대처하는 자세가 필요하다.

9. **생동감 있는 목소리와 청중에 대한 주의** 목소리 세기와 강도를 조절하여 크게 소리가 높아지거나 커지지 않도록 주의해야 한다. 청중과의 눈맞춤인 '아이컨택'을 유지하여 신뢰와 관계를 형성하는 것이 좋다. 청중이 신뢰하

며 유쾌해지면, 그 강연은 100% 성공한 것이다.

10. 연습과 준비　강연을 반복적으로 연습하고 피드백을 받아 수정해나가면 완성도가 높아진다. 사전에 장소 및 장비 확인, 리허설을 통한 무대 상황 점검 등 철저한 준비가 필요하다. 충분한 연습과 준비는 강연의 효과를 높일 수 있다.

이와 같은 방법들을 활용하여 대중 앞에서 효과적이고 매력적인 강연을 진행할 수 있다.

발표를 어떻게 잘할 것인가?

    직장을 다니면 수많은 청중과 고객 앞에서 발표를 하는 경우가 자주 생긴다. 다수의 청중 앞에서 발표를 해보지 않은 새내기나 중간 관리자, 고위임원들 모두가 당황하고 어쩔 줄 몰라 하는 경우를 자주 본다. 쉽지 않지만, 정말 잘 할 수 있다. 수많은 청중과 고객 앞에서 어떻게 하면 발표를 멋지게 잘 할 수 있는지 생각해보자.

    1. 청중분석과 맞춤형 발표 청중의 특성과 관심사를 파악하고 그에 맞게 발표를 준비해야 한다. 청중이 원하는 정보와 요구를 충족시키는 발표가 중요하다.

    2. 구조화된 내용 발표 내용을 명확하게 구조화하여 청중이 이해하기 쉽도록 만들어야 한다. 시작, 본론, 결론의 흐름을 갖추고 주요 포인트를 강조하는 데서 출발한다.

    3. 시각적 자료 활용 그림, 차트, 도표 등의 시각적 자료를 활용하여 발표를 풍부하게 만들면 도움이 된다. 시각적 자료는 청중의 이해를 돕고 기억에 남도록 도와준다.

    4. 명확하고 간결한 언어 사용 간단하고 명확한 언어를 사용하여 발표를 진행하면 청중이 이해하기 쉽다. 어려운 용어나 전문적인 언어는 최소화하고 쉽고 짧은 언어를 사용하도록 노력해야 한다.

5. **목소리와 몸짓의 다양한 활용**   목소리의 음조, 톤, 강도 등을 다양하게 활용하여 감정을 전달하는 것이 좋다. 또한 몸짓과 동작을 통해 강조할 수도 있다.

6. **동화와 스토리텔링**   이야기를 통해 발표를 흥미롭게 만들고 청중의 공감을 얻을 수 있다. 인상적인 사례나 개인 경험 등을 활용하면 강연의 내용이 귀에 쏙쏙 들어갈 것이다.

7. **웃음과 유머 활용**   적절한 유머와 웃음은 발표를 생동감 있게 만들어준다. 청중의 관심과 지루함을 끊어주며 발표의 흥미를 높일 수 있다.

8. **인터랙션과 질의응답**   청중과의 상호작용을 통해 참여감을 높이고 관심을 유도하는 것이 좋다. 질의응답을 통해 청중의 관심을 적극적으로 높이고 소통하는 것이 성공 가능성을 키운다.

9. **자신감과 긍정적인 태도**   발표 중에 자신감을 유지하고 긍정적인 태도를 가지면 바람직하다. 자신을 믿고 청중에게 자신의 메시지를 전달하면서 긍정적인 에너지를 전달하면 청중은 강연자에 대한 깊은 믿음과 신뢰를 갖게 된다.

10. **연습과 준비**   발표를 반복적으로 연습하고 피드백을 받는 것이 좋다. 나 혼자 하기보다는 전문가의 조언과 일반인들의 소감을 반영해 강연을 구성하는 것이 좋다. 발표 장소와 환경을 사전에 확인하여 준비하고 긴장을 풀기 위해 호흡이나 명상 등의 기법을 활용하면 큰 도움이 된다.

이 같은 방법들을 적용하여 수많은 청중과 고객 앞에서 효과적이고 매력적인 발표를 할 수 있다.

면접 성공을 위한 준비 방법

　　입사 면접에 나선 새내기 신입사원 지망자는 떨리고 당황하는 경우가 많다. 이 한 번의 면접이 나의 운명을 좌우하는 중요한 계기가 될 것이기 때문이다. 그러나 면접관을 만족시키는 좋은 답변을 하기는 쉽지 않은 법이다. 입사 면접에서 잘 대답하기 위해 어떻게 준비할 것인가? 면접 성공을 위한 준비 방법을 알아보기.

　　1. 예상 질문을 통한 사전 준비　면접 전에 예상 질문 목록을 작성하고, 자신의 경험과 역량에 맞는 답변을 준비한다. 이를 통해 자신에 대한 객관적인 평가를 함과 동시에 자신감을 갖고 면접에 임할 수 있다.
　　2. 회사와 관련된 연구　회사의 업무, 제품, 문화, 경쟁사 등에 대해 깊이 있는 연구를 하면 도움이 된다. 면접에서 회사와 사회 전반에 걸친 지식과 다양한 관심사를 언급하면 자신의 관심과 열정을 보여줄 수 있다.
　　3. 강점과 약점 인식　자신의 강점과 약점을 인식하고, 면접에서 이를 효과적으로 전달할 수 있도록 준비해야 한다. 강점을 강조하며 약점에 대한 개선 계획을 소개하면 좋다. 누구나 약점이 있게 마련이며, 약점을 지적당했을 때 그에 대한 적절한 설명과 함께 어떻게 이를 보완하고 보강할지에 대한 계획을 솔직하게 이야기하면 긍정적인 평가를 받을 수 있다.
　　4. 구체적인 예시 사용　질문에 대한 답변을 주장이나 이론적인 내용으로

그치지 않고, 실제 경험에서 얻은 구체적인 예시를 사용해 설명하면 호감을 얻을 수 있다. 이를 통해 자신의 능력과 업무 경험을 보여줄 수 있다.

5. 명확하고 간결한 언어 사용 답변할 때 정확하고 명확한 언어를 사용하는 것이 좋다. 면접관이 이해하기 쉬운 답변은 좋은 인상을 남길 수 있다. 대신 남들과 차별화되는 자신만의 강점과 구체적인 내용 및 비전을 잘 설명하면 인상적으로 평가받을 수 있다.

6. 당당한 자세와 언어 톤 조절 당당한 자세는 자신감을 보여주고 면접관과의 의사소통을 원활하게 돕는다. 주눅 들거나 말을 더듬는 모습으로 호감을 사기는 어렵다. 당당하고 자신감이 넘치며 적극적으로 소통하려는 자세를 보이는 것이 좋다. 또 언어 톤을 조절하여 모든 질문에 진지하고 적절한 답변을 할 경우 긍정적인 반응을 얻을 가능성이 커진다.

7. 면접관과의 상호작용 면접은 단순히 질문과 답변의 연속이 아니다. 면접관과의 상호작용을 통해 자신의 관심과 진지함을 보여줄 수 있다. 면접관의 질문에 꼬리질문을 하거나, 자신의 궁금증을 표현해보면 도움이 될 수 있다. 공격적이고 까다로운 면접관의 경우 예의 바르면서도 당당하게 자신의 생각을 말하는 것이 도움이 된다. 과연 우리 회사에 적합한 사람인지 깐깐하게 물음으로써 좋은 인재를 선발하려는 의도이기 때문에 적극적인 답변과 소통이 바람직하다.

8. 준비된 질문 준비 면접시, 질문을 사전에 준비해 검증하는 것이 필요하다. 이를 통해 면접관에게 자신이 중요한 역할을 할 것임을 보여주고, 직무에 대한 깊이 있는 이해를 갖고 있다고 보여줄 수 있기 때문이다.

9. 자신의 성공 사례 언급 면접에서 자신의 성공 사례를 언급하면, 경험과 업적을 강조할 수 있다. 이를 통해 능력과 업무 수행에 대한 자신감을 보여

줄 수 있으며, 성공의 경험을 가진 사람은 회사 생활도 성공시킬 가능성이 크다는 점에서 호평을 받을 가능성이 높다.

10. 면접 후 감사 인사 면접 후, 면접관에게 감사 인사를 전하고 면접장을 나가는 것이 좋다. 이를 통해 자신의 관심과 예의를 표현하며, 자신이 배려심과 공손함을 갖춘 인재임을 은근슬쩍 보여줄 수 있다. 이메일이나 감사 메시지를 보내는 등 여러 경로를 통해 전달하면 도움이 될 수 있다. 늘 당당하고 예의바르게, 그러나 비굴하지 않게 자신의 실력과 성실성을 보여주는 것이 좋다.

이러한 방법들을 준비하고, 면접에 자신감을 갖고 임하면 성공의 가능성이 커진다.

면접 성공을 위한 노하우

말하기는 특히 면접을 볼 때 중요하다. 정치인의 심층면접도 있고, 기업체 입사 면접, 공공기관 취업 면접, 입시 면접 등 다양한 면접에서 어떻게 하면 성공적인 결과를 이끌 수 있을까?

면접을 볼 때 면접관을 어떻게 대하고 답변을 하는 것이 좋을까? 내 입장을 이해해주는 면접관이 있는 반면 호랑이 같은 면접관도 있고, 꼬치꼬치 캐물으며 단점만 찾아내려는 얄미운 면접관도 있다. 어떻게 대처하는 것이 좋은지 어떻게 답변하는 것이 좋은지 잘 준비하면 좋은 면접을 볼 수 있을 것이다. 다음과 같은 노하우를 익히면 성공적인 면접을 할 수 있을 것이다.

1. 예의 바르게 대하기   면접관에게는 공손하고 존중하는 태도로 응대해야 한다. 인사를 하고 지시가 있으면 자기소개를 한다. 인사에 대한 대답을 기다릴 동안 친절하게 가벼운 미소와 함께 좋은 분위기 형성을 위한 에너지를 발산해야 한다. 예시: "안녕하세요, 반갑습니다. 저는 XXX라고 합니다. 면접에 참석할 기회를 주셔서 감사합니다."

2. 자신감을 갖기   자신의 능력과 경험에 대해 확신을 가지고 면접관과 대화해야 한다. 자신이 가진 역량을 당당하고 자랑스럽게 이야기해야 한다. 주눅이 들거나 더듬거리는 순간 나에 대한 채점점수는 깎이고 있음을 알아야 한다. 예시: "제가 이 직무에 적합한 이유는 XXX 경험으로 인해서

라고 생각합니다. 이전 경력을 통해 XXX 능력을 배웠으며, 이를 통해 도전적인 상황에서도 문제 해결 능력을 갖추게 되었습니다."

3. 명확하고 구체적으로 대답하기   질문에 명확하고 구체적으로 답변하는 것이 중요하다. 주저하지 않고 핵심 포인트를 간결하게 전달해야 한다. 예시: "제가 이 프로젝트에서 어떤 역할을 맡았고, 어떤 결과를 이끌었는지에 대해서 설명드리겠습니다. XXX 프로젝트에서는 저는 XXX 업무를 책임져서 XXX 결과를 도출했습니다."

4. 긍정적인 태도를 유지하기   면접 중에도 긍정적이고 열린 태도를 유지해야 한다. 표정과 태도를 통해 자신의 관심과 열정을 보여줄 수 있어야 한다. 예시: "이 기업에 지원한 이유는 서비스와 가치관이 매력적으로 보여서입니다. 저는 고객 경험을 개선하고 긍정적인 영향을 끼칠 수 있는 이 회사와 함께 일할 기회를 갖고 싶습니다."

5. 명확하고 정확한 언어 사용하기   어떤 질문이든 명확하고 정확하게 이해하고 답변해야 한다. 모호한 어휘나 불필요한 용어를 사용하지 않아야 한다. 맺고 끊는 확실한 태도는 긍정적 평가를 받게 한다. 예시: "저는 어떤 문제를 겪었을 때 즉각적으로 대처하는 능력을 갖추고 있습니다. 예를 들면, XXX 상황에서는 XXX 조치를 취하여 문제를 해결하였습니다."

6. 기존 경험과 성과 중심으로 답변하기   면접관에게 자신의 경험과 성과에 대해 솔직하고 정확하게 이야기하면 도움이 된다. 이를 통해 자신의 능력을 입증할 수 있고, 면접관이 자신에게 관심을 끌게 하는 계기를 만들 수 있다. 예시: "저는 이전 회사에서 XXX 프로젝트를 이끌었는데, 이를 성공적으로 완료하고 XXX 결과를 도출하였습니다. 이를 통해 XXX 능력과 XXX 경험을 쌓을 수 있었습니다."

7. 리더십 및 협업 능력 강조하기　면접관에게 자신이 리더십과 협업 능력을 갖추고 있다는 것을 보여줘야 한다. 이를 통해 팀과 조직에 도움이 될 수 있는 사람임을 증명할 수 있다. 예시: "저는 리더십 능력을 통해 팀원들을 이끌어가고, 문제 해결에 기여하였습니다. 또한, 협업 능력을 통해 다른 부서와의 협력을 강화하여 효율적인 결과를 얻을 수 있었습니다."

8. 질문에 대해 충분한 준비를 하기　면접 질문은 예상할 수 있는 범위와 그 밖의 질문을 모두 고려하고 충분한 준비를 해야 한다. 기업과 직무에 대한 연구를 통해 관련 정보를 습득하고 질문에 대비할 수 있어야 한다. 예시: "기업의 가치관에 대해 들었는데, 이를 실제 업무에 어떻게 적용하고 싶은지 궁금합니다. 기업 문화와 가치관을 함께 실천하는 일에 참여하고 싶습니다."

9. 질문에 충분한 생각을 한 후에 대답하기　면접관이 질문을 할 때에는 급하게 대답하지 말고 충분한 생각을 한 후에 답변해야 한다. 이를 통해 명확하고 내용이 풍부한 답변을 제공할 수 있다. 면접관도 충분히 기다리는 여유가 있으며, 때로는 당황한 면접대상자를 배려한다는 점에서 시간을 나에게 유리하도록 적절하게 사용하는 것이 도움이 된다. 예시: "그 질문에 대해서는 잠시 제 생각을 정리해보고 말씀드리겠습니다."

10. 면접관에게 감사의 표시를 하기　면접이 끝난 후 면접관에게 다시 한 번 감사의 표시를 해야 한다. 인사를 하고 면접에 참석한 사실에 대해 감사의 마음을 전해야 한다. 면접관은 당연하다고 생각하면서도, 동시에 좋은 인상을 받을 가능성이 높다. 예시: "다시 한 번 기회를 주신 것에 대해 감사드리며, 소중한 시간을 내주셔서 감사합니다."

두 손을 모으고 필요할 때 제스처를 쓰라

    면접을 하거나 토론할 때, 상대가 지루해 하지 않고 나에 대한 깊은 인상을 갖도록 적절한 제스처나 동작을 취하는 것은 바람직하다. 그냥 부동자세로 있거나 미소만 짓고 있다고 해서 좋은 인상을 주지는 않는다. 제스처나 손동작 등 다양한 형태는 나의 커뮤니케이션을 보완해주고 때로는 내가 말하는 내용에 더 진중한 강도를 더해줄 수 있다. 세스저와 손동작 사용에 대해 생각해보자.

    1. 자연스럽고 조절된 움직임 유지하기　제스처와 손동작은 자연스럽게 표현되어야 한다. 과한 동작이나 과도한 움직임은 주의를 분산시킬 수 있다. 예: 팔을 너무 많이 움직이지 않고, 손가락으로 작은 동작을 수행하며 다양한 감정과 상황 판단을 표현한다.

    2. 얼굴 표정을 활용하여 감정을 전달하기　얼굴 표정을 적절하게 활용하여 말하는 내용에 감정을 더해줄 수 있다. 예를 들어 웃는 얼굴로 면접관의 이야기에 동의하거나 또는 긍정적인 의견을 나타낼 수 있다. 예: 질문자에게 고마움을 표현하기 위해 미소를 지으면서 대답한다.

    3. 제스처와 말의 내용을 일치하기　말하는 내용과 제스처 사이에 일관성을 유지하는 것이 중요하다. 일치하지 않는 제스처는 혼란을 줄 수 있다. 예: "이렇게 큰 성장을 이루었습니다"라고 말할 때 팔을 넓게 벌리는 제스

처를 사용한다.

4. 손 모양과 방향을 다양하게 사용하기　손 모양과 방향은 제스처의 다양성과 표현력을 높일 수 있다. 주의해야 할 점은 지나친 손 모양이나 방향은 혼란을 줄 수 있다는 점이다. 예: "여기에 우리의 주요 목표가 위치합니다"라고 설명할 때 손으로 위치를 가리키는 제스처를 사용한다.

5. 제스처를 사용하여 강조하기　중요한 내용을 강조하기 위해 제스처를 사용하는 것이 좋다. 이는 말하는 내용에 강도와 긴장감을 줄 수 있다. 예: "우리는 이 문제를 해결하기 위해 모두 손을 모아야 합니다"라고 말할 때 손을 잡는 제스처를 사용한다.

6. 상황에 맞는 제스처 선택하기　상황에 따라 적절한 제스처를 선택해야 한다. 예를 들어 긍정적인 내용을 말할 때는 열린 손동작을 사용하고, 부정적인 내용을 말할 때는 닫힌 손동작을 사용한다. 예시: "저희 팀은 함께 협력하여 이 문제를 해결할 수 있습니다"라고 말할 때, 손을 합치는 제스처를 사용한다.

7. 지나치게 자극적인 제스처 피하기　너무 과격하고 자극적인 제스처는 다른 사람에게 불편한 느낌을 줄 수 있으므로 피해야 한다. 예: 팔을 치며 강한 동작으로 반론하는 대신, 손을 드는 정도의 동작으로 표현한다.

8. 손과 팔의 기능을 활용하기　팔의 길이, 손가락의 움직임 같은 기능을 활용하여 제스처의 다양성을 높일 수 있다. 예: 손가락을 사용하여 한 가지 아이디어를 차례로 표시하거나 번호를 세는 동작을 사용한다.

9. 제스처와 타이밍을 조절하기　제스처와 말의 타이밍을 적절하게 조절하는 것이 중요하다. 말이나 제스처가 지연되면 혼란을 줄 수 있으므로 유의해야 한다. 예: "첫 번째로, 이 부분에서……"라고 말하면서 손으로 첫 번

째를 가리키는 제스처를 동시에 사용한다.

10. 과하게 반복하지 않기   제스처와 손동작은 강조나 설명을 돕기 위한 보조적인 수단이다. 그러나 과도하게 반복적으로 사용하면 주의를 산만하게 할 수 있으므로 주의해야 한다. 예: 동일한 제스처를 반복적으로 사용하지 않고 손동작을 다양화하여 사용한다.

위의 방법들을 활용하면 제스처와 손동작을 효과적으로 활용하여 면접이나 토론에서 의미를 보완하고 강조할 수 있다.

오프닝과 클로징: 말을 열고 닫는 스피치비법

강연 또는 방송을 할 때 오프닝과 클로징을 어떻게 멋지게 쓸 것인가?

상대에게 첫인상을 인상적이고 흥미롭게 보여주고, 감동적으로 나의 말을 전하기 위해서는 먼저 원고를 잘 써야 한다.

그렇다면 오프닝과 클로징을 어떻게 흥미롭게 쓸 것인가?

1. 인용문 사용 오프닝이나 클로징에는 유명한 인용문과 함께 시와 음악을 사용하면 도움이 된다. 이는 청중에게 감동과 영감을 주는 대표적인 방법이다. 루스벨트나 처칠의 경구, 테레사 수녀나 성철 스님의 명언 등 감동적인 내용을 담으면, 오프닝과 클로징의 품격이 높아진다.

2. 질문 던지기 청중에게 호기심을 자극할 수 있는 질문을 던지면서 소통을 하는 것이 좋다. 질문은 청중과의 상호작용과 참여를 유도할 수 있다.

3. 개인 이야기 개인적인 경험이나 이야기를 공유해보면 도움이 된다. 이를 통해 청중과 감정적인 연결고리를 형성할 수 있다.

4. 간결하고 명확한 목표 설정 강연이나 방송의 목표를 간결하고 명확하게 설정하여 선명한 방향성을 제시하면 도움이 된다. 복잡하거나 모호한 표현, 해법은 보이지 않고 문제만 나열하는 방식으로는 성공적인 스피치를 할 수 없다.

5. 감성적인 상징과 이미지 사용 강력한 비유 또는 은유를 사용하여 시각적 이미지를 상상할 수 있게 도와주면 좋다. 이는 청중의 상상력에 호소하는 효과가 있다.

6. 간결한 요약 및 강조 중요한 포인트와 핵심 내용을 간결하게 요약하고, 강조해보자. 청중이 기억하기 쉽고 중요한 내용에 집중할 수 있게 도와준다.

7. 음악, 영상, 사운드 이용 잘 선택된 음악, 영상 또는 사운드 효과를 활용하여 분위기나 감정을 고조시키면 도움이 된다. 이는 청중의 관심을 끄는 데 효과가 있다.

8. 대화 형식 청중과 대화하고 함께 질의응답을 나누는 형식으로 섭근해보자. 질문이나 청중의 의견을 참여시키면 더욱 흥미 있다. 청중은 자신이 주인공이거나 주인공과 매우 밀접하고 함께하는 사람이라는 데 대해 자부심을 느낀다.

9. 반복적인 문구 사용 일부 반복적인 문구를 사용하여 메시지를 강조해보자. 이는 청중에게 메시지를 이해시키고 기억하기 쉽게 도와준다.

10. 오감을 자극하는 요소 시각, 청각, 촉각 등 다양한 오감을 자극하는 요소를 활용하면 도움이 된다. 이는 청중이 더욱 생동감 있게 적극적으로 참여할 수 있게 도와준다.

이와 같은 방법들을 활용하여 인상적이고 흥미로운 오프닝과 클로징을 작성하면 성공의 가능성이 커질 것이다. 청중에게 진한 감동과 깊은 인상을 주도록 하자!

리더의 말은 조직의 성패를 좌우한다

리더의 말하기는 한 사회를 이끌고 함께 소통하며 나아가는 지도자의 언어라는 점에서 매우 중요하다. 리더로서 어떻게 성공적인 조직 및 사회, 국가의 운영을 해야 할지, 그 구체적인 내용을 사회와 국민과 공유하며 소통하는 과정을 어떻게 성공적으로 해낼지, 이런 것들을 제대로 실천해낸다면, 그 결과와 역사적 평가 역시 성공적일 것이다.

한 사회의 시대정신을 주도하면서, 탁월한 철학과 식견, 경험과 경륜, 지식과 지혜, 판단력과 결단력을 발휘해 성공을 이끄는 리더만이 역사에 남는 법이다. 대중은 그 같은 역량과 지혜를 갖고 그에 부합하는 삶을 살아온 지도자에게만 자발적으로 손을 내밀면서 함께 동참하고 나누며 소통하려는 적극성과 존경심을 보이는 법이다. 리더는 자신의 철학과 가치를 말을 통한 메시지로 소통하며, 자신의 철학과 현안에 대한 의견을 성공적으로 전달해야만 역사에 남는 지도자로 자리매김할 수 있다.

필자는 어린 시절부터 말을 잘하고 의사소통의 전달력이 뛰어난 이들을 연구하고 공부해 왔다. 대표적인 연구대상이 김대중 대통령이었다. 그는 민주주의와 인권, 평화의 길을 가는 철학과 시대정신도 탁월했지만, 자신의 생각과 철학을 스스럼없이 당당하게 드러내는 데 매우 능숙한 최고의 연설가였다. 불필요한 말을 많이 하는 달변이나 다변보다는, 꼭 필요한 곳에서 의미 있는 발언을 하는 것이 중요하다는 교훈을 그의 삶과 철학을 통해 많이 배울 수 있었다. 그래서 필자 역시 스스로 말을 많이 하고 잘하는 스타일은 아니지만, 늘 책을 읽고 대화하면서 해야 할 곳에서 당당하게 발언하는 필자만의 말하기 방식과 소통방식을 발전시켜왔다. 가능한 상대방의 이야기는 경청해 들어주고 이해하려는 노력을 기울이되, 꼭 해야 할 말을 적재적소에 필요한 시점에 하는 훈련을 했다.

대학을 졸업하고 기자생활을 하면서 지켜본 각계각층의 지도자나 리더는 모두가 뛰어난 자신만의 언변과 소통능력을 갖고 있었다. 김영삼, 김대중, 노무현, 문재인, 이재명 등 대한민국을 대표하는 정치 지도자들은 모두가 탁월한 시대정신과 민주주의에 대한 헌신, 대중과 소통하는 커뮤니케이션 능력을 보여줬다. 기자회견장에서 이들과 질의응답을 하는 시간에는 단한마디의 언어도, 쉼표도, 잠시의 미소와 다양한 표정 및 제스처 모두가 살아 있는 교과서와 같은 역할을 했다.

필자는 대중을 상대하는 대변인 역할을 여러 차례 했다. 김대중 대통령을 추모하는 단체인 사단법인 행동하는양심 대변인, 한국기자협회 한국기자상 대변인 등 다양한 단체의 대변인을 맡아 현안에 대해 설명하고 홍보하는 역할을 했다. 정부 부처나 기관을 취재하고 질문하는 기자의 역할에서 언론의 질문에 답하는 대변인의 업무는 결코 쉽지 않았다.

정치에서 대변인은 정당의 입이고 상징이다. 당 대표 등 주요 당직자들보다 카메라 앞에 더 자주 서고, 때로는 정당을 대표해서 언론의 거센 질문공세에 시달려야 한다. 그래서 대변인의 발표와 말 한마디 한마디는 대표 못지않게 자주 인용되고 회자된다. 말로 시작해 말로 끝나는 소통의 커뮤니케이션을 중시해야 하는 정치의 속성을 고려할 때, 대변인의 위상과 역할은 대단히 중요하다. 그러나 단순히 말을 잘하는 것만으로는 유능한 대변인이 되지 못한다. 현안을 정확하고 신속하게 파악해 현안의 핵심과 요체, 해법을 간결하고 이해하기 쉽게 정리하고 발표할 줄 아는 언어 실력과 정무감각이 필수적이다. 촌철살인의 위트와 풍자를 구사할 수 있는 능력을 갖췄다면 더할 나위가 없다. 정당 대표들이 저마다 자신의 생각과 철학을 공유할 정도로 자신과 가까우면서도 유능하고 경험이 풍부한 대변인을 찾는 까닭이다.

복잡한 정치 현안을 둘러싸고 시시각각 치열한 논리 대결이 벌어지는 현장에서 대변인은 탁월한 분석력과 표현능력, 순발력과 성실성이 요구된다. 임기응변을 발휘하고 상대방에게 비난과 고성으로 압도하려는 입심 대결의 서바이벌 오디션이나 영화에서처럼 폼 나게 발표하는 모습과 실제 정치는 완전히 다르다. 그런 점에서 대변인의 역량과 실력은 정당정치의 발전을 위해 매우 중요한 요소다.

필자에게 가장 큰 대변인의 경험을 깨닫게 한 시간은 경기도의 대변인을 할 때였다. 인구가 1400만 명이 넘는 광역 지방정부여서 수많은 현안이 가득했고, 대통령 후보로 거론되는 현 이재명 더불어민주당 대표가 지사라는 점에서 언론의 끊임없는 질문과 전화, 현안에 대한 문의로 가득했다. 수많은 도청의 간부들과 직원들, 31개 시군의 단체장과 직원들이 협력해줬고, 헌신과 희생으로 가득한 대변인실의 과장, 팀장, 직원들의 열정과 단합이 수많은 갈등과 시련을 잘 극복하게 해줬다. 2천4백 개에 달하는 언론사의 출입기자들도 관심과 이해, 때로는 날카로운 질문과 비판으로 긴장의 연속인 와중에도 소통이 오가는 성공적인 대변인 생활을 했다는 평가를 해줘서 늘 감사한 마음이다.

정치평론가로서 5천여 회가 넘는 생방송 토론을 한 것은 필자의 말하기와 스피치 능력을 기르는 데 큰 자양분이 됐다. KBS, MBC, SBS 등 공중파와 라디오들, 기독교방송, 불교방송, 평화방송 등 많은 라디오매체들, YTN, 연합뉴스TV 등 보도채널, JTBC, MBN, 채널A, TV조선 등 출연하지 않은 매체가 없나. 나가보지 않은 프로그램이 없다고 할 정도로 많은 방송 경험을 갖게 됐다.

여기에 더해 한국정치학회, 한국국제정치학회, 정당학회, 방송학회 등 다양한 학회에서 활동하고, 현재 부회장으로 일하는 한국협상학회, 한국보훈학회를 통해 다양한 학문적 이론과 현실 분석에 나선 것은 다양한 사회경험의 폭과 깊이를 더욱 충실하게 보완하도록 해줬다.

필자는 언론계에서 남들이 해보지 못한 다양한 경험을 해왔다. 보도국과 편집국에서 정치부, 경제부, 사회부, 국제부, 문화부, 체육부, 기획취재팀 등 모든 부서에서 다양한 출입처를 오가며 온갖 현안에 대한 다양한 기사를 써왔다. 청와대 출입기자, 정부부처와 국회 출입기자 등 다양한 출입처에서 국민들의 관심과 호기심을 충족시키고 잘못된 정책을 비판하기 위한 다양한 보도를 했다.

또 신문사, TV와 라디오 방송국, 영어방송국, 통신사, 인터넷언론사, 한국기자협회, 유튜브 등 모든 종류의 언론매체를 다 경험하고 직접 취재보도 업무에 종사했다. 역마살이 있는지 모르겠지만, 사회 전반의 모든 일을 경험했다는 점에서 그 소중한 경험이 이 책에 모두 담겨 있다. 기자생활에 입문해 30년 동안 열심히 갈고 닦은 글과 말의 실력, 리더의 말하기 실력을 독자들과 나누고 싶다.